赵燕飞 著

明月几时有

中国文史出版社

图书在版编目（ＣＩＰ）数据

明月几时有 / 赵燕飞著. -- 北京 ：中国文史出版
社，2020.10
（实力榜·中国当代作家长篇小说文库）
ISBN 978-7-5205-2285-4

Ⅰ．①明… Ⅱ．①赵… Ⅲ．①长篇小说－中国－当代
Ⅳ．①I247.5

中国版本图书馆 CIP 数据核字(2020)第 179725 号

责任编辑：全秋生

出版发行：中国文史出版社
地　　址：北京市海淀区西八里庄路 69 号　　邮编：100142
电　　话：010－81136602　81136603　81136606（发行部）
传　　真：010－81136655
印　　装：北京温林源印刷有限公司
经　　销：全国新华书店
开　　本：787×1092　1/16
印　　张：15　　字数：238 千字
版　　次：2021 年 1 月北京第 1 版
印　　次：2021 年 1 月第 1 次印刷
定　　价：49.80 元

第 一 章

整个天空都是一片灰白，凝固了的灰白。没有太阳，没有云朵，没有风，没有雨。就连路旁那棵泡桐树上的叶子，也是耷拉着纹丝不动，遮掩着一只沉默而僵立的乌鸦。这天空中唯一流动的，只有阵阵哀乐，幽灵般飘过来，飘过去。在这片灰白之下，二十一具棺材，横三竖七，以比乌鸦还黑的颜色，赫然刻在篮球坪里。一大团黑，一大团灰，中间掺杂着一小块一小块的白。那黑的与灰的，大多数亦如凝固般戳在那里，任由泪水在脸上恣意流淌。偶尔，也会有人抬起衣袖抹一把。那雪一般白的，不是塑像般跪着，就是断茎麦秆般匍匐着，也有在地上打着滚的，嗓子已经哭哑，从他们喉咙里发出来的，就是断断续续的啊啊或嗷嗷声了。

一位女孩，勾着头，跪在一具棺材旁。她已将嘴唇咬出了血，却不曾哭出声来。她那么瘦那么小，她一直在瑟瑟发抖。绿色 T 恤，在她胸前绽开朵朵褐色小花。女孩身旁，站着她的母亲。她的母亲，一次又一次，将自己的头，磕在棺材盖上。咚，咚咚，咚咚……没有人拉得住她。她怎会有那样的力气？泡桐树上，那只乌鸦尖叫着，扑棱棱飞走了。

咚咚，咚咚……黑色木板，殷红图案。母亲如此决绝，她流尽了她的泪，她还要流尽她的血吗？女孩蓦然站起，身子趔了趔，便扑到了母

1

亲背上。她从后面抱住母亲的腰，哭着喊道：

"妈妈！妈妈！你也不要我了吗……"

苏晓月从梦中惊醒，一坐而起。她面色潮红，胸脯剧烈起伏。她睁开双眼，发现自己原来睡在卧铺车厢里。那种可怕的咚咚声，源自火车与铁轨，并非母亲用头去撞棺材的咚咚声。十五年了，同一个梦，同一种声音，曾经无数次让苏晓月从梦里哭醒。偶尔，父亲也会在梦中抚摸苏晓月，抚摸她的头，她的脸，她的背。当然，此时的父亲，不是躺在棺材里。父亲出事后，苏晓月连最后一面都没见到。所以，梦中的父亲，从来都是穿着白汗衫，黑布裤；梦中的父亲，眉心一直静卧着那颗黑痣。那颗黑痣，是苏晓月猫在父亲怀里撒娇时，最喜欢抚摸的东西。小小的苏晓月总说，哎呀，这个不好看，我帮爸爸磨平了吧。苏晓月小小的手指一遍遍来回抚着那颗黑痣的时候，她哪会想到，在某声爆炸后，那颗她不喜欢的黑痣，连同她最喜欢的父亲，都一起弃她而去了。

血肉模糊的父亲，苏晓月从来都是无法想象，也不敢想象。

苏晓月从背包里抽出一张纸巾，擦了擦脸。她坐在床前，双手放到小桌板上，支着两腮看窗外。

火车雪亮的灯束。茫茫夜色，被割成两半。长长的车身，宛如一根巨大的铁拉链。两半黑夜，迅速地，合二为一。玻璃窗。变幻的背景。串串灯火一晃而过，又疾驰而来。灯火无垠。夜无垠。

就在苏卫国出事的前一个晚上，苏晓月半夜悄悄起床，就着窗外的月光，从枕头底下摸出一条橡皮筋。橡皮筋两端已打了死结。苏晓月小心翼翼，从床底下搬出睡前藏下的两条凳子，隔一米来远，摆在房子中央。说是房子中央，其实就是床前一点空间。房子很小。苏晓月将橡皮筋套在两条凳子的脚上。她打着赤脚，在水泥地板上跳起绳来，边跳边在心底哼着那首童谣：

一二三四五六七，马兰花开二十一；二五六，二五七，二八二九三十一；三五六，三五七，三八三九四十一；四五六，四五七，四八四九五十一……

　　那时候，一部名叫《马兰花》的电影风靡一时，不久之后就有了这首童谣，词作者本意可能是想借这部电影的名字和影响，来教孩子们学数数，没想到却成了小姑娘们跳绳专用曲目。苏晓月看过《马兰花》，她喜欢那位美丽善良的女主人公，喜欢那位勤劳勇敢的男主人公，当然，她更喜欢那朵神奇的马兰花。她常常想：要是自己拥有那么一朵马兰花，那该多好啊，马兰花可以帮她实现所有的愿望。苏晓月还喜欢跳绳。自从这首童谣在校园流行，她对跳绳更加入迷了。她下了课跳绳，放学后回到家里，做完作业她又出去跳绳。这还不过瘾，她经常半夜起床，偷偷跳一阵绳，再继续睡觉。苏晓月一直很小心，苏卫国和何美静从未发现过她的这个秘密。

　　可是，那个晚上，苏晓月突然跌倒在地上。她跌倒时，橡皮筋一带，两条凳子齐刷刷倒在水泥地板上。苏晓月还没来得及爬起来，苏卫国和何美静已从隔壁卧室跑了过来，他们以为家里进了贼。"啪"的一声，电灯被苏卫国扯亮。见女儿躺在地上，苏卫国连忙奔过去，抱起苏晓月。何美静倒不着急，她看见了那根橡皮筋。苏卫国左手将苏晓月紧紧搂在怀里，右手连连摩挲着苏晓月的额头，口里念念有词：

　　"吓啾吓啾。"

　　"吓啾"是当地方言，小孩受到惊吓时，大人们就会大声说几声"吓啾"，意在吓跑鬼怪，安抚孩子。

　　何美静将两条凳子搬到客厅，又去捡那根跳绳。苏晓月跺着双脚哭道：

　　"不要扔掉我的跳绳！"

苏卫国从何美静手里抢过绳子，苏晓月赶紧接过，塞到枕头底下。苏卫国对苏晓月从来都是百依百顺。何美静常说他会惯坏孩子。何美静看到苏晓月竟然光着脚，真的生了气：

"你这孩子，快十岁了还不懂事！半夜爬起来跳绳，还打赤脚，冻坏了怎么办？"

苏晓月立刻从苏卫国怀里溜进被窝中。苏卫国说：

"算了，让孩子早点休息。"

"都是你惯坏的！月月若是不学好，你这做父亲的要负全部责任！"

何美静还想教育教育苏卫国，苏卫国半搂半推将她弄出了苏晓月的卧室。苏晓月听到父亲说：

"月月还小，日子还长，有什么话明天再说。"

是的，月月还小，日子还长，有什么话可以明天再说。但是，明天，在那个明天，一切都变了样。苏晓月去上学时，苏卫国已去上班。下午，快放学时，苏晓月得知，她的父亲，与另外二十名工人一起，在一场瓦斯爆炸中被困井下。许多人在哭，大家都知道，困在井下的亲人，几乎没有了生还的可能。那个下午，太阳突然变成了黑色。那个六月的下午，苏晓月只感觉彻骨地寒，彻骨地冷。那个下午之后，苏晓月再未跳过橡皮筋。那个下午之后，苏晓月一听到那首马兰花开二十一的童谣，就会扑簌扑簌掉眼泪。

苏晓月往被窝里缩了缩。这是空调快速列车。苏晓月想：如果有通往天堂的列车，父亲在那里，还会不会寂寞？

秋日私语。手机响起了理查德的钢琴曲。这时候，谁会打来电话？苏晓月从枕畔拿起手机，原来是刘莲。

"到了哪里？老实交代。"刘莲在那头贼笑。

"坏家伙，吓我一跳。"苏晓月嗔道，"深更半夜打什么电话？"

"搅了你的好事吗？哈哈。"刘莲总是没个正经。

"搅你的头。"苏晓月呸了一声。

"谁啊？这时候打你电话。"从中铺伸下来一个脑袋，是于伟军，苏晓月的未婚夫。

"还不是刘莲这个坏蛋。"苏晓月抬头对于伟军笑笑，压低声音，"哥想和她说几句吗？"苏晓月又喊哥哥了，她经常忘记于伟军的请求。一年前，于伟军对她说：月，你能不能不喊哥？你喊我军好吗？或者干脆喊老公好不好？

"算了，你们姐俩聊吧。"于伟军爬下来，上了趟洗手间，回来时，苏晓月还在与刘莲叽叽咕咕。于伟军从行李袋中掏出一个香梨，削完了皮，苏晓月刚好合上手机盖。于伟军将梨伸到苏晓月面前，苏晓月欲伸手去接，于伟军说：

"你没洗手，我喂你吃。"

梨子吃到一半，苏晓月便不肯再吃。于伟军沿着苏晓月的牙印，一口一口，将梨子吃得只剩下一个秃核。苏晓月打了个呵欠，又伸了个懒腰。于伟军起身，从他的中铺，拿来一个枕头。他拍了拍高高隆起的枕头，说：

"这样才舒服。"

苏晓月半躺在床上。于伟军坐在床边，陪她说话。也许是扭着身子不舒服，于伟军脱了鞋，将双腿挪到床上。苏晓月不置可否。于伟军得寸进尺，半躺下来，紧贴着苏晓月。床实在太窄，苏晓月的脊背无可奈何，与卧铺的隔板肌肤相亲。苏晓月欲说还止，于伟军的呼吸渐渐急促。

火车停了下来，车厢门如一张张巨大的嘴，吐出一群群人，又吞下一群群人。一个中年女人嘟囔着走进来，行李袋啪地一响，被她扔到了苏晓月对面的下铺上。女人窸窸窣窣，翻着行李袋。于伟军终于吻了苏晓月一下，飞快地，在她的脸庞上。中年女人发出的声音似乎更大。苏晓月皱起眉头，说不舒服。于伟军意犹未尽，爬中铺时，双脚一抬的距离，他磨蹭了许久。

上帝早已安排好一切。白天。黑夜。爱，或者不爱。起点。终点。到达或离开。谁也无法改变。呼和浩特，立在苏晓月和于伟军面前，就这样不容置疑。

坦然的街道。建筑物睥睨大地。太阳以无可比拟的高度，即兴涂鸦。抽象派抑或印象派。大象希形。所有的作品，都是黑色。绿影子，红影子，白影子，为什么不可以？如此热烈的太阳，只钟情黑色。苏晓月想起一篇课文，达·芬奇画鸡蛋的故事。太阳熬了多少世纪多少年，却只画黑色的影子。红房子的影子是黑的。绿化树的影子是黑的。黄菊花的影子是黑的。车的影子是黑的。人的影子是黑的。

十月的北方，原来也这般姹紫嫣红。是谁说清秋冷落？唐诗宋词，错在多情，与平仄无关。

某宾馆大厅，十名散客组成团正要启程，去大草原。苏晓月和于伟军来得正是时候。

五个小时的汽车。大草原，一泻千里，莽莽苍苍，考验着想象的宽度。斜阳如血，在天地间鲜红欲滴。燃烧的晚霞，太过遥远。风，冷冷的，如深夜的寂寥。草，枯枯的，黄里透着浅浅的黑。蒙古包错落有致，句读着草原的苍茫。牧羊人穿着大棉袄。羊群慢腾腾往回走。

蒙古汉子大多长得高大魁梧，脸膛黑中透红，他们迎上来，抱着草绿色棉大衣。苏晓月和于伟军各裹了一件，低头步入同一个蒙古包。行李刚放好，听到导游在喊叫：

"想骑马的快点来！"

于伟军拉了苏晓月就走。他为她挑了一匹小马，看起来很温顺。她不肯，她曾经骑着马爬山。马太"秀气"，骑起来不过瘾，苏晓月要的那匹栗色马，高大而威猛。马主人微笑着，劝她骑小马。一个中年男人腆着大肚，在左挑右选。苏晓月不管，非骑栗色马不可。于伟军只好也挑了匹好马，跟在她身旁。马主人骑着高头黑马，紧随其后。

夕阳西下，何处是天涯。苏晓月踢了一下马肚子。马儿奋力扬扬脖子，突然加速。苏晓月大惊失色，俯下身子，双手死死抓牢缰绳。于伟军是第一次骑马，他被苏晓月乱了方寸，跟在后面着急地喊。马主人策马赶上苏晓月，拦住栗色马。于伟军喘着气赶上来，慌里慌张下马。于伟军爬上苏晓月的马。

于伟军搂住苏晓月，从后面，紧紧地。仿佛于伟军若撒手，苏晓月必定会像吃了仙药的嫦娥，要腾云驾雾而去。他们的头发，洒满落日余晖。一群跳跃的橙色音符。他闭上双眼，吻她的头发，一遍又一遍。

晚上。导游领头，大家走进一个宽敞的蒙古包。一碗碗酥油茶，散发浓郁的奶香味儿。苏晓月端起碗就想喝，手被一旁的于伟军握住：

"慢一下。"

苏晓月面前的那碗酥油茶，被于伟军端起。他低下头，撮起嘴，吹了吹，尝一小口，又吹了吹，再尝一小口。这才端给苏晓月：

"可以喝了。"

苏晓月抿了一小口。白色的碗沿，残留着于伟军嘴唇的余温。

一位丰满的蒙古姑娘，手上捧着哈达，湖蓝色的。她走进来，身后跟着一个小伙子，怀抱冬不拉。姑娘先唱了几首小调，画眉般，清脆嘹亮。小伙子边弹琴边伴唱，配合默契。姑娘向客人敬酒，献哈达。苏晓月平时滴酒不沾。入乡要随俗。她硬着头皮，仰头喝下杯中酒。姑娘又斟上一杯，对着苏晓月唱起劝酒歌。苏晓月不解：

"他们都只喝一杯，为什么我要多喝？我真的不会喝酒。"

导游笑，姑娘和小伙子也笑。原来是苏晓月犯规。姑娘的歌还没唱完，她就先喝了酒，所以得再罚一杯。有人开始起哄。苏晓月侧过头，望着于伟军。两三杯是他的酒量。不能喝也得喝，他伸手去接，姑娘手一缩：

"不能代喝，这也是规矩。"

该死的规矩。苏晓月锁着眉，吞下第二杯酒。

一大盘羊腿端上来。大家你一块我一块，吃得津津有味，苏晓月晕晕乎乎，半靠着于伟军，众人皆醒她独醉。他夹了一小块羊肉，喂她。她囫囵吞下，不知何味。他又来喂，她摇头拒绝。

姑娘唱完《青藏高原》，要大家举杯，喝三杯团圆酒。于伟军看了一眼苏晓月，嘟哝着：

"她再喝，就真的醉了。"

姑娘笑笑："先喝两口酥油茶，没事的。"

苏晓月强撑着，喝了一碗酥油茶。三杯酒下肚，她忘了自己身在何处。

盛筵终于结束。内存已满，需要释放。苏晓月却没有说话的力气。于伟军抱着苏晓月，附近只有一间厕所，门锁着。那些男人随便找了个暗处，哗啦啦的。他抱着她绕到蒙古包后，一个阴暗的角落。他解开她牛仔裤上的皮带。她心里明白，却抬不起手。他替她褪了裤子，又扶她蹲下。她觉得颜面尽失，在一个男人面前排泄。之前，连那种流水的响声，她都要刻意掩饰。任何人不能分享这种秘密。她却不能控制自己，从走进蒙古包的那一刻起。

苏晓月瘫软在床上。于伟军和衣躺在她身旁，微微地打着鼾。凌晨，大风呼啸。蒙古包在呻吟。于伟军醒了。他细细端详苏晓月。她的长睫毛，羽扇般，投下两道阴影，在她白里透红的脸上。他在她唇上轻轻吻了吻。她发出一句呓语，模糊不清。他全身燥热，膨胀，还是膨胀。他无法自控，一翻身压住她的身体。

苏晓月紧闭双眼，她又看到了那颗黑痣，看到了那个和父亲一样，眉心长着一颗黑痣的男人。苏晓月觉得无奈，她已经在心底无数次将那个男人驱逐，他却如影随形，令苏晓月无计可施。

有一条蛇，在苏晓月口腔里四处游弋。她的舌头追赶着它。她的舌头与它交颈缠绵。又有一条蛇，很粗暴地冲进她体内。这条蛇咬得她好疼。它轻轻地，舔舐着她的伤口。痛感。快意。一切难以描述。它勇往直前，猛冲猛撞。它慢慢游动，养精蓄锐。她的身体，迎合它的节奏，起伏不定。从未有过的感觉，如在波涛之上。

她睡着，抑或她醒着。

他把她，抱到他的上面。

他吻她，在他目光所及之处。

在草原上的那个凌晨，在那个扑朔迷离的蒙古包里，横陈着一幅太极图。赤条条的阴阳两色，他们游移不定，他们紧紧相依。

天亮了，导游在蒙古包外高声叫早。于伟军醒过来。苏晓月背对他。他轻轻扳过她的身子。她的眼角，犹有泪痕，他嗫嚅着：

"对不起。"

她有点头晕，起床时，晃了几晃。他连忙扶住，她还是沉默。

在草原中间，穿行。到了敖包，停下。一座锥形的小土堆，上面积满乱石，石头缝里插着小树枝，枝丫上缠着红布条，长的，短的，宽的，细的。就在这样的地方，互诉衷肠？蒙古人的浪漫。敖包相会。苏晓月喜欢这首歌。苏晓月喜欢那种感觉。缥缈，抑或虚无。

如此平凡的一堆土。

"绕三圈。"导游说，"这样可以带来好运，比如心想事成，还有天长地久。"

于伟军拉着苏晓月去绕敖包。苏晓月说腿疼。

"我背你。"

他反手将她搂到背上。

他小跑着，一圈又一圈。

于伟军的背又宽又厚，苏晓月趴在上面。时光倒流。童年时代。身材不算高大的父亲，她赖在父亲背上，不肯下来。父亲小跑着。苏晓月在父亲背上忽高忽低。她就大声地笑，大声地叫。父亲累极了，才肯将她放下。后来，父亲走了，苏晓月在上学或放学路上，常常要找一个没人的地方，蹲下去，捂住脸。她的身后，总是站着于伟军。苏晓月哭够了，却没有力气再走路。这时候，于伟军不由分说，将苏晓月往背上一撸。苏晓月一直很瘦，于伟军轻而易举就将她撸到了背上。于伟军边走边哄苏晓月。等苏晓月高兴点，于伟军就小跑起来，一下一下，故意颠簸苏晓月。苏晓月忍不住，终于咯咯地笑了起来，边笑边喊着哥哥……

苏晓月咯咯地笑，于伟军便跑得更欢，一圈又一圈。转完三圈的人，在那里齐声喊：

"加油，小伙子！"

苏晓月的肚子都被震疼。她大声喊道：

"哥！放我下来！"

又喊哥了！于伟军慢慢减速，终于停下。他放下苏晓月，又从背后环抱住。他喘着粗气，在她耳边说：

"月，我连下辈子的愿都许好了！今生，来世，我们永不分离！"

在来生，就可以重新见到父亲了吗？苏晓月叹口气，将目光投向苍穹更深处。

苏晓月六岁那年，她家楼下新搬来一户姓于的人家。于学文伯伯，个子高得出奇，进门出门都得低头弯腰，在苏晓月眼里，几乎和矿区那座大水塔一样高不可攀。这个于伯伯，原本是苏晓月家里的常客。每一次来，于伯伯都要在裤袋里藏几颗糖粒子，苏晓月喊一声干爹，就会得到一颗糖粒子。干爹一高兴，就将苏晓月扛到了肩上。苏晓月觉得自己的头快要撞到屋顶了，她用手拍打着于学文的头，带着哭腔喊着"坏伯伯坏干爹"。至于那个谭桂花阿姨，刚搬来时苏晓月就不喜欢。谭姨长得矮矮胖胖，皮肤黄中透黑，且嗓门特粗。她在自家客厅教训于伟军和于伟民时，苏晓月隔着一层厚厚的水泥地面都能听得一清二楚：

"伟伢子！你耳朵聋了！叫你喊弟弟回来洗澡！"

"民伢子！你看你那双黑爪子！你再去扯刘伯伯家的萝卜菜，看我不打断你的狗腿！"

苏晓月问父亲苏卫国："为什么谭阿姨那么凶，你和妈妈从来没对我这么凶过。"

苏卫国搂着苏晓月说："那两个小子不听话，不凶怎么行？我的月月这么乖，爸爸妈妈疼你都来不及。"苏卫国身材与妻子何美静差不多高，一米六多一点，不胖不瘦。苏晓月偎依在父亲怀里，如一只乖巧的小猫咪，她大人般地叹口气：

"哎，'那两个小子'真可怜。"

何美静和苏卫国不由相视而笑。

"那两个小子"，不久就成了苏晓月的跟屁虫。

苏晓月生于同江煤矿，父亲是采煤五队的队长，母亲是矿子弟学校的老师。于伟军两兄弟生于乡下，父亲是采煤五队的文书，母亲原本是农村妇女，农转非后，举家迁到同江煤矿。苏晓月对矿区早已熟悉，哪里有知了叫，哪里有蛐蛐捉，她一清二楚。在于伟军和于伟民眼里，苏晓月简直就是天上知一半地上全知晓。

常与他们一起抓知了捉蛐蛐的，还有住在十八栋的刘莲。刘莲和苏晓月是矿子弟学校学前班的同学。四人中，于伟军最大，刘莲比他小一岁，苏晓月又比刘莲小一岁。因为于学文常常要苏晓月喊他干爹，于伟军便一定要苏晓月喊他哥哥。但在谭桂花面前，苏晓月从来没有喊过干妈。谭桂花也习惯苏晓月和刘莲一起，喊她谭姨。

于伟军在乡下读过一年级，转到矿子弟学校时，入学考试不及格，只好又读一年级。这样一来，他和苏晓月、刘莲成了同班同学，何美静成了他们的班主任老师。

在矿子弟学校，无论老师还是学生，一般都讲普通话。苏晓月小小年纪，普通话却说得与何美静一样婉转流利，这自然令于伟军羡慕有加。于伟军那口乡音，没少让同学取笑。常有男同学圆睁双眼粗起嗓子问于伟军：

"于伟滚，你系哪里的银啊？"

于伟军常把"军"字说成"滚"，将"人"说成"银"。他尚未开口，四周哄笑声先响了起来。这时候，苏晓月俨然成了于伟军的保护伞，她板起小脸说一句"我哥的话有什么好笑"！那些同学就不敢再笑出声来。苏晓月是班主任老师的女儿，得罪苏晓月就等于得罪班主任老师。

出了学校的门，尤其是出了矿区的门，于伟军就会摇身一变，成为护花使者。有一次，苏晓月跟着于家两兄弟去矿区附近的农田捉泥鳅，本来约了刘莲一起去，刘莲要带妹妹不能去。苏晓月便走在于家两兄弟中间，三人手拉手来到农田旁。

那是一丘干田，于伟军猫着腰在田里寻找小洞，他说泥鳅就躲在那些洞里面。果然，于伟军伸出一根食指，从一个小洞里抠出来一条小泥鳅。苏晓月将那条小泥鳅捧在掌心里，小泥鳅曲起身子挣扎着，那种麻麻酥酥的感觉真的好奇妙。苏晓月眨巴着长睫毛简直看呆了。于伟军说，这里也有个洞洞，里面肯定有泥鳅，月月你敢去捉吗？苏晓月不想被于伟军看扁，她小心翼翼，用左手握住那条小泥鳅，蹲下去，小心翼翼，伸出右手。在右手食指即将碰到洞口的一刹那，苏晓月临阵退缩了，她飞快地收回了右手。于伟军鼓励她：

"别怕，月月，泥鳅不会咬人，你手里捉着一条呢，它咬没咬你？"

苏晓月犹犹豫豫，将食指伸进洞里面。于伟军跪在一旁，双手撑在田里，像一条饥饿的小狗，眼睛死死盯着苏晓月的右手食指。于伟军兴奋地喊：

"摸到了吗？摸到了吗？"

苏晓月一张小脸激动得绯红，她说："哥！我摸到泥鳅了！"

苏晓月将那条"泥鳅"抠出洞来，一看，天哪，是条白花花的肉虫子！苏晓月尖叫一声，双手触电般拼了命地甩，边甩边箭一样往田垄上蹿。于伟军没想到苏晓月如此胆小，他在田里笑得直打滚。于伟民本来自顾自地在找泥鳅洞，看到哥哥在田里打滚，他也跑过去，跟着哥哥一起打起滚来。

从那以后，苏晓月再也不敢下田，无论于伟军怎么哄她劝她。但是，她偶尔也会跟着爸爸，和于家父子晚上出去叉泥鳅。

叉泥鳅，那是怎样刺激的一件事情啊。

那时候，天是黑的，星星们若有若无，青蛙们一唱一和。每一丘田里都汪满了水，秧苗刚刚插下去，正忙着扎根，忙着舒展腰身。泥鳅们精神抖擞，在秧苗间玩耍嬉戏。苏卫国和于学文一人拿一个手电捏一支叉子，走在前面。手电是那种能放三节电池的，在叉子够得着的地方，再小的泥鳅都难以逃脱手电的火眼金睛。叉子是一根长棍，一头套着一个 V 形铁叉。苏晓月和于伟军一人提一只小桶，跟在后面。为了不吓跑泥鳅，四人蹑手蹑脚走路，轻言细语说话。当手电照在一条泥鳅身上，那泥鳅会傻乎乎卧在那里，心里疑惑那亮闪闪的究竟是什么玩意儿。这时候，大人会轻轻举起叉子，悄悄对准泥鳅，然后以迅雷不及掩耳之势，手起叉落，泥鳅便被夹进了叉中，发出吱吱的呻吟声。大人再将叉子伸到小孩面前，小孩便用力将泥鳅从叉子缝隙中撸进小桶里。

那时候，月亮在乌云中时隐时现，微风阵阵拂过，小河泠泠流着，稻们惬意呼吸着。一些叫不出名字的虫子，不自量力，与青蛙赛歌。大人们叉着叉着就去远了，于伟军干脆提了两只小桶，大人伸过叉来，他跑过去，将泥鳅撸进桶里。大人们再用手电去寻找新的猎物，于伟军又赶紧跑回苏晓月身边，给她看新叉的泥鳅。田埂弯弯窄窄，高低不平，于伟军便拉着苏晓月，慢慢地走。许是累了，两个大人放下叉子，从兜里掏出火机和烟，一明一暗地吸着。两个小人儿，手拉手站在那里，找月亮，找星星。

那时候，苏晓月怎会想到，她的未来，竟会像极了这脚下的田埂，充满曲折与坎坷。

苏晓月从草原回来后，第二天去上班，刚出家门就接到杨主任电话。杨主任问她回同江了吗，然后要她立刻赶到伏林镇去。苏晓月预感到又有大新闻了。她原本有点恹恹的，这下立刻来了精神。事情越大她越兴奋，这是职业病。她加快脚步，要走出这片住宅区才有的士坐。杨主任说，马山煤矿出事了，听说是冒顶，秦市长早晨七点就已赶去那里……苏晓月听到"煤矿出事"这几个字时，犹如挨了当头一棒，她一个趔趄，差点跌倒。她来报社已有一段时间，并非第一次听说煤矿出事。同江市的煤炭蕴藏量极为丰富，煤矿很多，井下事故也出得多。每每听到这类消息，苏晓月就会失魂落魄好一阵。她以前跑的是政协线，没什么机会去矿难现场采访。

杨主任还说了什么，说了多久，苏晓月都听不见了。太阳在刹那间变成了黑色，天地在刹那间变成了冰窖，苏晓月凝固成一座冰雕，她的

14

嘴角，因吃惊而一直微微张开着。棺材的漆黑，乌鸦的尖叫，母亲的眼泪，哀乐的萦回。苏晓月浑身一个激灵，终于醒过来。她飞快地跑起来。一辆的士一个紧急刹车，几乎擦着苏晓月的身体，停了下来，司机说：哪有你这样拦车的？还要不要命？

苏晓月赶到马山煤矿时，那里已经围了不少人。秦汉明站在井口，一脸凝重，正和其他人在商量什么。苏晓月双腿有点发软，她吃力地挤进人群。事故发生在当天凌晨三时，正在井下采煤的四名矿工被堵在里面，幸亏其中两人躲进了一辆紧贴巷壁侧翻的矿车内，还有两人正在矿车后面的没有冒顶的挡头，而且，由于巷道垮塌的长度不超过十米，外面还能听到呼救声。

苏晓月来到秦汉明身边，听他与有关领导和技术人员研究营救方案，秦汉明强调三条原则，一是抓紧时间营救，二是保证遇险人员安全，三要保证参与营救人员的安全。很快，大家研究出三套营救方案，一是从矿车旁的巷壁掏一个洞，二是绕道开一条巷道到矿车后面没有垮塌的挡头，三是把矿车的外端用氧割一个大口子，这里是残煤区，瓦斯浓度很低，不会引发瓦斯事故。来自市煤炭局的工程师已在塌方现场认真察看了两遍，认为只要瓦斯浓度没有问题，就可采用第三种方案，用氧割车。秦汉明又交代先安排两台瓦斯检测仪检测瓦斯浓度。结果，两台所测得的数据一致，并完全达到安全标准，技术工人这才实施氧割，其余人员都撤到了安全地带。

时间在一分一秒地缓缓流动。时间从未如此步履沉重。人们一直站在井口，甚至没有人找地方坐一坐。中午，有盒饭送上来。苏晓月一口都没吃。她看到秦汉明和其他人一样，匆匆扒了几口就放下了饭盒。

下午两点，在井下被困十一个小时的四名矿工终于被解救出来，除了两人有轻微的擦伤，并无其他问题，一直在井口守候的秦汉明紧绷的脸总算松弛了一点点。看到那些矿工被人扶出井来，苏晓月忘了过去拍照，她往下一蹲，用双手捂住了脸。从走进马山煤矿的那一刻开始，她就极力控制着自己的眼泪。被困矿工家属的眼泪，人们脸上的焦灼，接近凝固的空气，一分一秒的漫长，这一切，犹如根根钢钎，在一下接一下穿刺她的心。而现在，等待有了结果，她所关心的人安然无恙，苏晓月感觉自己如一只胀得鼓鼓的大气球，在气门打开的瞬间，噗的一声，瘪成一枚瘪瘪的空壳。十几年了，这是她第一次置身于煤矿事故现场。那些她竭力想要忘却的痛苦重新一拥而上，将她再次缚成一只厚厚的茧。

"苏记者！"有人来扶苏晓月，是同江市政府办的工作人员小吴，大家都叫他"吴秘书"。吴秘书说："秦市长要赶回市里开会，他有事交代你。"

苏晓月迷迷瞪瞪跟着吴秘书上了沙漠王子，见秦汉明已坐在前排，她连忙喊了声秦市长。车子慢慢往山下开。秦汉明问道：

"苏记者，你怎么啦？"

"没，没什么。"苏晓月抽了下鼻子，刚刚止住的眼泪又要奔涌而下。

"什么事哭得这么伤心？喏！"秦汉明从操纵台上的纸盒里抽出两张纸巾，回头递给苏晓月。吴秘书赶紧劝苏晓月别哭了。

苏晓月接过纸巾，她的手碰到了秦汉明的手，苏晓月的手一抖，仿佛她不小心碰到的，不是秦汉明的手，而是一束燃烧正旺的烈焰。被烈焰灼痛的感觉淹没了钢钎的穿与刺。这种被烈焰灼痛的感觉，苏晓月从未尝过。她抬起头来，看到一张写满心疼的脸。那张脸的眉心，卧着一颗显眼的黑痣。小时候，她经常抚摸着这样一颗黑痣；小时候，她以为这样的黑痣很不好看。可是，在第一次重新见到这样一颗黑痣时，苏晓月却被深深地吸引了。

那是半年前，长源市有关领导送秦汉明来同江市上任，同江市委市政府举行了一个欢迎会。那时候，苏晓月的采访分工，刚从政协线换到政府线。秦汉明在掌声中走向主席台，他转过身来，面对台下的人。苏晓月正在鼓掌，秦汉明转身坐下时，她的两只手掌依然合在一起，她的眼睛因吃惊而圆睁着。这个人，她到底在哪里见过？她呆呆地看了半天，总算明白过来，秦汉明的眉心长着一颗黑痣，几乎和父亲一模一样的黑痣。当然，这张眉心有着黑痣的脸，比记忆中那张眉心有着黑痣的脸，要生动许多，英俊许多。

"对不起，我想起了我爸爸，在我十岁那年，他死于一场瓦斯爆炸……"

秦汉明又回过头来，看着苏晓月："也许我不该问。"

两颗大大的泪珠从苏晓月脸上滑落。

"不要哭了。"秦汉明的声音从未如此温柔，而在平时，无论台上台下，他说起话来总是洪钟般铿锵有力。苏晓月心头一热，终于控制住了自己的眼泪。

"秦市长，听说您有事找我？"苏晓月嗓子有点涩。

"这次的新闻稿，你要再三强调安全生产的重要性。同江市的煤矿安全生产不应该成为癌症。"

苏晓月在采访本上匆匆写着，暗中思忖秦汉明后面那句话有没有更好的措辞。秦汉明仿佛心有灵犀，又说：

"你就照我的原话去写，我们不能讳疾忌医，现在下猛药还有得治。"

苏晓月应了声"好"。第二天上午去编辑部交稿时，李主任指着标题说："'不能让煤矿安全生产成为癌症'，这样写合不合适？不会有负面影响吗？"

苏晓月辩解道："这是秦市长的意思。"

李主任笑着说："行，这种事只要领导不找我们的麻烦就万幸。若是马屁拍到了马腿上，我们这些老编辑小记者可就吃不了兜着走。"

苏晓月也跟着苦笑。刚进同江日报社时，她受过不少委屈。有一回，她将副市长宁雨的名字误写成了宁宇，宁副市长大发脾气，说这样的记者素质太差，冯社长虽说没有对苏晓月进行严厉批评，却板着脸孔说：这样的低级错误以后不能再犯了！

还有一次，苏晓月将两位市委常委的排名顺序弄反了，本应排在前面的那位对此颇有微词，同江市委宣传部李部长特意打电话给苏晓月，要她下次注意点。最令苏晓月气恼的是那篇题为《谋财害命为哪般》的杂文，文中只说某城某钢材厂一味追求经济效益，盲目上马被一些大型钢厂淘汰的生产线，造成城区上空红烟滚滚，空气严重被污染，一位愤怒的市民甚至在网上公开悬赏：谁炸平这家钢材厂，奖赏五万元。然而，该市领导为出政绩保税收，不仅对钢材厂听之任之，该钢材厂厂长还被该市评为优秀企业家，获得市政府三万元奖金。本来，文中写的全是同江钢材厂，并且没有半句虚言，但为了避免不必要的麻烦，苏晓月在文中略去了真实的地名和厂名。文章在《同江日报·周末版》登出来后，引起了轩然大波。首先是同江钢材厂的夏厂长暴跳如雷，声称以后不再征订《同江日报》，并拒绝接洽《同江日报》记者来访。钢材厂的宣传部部长本来与苏晓月私交不错，因被夏厂长骂了个狗血淋头，说是"再出这样的事儿就先撤你的职"，便对苏晓月打电话发了一阵牢骚。苏晓月据理力争：

"我写的全部都是事实，你应该很清楚。何况我并没有点你们的厂名。"

宣传部部长可怜兮兮地说："大记者，我们也是没法子。全厂两千号人，难道都饿死算了？就算是饮鸩止渴，也好过立即被渴死啊。求求你以后笔下留情，得饶人处且饶人。"

苏晓月烦得要命，一气之下挂了电话。哪想事情远没有结束，先是李部长在电话中"兴师问罪"：

"小苏，你身为党报的记者，应该坚持以正确的舆论导向为主，同江钢材厂这两年好容易从困境中走出来，为我市经济发展做出了不可磨灭的贡献，你怎么能够写这样的稿子，将所有人甚至包括市领导的功劳全都一笔抹杀呢？"

紧接着，在报社的例会上，苏晓月受到了批评，虽然社长没点名，但谁不知道挨批的这个人，就是她苏晓月呢？

那时候，秦汉明还在几百公里之外的另一座城市当副市长。苏晓月想，若是换成秦汉明，他会是什么态度？他会用什么样的话、什么样的语气来批评自己呢？

苏晓月整天东奔西跑，她几乎忘了自己的婚期。她的婚期一年前就已定下。而她的未婚夫，或许在十几年前就已定下。有哪个男孩会十几年如一日细心呵护一个女孩，如果他不爱她的话。又有哪个女孩被一个男孩无怨无悔呵护了十几年，爱了十几年，在他向她求婚的时候，能够拒绝戴上他为她挑的戒指？如果这个女孩并非铁石心肠。苏晓月的婚期，十月一日国庆节，很快就要到了。于伟军从草原回来就开始准备结婚事宜。于学文两年前在沿江路买了一套三房两厅。去年，于伟军对房子进行了装修。现在，只需购买家具电器等生活用品了。每当于伟军要拉苏晓月去买东西，苏晓月就推说要采访，要写稿子，或者干脆说头疼。她一直就有头疼病，苏晓月一头疼，于伟军就心疼，当然也就不再勉强她。可是，领结婚证，拍婚纱照，苏晓月也找着同样的借口，一拖再拖。于伟军不敢对苏晓月发脾气，只好找刘莲来做说客。

那天晚上，刘莲将苏晓月拉到了她的新月娱乐城。两人坐在咖啡厅一角，一人要了一杯黑咖啡。

你怎么搞的，结婚是大喜事，瞧你垂头丧气的样子。

为什么要结婚？我一点都不想结婚。

你也有二十四岁了，反正迟早要结的嘛。

我真的不想结婚！

你不喜欢他？

不是。

你心里有另外的人？

你胡说什么！

那你为什么不肯结婚？你们俩是正宗的青梅竹马两小无猜，这么多年，他一直对你照顾得无微不至，他对你那么好，那么爱你，何况他还那么优秀，年纪轻轻就当上了市技校的副校长，打着灯笼都找不着的人，被你碰上了，你还犹豫什么！

我，唉，我也不知道为什么，就是不想结婚而已。

好了，别想那么多了，真是越聪明的人越糊涂。女人迟早要走这一步的，好好过你的小日子吧。

苏晓月放下咖啡，皱皱眉，伸伸舌头，说：好苦！我去一下洗手间。

在洗手间那面大镜子里，苏晓月看到那张毫无生机的脸，连她自己都吃了一惊。她盯着那张脸发了一阵呆。有人来洗手，苏晓月醒过来，装作翻背包，找手机。手机一下找到了，苏晓月迷迷糊糊，按了一组数字，又迷迷糊糊，按了拨通键。

喂，喂！

是我，妈。

是晓月吗？怎么还没回去？这时候还打什么电话？伟军呢？

他在家里，我没什么事，还不是想你了呗。

哦，那倒也是，马上要嫁到别人家去了，也该想想妈妈了。

妈……

什么事啊？你干吗吞吞吐吐的？这些天为你买嫁妆，我腿都酸了，不过，再累我也高兴！什么事，你快点说啊！

没事，妈，只是想听听你的声音。

你这孩子！记得早点回家，你身体本来就不好，可熬不得夜！

一眨眼就到了国庆。

同江宾馆，于伟军和苏晓月的结婚典礼。

于学文满面春风，作为男方家长即席发言时，几次被掌声打断。从于队长到于矿长，再到市政研室主任，已是十四五年时间，于学文说话做事早已修炼得滴水不露。他说，他一直希望有一个女儿，现在，叫了他十几年干爹的女孩，成了他的儿媳妇，他怎能不高兴……

苏晓月穿着白婚纱，抱着一束红玫瑰。她看见何美静偷偷揩了下眼角。于学文在说怎能不高兴时，何美静和苏晓月同时想起了苏卫国。如果没有那场瓦斯爆炸，就会有一位幸福的父亲，牵着女儿的手，将她送到另一个同样深爱她的男人手中。

谭桂花脸上一直挂着笑，心里却是风起云涌。她并不讨厌苏晓月，何况，两天前，她从于伟军口中得知，苏晓月已经有了一个月的身孕了。但于家那几个男人，不论大小，对苏晓月和何美静实在太好，那种好，简直算得上贴心贴肺了。是的，当初若不是苏卫国代那个晚班，失去丈夫的将是她谭桂花，而不是何美静；失去父亲的，也不是苏晓月，而是于伟军和于伟民。

刚搬来同江煤矿时，对于何美静，谭桂花可以说是既敬且妒。何美静毕业于省城一所师范学校，书教得好，在矿区口碑极佳。在谭桂花眼里，这就是令她羡慕的"知识分子"了。谭桂花不明白，为什么自己长得像个黑冬瓜，而何美静却长得肌肤胜雪，脸上连一个小疙瘩都没有，说起话来比那画眉鸟还动听。虽说自己生的是两个儿子，却是又黑又瘦，顽皮至极。何美静只生了一个女儿，那女儿却像白面捏成，漂亮得像年画上的美人儿。谭桂花吃上国家粮不久，就当上了同江煤矿职工食堂的炊事员，常常有剩饭剩菜提回家来，将自家阳台后面圈着的那几只母鸡喂得一天下一个蛋，这多少弥补了谭桂花的诸多遗憾。

苏卫国出事之后，何美静瘦得如电线杆上蒙层皮，苏晓月那张小脸更是白到发青。谭桂花陪着掉了不少眼泪，有一天回到家来，谭桂花直奔阳台，从鸡窝中一把揪出那只最大的老母鸡。老母鸡扑腾着翅子，奋力挣扎，并咯咯咯地喊着冤。谭桂花从厨房里拿了把菜刀，对着老母鸡的脖子，比画了两下，眼都不眨，手一抹，鸡血喷溅出来。谭桂花边抹边说，老伙计，你别怨我，你有功劳我知道，我也是不得已。

谭桂花炖了鸡汤送到何美静家里。何美静不肯要，谭桂花说："我可不是为你，我是为我的儿子和干女儿，干女儿的身体不能垮，我儿子老师的身体更不能垮，吃吧，再不吃我生气了。"

鸡汤真香啊。谭桂花咽着口水，极力劝说何美静和苏晓月趁热喝完鸡汤。而于家两兄弟，更是垂涎三尺。他们眼睁睁看着母亲宰了鸡，褪了毛，剁成块，放进砂锅里熬得满屋子飘香，又眼睁睁看着母亲提着砂锅要往苏晓月家里去。谭桂花问儿子：

"你们是不是很想尝一口？"

两兄弟异口同声："我不要。"

谭桂花叹口气，走了。于伟民又使劲咽了咽口水，问于伟军：

"哥，你真的不想喝鸡汤吗？"于伟军喉咙里咕噜噜地响，他抄起茶杯猛喝了一大口水，喘着气反问一句：

"你说呢？"

两兄弟便又同时叹了口气。那年头，于家并不宽裕，桌上很少见到肉类，那些老母鸡所下的蛋，就成了改善伙食的主要来源。鸡宰完了，今后连蛋都没得吃了。但于伟军毫无怨言，他比母亲更希望何老师健健康康，苏晓月快快乐乐。

弹指之间，已是十几年。于伟军对苏晓月的爱，终于水到渠成，在挨桌敬酒时，于伟军几乎是一口一杯，来者不拒。

"来来来，你们一起吃了这个肉丸子，祝你们早生贵子。"

于伟军和苏晓月过来敬酒时，刘莲领着一桌同学，站起来"围攻"苏晓月和于伟军。肉丸子不小但也不大，刘莲用一双筷子牢牢夹住中间，于伟军和苏晓月鼻子碰鼻子，嘴唇碰嘴唇，总算一人一半，将那肉丸子消灭掉。肉丸子刚进嘴，苏晓月就想吐，刘莲她们立刻大呼小叫：

"不能吐，千万不能吐！"

苏晓月苦着脸将丸子重新逼回喉咙里。这些坏家伙，早将丸子在五粮液中浸泡过。看着苏晓月龇牙咧嘴，刘莲笑得连手中的筷子都掉了一根。

新婚之夜。客人终于全部离去。于伟军喝得半醉，抱着苏晓月，摇摇晃晃，往卧室去。苏晓月风情万种，依偎在他怀中。如何一次爱个够，于伟军仿佛知道，又仿佛不知道。他借着酒劲。他无法不疯。他游龙戏凤。他愈战愈猛。苏晓月喊声哎哟，又喊声好疼。她只是轻轻地喊，她是他的新娘，她没有理由扫他的兴。那张模糊的面庞又浮现在她眼前，那张有着一颗清晰黑痣的模糊面庞，苏晓月在心里一遍遍恳求：你走吧，你走吧！我再也不要见到你！苏晓月闻到一股血腥味，那是她的牙齿，咬破了她的嘴唇。那张面庞终于消失了。苏晓月全身都在疼，她却尽量压抑着自己的呻吟。

于伟军正指挥千军万马，苏晓月的呻吟，他哪里听得到。

一个人的冲锋。

偃旗息鼓。

第二天早晨，卫生间里，苏晓月的底裤上，卧着一块醒目的红斑。她吓坏了，跑进卧室。于伟军仍在酣睡。她摇醒他。他一坐而起，乱套了件衣服，顾不得洗漱，陪她上医院。

妇产科医生黑着脸说："妻子有了身孕，你不控制自己，真是糊涂。"

于伟军当然着急。他问："医生，不要紧吧？"

"先开几服药保保看，万一不行，只能手术流产。"医生很不耐烦。

"上帝啊，请伸出你仁慈的双手！"苏晓月闭上双眼，她在心里无数次祈祷。

上帝之手，遥不可及。

保胎药，无济于事。苏晓月躺在手术台上，心如刀割。不锈钢器械无情地响。她的身体被侵入，被打开，被撕裂，被一片片凌迟。她恨自己，身为女人，别无选择。她恨那团骨肉，弃她而去，绝情如此。

于伟军徘徊在手术室外，度秒如年。他捂住双眼，一次又一次。痛与悔，穿越他的指缝，奔流而下。

一个透明的大杯子，血肉模糊。医生端给苏晓月看：

"喏，还只有一点点。"

苏晓月只听见后三个字：一点点，一点点，一点点……

整整两天，苏晓月躺在床上，一语不发，粒米未进。于伟军给她炖补品，各种各样的。她不吃。他道歉，他求她。苏晓月的嘴唇长满白泡，不肯张开，哪怕一秒。

第三天，何美静打来电话。苏晓月开口说话。苏晓月强装笑脸。她是个孝女。母亲面前，她从不报忧。苏晓月刚放下电话，一碗鸡汤端到了她面前。于伟军喂着她，一匙，一匙。苏晓月的泪，终于肯流下。

第四天，谭桂花打来电话，要小两口回家去吃晚饭，说是炖了乌龟汤。于伟军为难地看着苏晓月。苏晓月只好点头，她不想让谭桂花误以为儿子娶了媳妇忘了娘。婆家就在市政府大院里，骑上摩托十来分钟就能到。

下午六点多，于伟军载着苏晓月回家去。

于学文也在家里。他坐在客厅沙发上，将头从报纸里伸出来，诧异地问：

"晓月，你的脸色怎么这样难看？"

谭桂花从厨房走出来，边走边埋怨："就这么几步路，电话打烂了，你们也不肯回来吃顿饭，两人都不会做饭，脸色哪里好看得起来？哟，还真没一点血色，晓月，你该不是病了吧？是不是呕得太厉害了？"

苏晓月的双眼立刻红了。

于伟军连忙扶苏晓月坐到沙发上，又去为她倒开水，边拿杯子边说："不小心摔了一跤，掉了。"

"掉了，什么掉了？"于学文将报纸扔在沙发上。

"你是说孩子掉了？怎么搞的？"还是谭桂花先醒悟过来，"你们也太不小心了！"

苏晓月的泪，"啪"的一声，砸在大理石地板上。

"好了，你也别哪壶不开提哪壶了！掉了就掉了呗，这么年轻，还怕没机会。关键要养好身体，这可开不得玩笑！"于学文板着脸站起来。

"你是领导，你说了算！"谭桂花没好气地扔下一句，一扭身，进了厨房。没几分钟，她小心翼翼，捧出来一碗乳白色的汤，轻轻放在餐桌上，对苏晓月说：

"来吧，多喝点，很营养的。"

婚假休完了，明天又得清早起床，苏晓月重新打开手机上的闹铃设置。

"再续几天假吧。"于伟军说，"看你憔悴的样子。"

苏晓月摇摇头，在家里闷着还不如去上班。

25

"苏晓月，你怎么搞的？几天不见，都瘦成林妹妹了，家庭作业做多了吧？"

"年轻人嘛，可以理解，可以理解！"

苏晓月刚走进记者部办公室，那几名男记就寻她开心。苏晓月挤出点笑容，以示回答。记者部杨主任见她气色不好，便安排其他人跟随宁副市长下乡。按分工，苏晓月跑政府线，应该派她去。苏晓月伏在办公桌上。办公室主任在楼下喊：

"记者部还有人吗？"

除了苏晓月，记者部还真没人。苏晓月知道有活干了，她背起相机下了楼。

南北商厦着火了。

苏晓月也像着了火，她一个劲催的士司机快点开，司机说：

"你不要命我还要命。"

苏晓月到达现场时，火势基本上已得到了控制。苏晓月一眼就看到了秦汉明，她下意识地用手梳了梳头发。秦汉明正与消防大队陈队长一起指挥救火。十多名消防队员抬着高压水龙头，见火就扑。苏晓月举起相机抓拍，在往后退着选角度时，她不小心撞进了别人的怀里。好在她穿的是一双休闲鞋，那人只轻轻地叫了声"哎呀"。苏晓月一听声音挺熟悉，回头一看，原来是市电视台新闻部的姜寒林。

姜寒林三十来岁，是同江市电视台的"名记"，曾拍出不少引起深刻反响的好新闻。姜寒林算得上大龄青年了，谈过的女朋友自然没比他走过的桥少。苏晓月从学校毕业后，原本分配在伏林镇政府办公室。她参加记者招聘考试时，姜寒林正在现场拍镜头，他给苏晓月来了个面部大特写。苏晓月以第一名的好成绩考进了同江日报社。后来又经常有机会一同采访，姜寒林对苏晓月更是大献殷勤。可苏晓月仿佛吃了秤砣铁了心，姜寒林是只"老蜜蜂"，苏晓月早就有所耳闻，她不想玩火，她才不会找个花心大萝卜做男朋友。无论姜寒林如何千方百计讨苏晓月芳心，苏晓月一律淡而笑之，令姜寒林在无计可施时知难而退。

看到踩了自己脚还差点摔了自己摄像机的人竟然是苏晓月，姜寒林不由喜出望外，他一副很紧张的样子，问苏晓月"没撞疼吧"，苏晓月抿嘴一笑：

"你没事吧？要是摔坏了你的宝贝摄像机，我可赔不起。"

姜寒林从没听到苏晓月用这么温柔的语气对自己说话，不禁激情澎湃起来："晓月，你怎么才来？等会儿看看我的带子，秦市长在现场指挥救火时有许多感人场面。"

姜寒林匆匆取了些镜头，便邀苏晓月去附近的纤纤茶艺馆看带子。苏晓月说："就在这里看看算了。"她将照相机放进背包中，又取出采访本和圆珠笔。"啪"的一声，苏晓月不小心将采访本掉到了地上。姜寒林几乎同时与她弯腰去捡，两人的头"嘭"的一下撞到一起，姜寒林捡起本子飞快地站了起来。苏晓月站起来时忽觉天旋地转，两眼发黑。眼看她就要倒下去，姜寒林眼疾手快，一把扶住她。苏晓月一只手紧紧地抓住姜寒林的胳膊，另一只手下意识地抓住了他的衣服下摆。这样一来，面对着姜寒林的苏晓月几乎靠在了他的怀里。

"晓月！"正在姜寒林满心窃喜而苏晓月还没缓过神来时，最不该出现的人来了。于伟军特意提前下班来接苏晓月，正好看到这一幕，不由怒火中烧。他大声喊了一句"晓月"后，冲上前就将她从姜寒林怀里往自己身边猛地一拉。苏晓月一个趔趄，跌进于伟军怀中，软软地只往下缩。秦汉明无意间看到于伟军将苏晓月抱在怀里，有那么一瞬，他的手僵在半空，但很快又灵活起来，继续指挥着现场。苏晓月在跌进于伟军怀中的一刹那，她看到了秦汉明投过来的迅速一瞥，看到了秦汉明眉心那颗黑痣仿佛跳动了一下。接着，一切都堕入了黑暗。苏晓月晕了过去，于伟军顾不得与姜寒林生气，抱起苏晓月拦了辆的士去市人民医院。

幸亏只是贫血！于伟军一手拎着药袋，一手扶着苏晓月走出医院大门时，不由想起了在南北商厦前看到的一幕。他忍了又忍的话如雨后春笋，一句句接二连三冒了出来：

"他是什么人？他叫什么名字？看他色眯眯的样子，真不是好东西。我给你请假你又不肯，还要跑到那么危险的地方去。看到他抱着你，就算我相信你，别人又会怎么议论你们！"

苏晓月任凭于伟军在耳畔愤愤不平地埋怨，她心里没来由地绝望起来。在流产之后，她的心情一直很糟糕，于伟军今天的表现，无疑又是雪上加霜。

晚上，刘莲来了。苏晓月刚好吃完药睡下，听到刘莲的声音，连忙起来。苏晓月要于伟军去客厅看电视。刘莲关上卧室的门，坐到了床上。苏晓月发现刘莲的眼睛红肿着，下面垂着两个黑眼圈，眼角还长出了鱼尾纹，与一个月前光鲜水嫩的俏刘莲判若两人。苏晓月连忙问：

"怎么啦？"

刘莲忍住眼泪说："马青云那个王八蛋，他竟然在外面养了个情人。"

马青云是同江市煤炭局的副局长，这些年在煤窑入股赚了不少钱。他是在一次煤矿安全检查中发现刘莲的。刘莲当时在同江煤矿办公室打杂。刘莲大眼睛白皮肤，身材也是该凸就凸，该凹就凹，马青云对她一见钟情。马青云年纪轻轻事业有成，追刘莲时简直不惜血本，刘莲芳心一动，两人便闪电般结了婚。刘莲后来辞了职，原想全心全意当太太，谁知无所事事也难受，刘莲便开了家小茶馆，接着又开了家娱乐城，捎带着解决了三个妹妹的就业问题。

苏晓月不知如何安慰刘莲。她与刘莲和马青云曾经有过一段几乎亲密无间的日子。刘莲去约会时，经常拉着苏晓月同去，马青云左右周旋，既给足了苏晓月面子，又让刘莲在感动之余平添几分对他的爱意。刘莲和马青云结婚后，苏晓月常到他们家蹭饭吃。每当马青云解下围裙，一脸汗水地坐到餐桌旁时，苏晓月总是塞着满嘴的好菜，还要忙里偷闲地发表感慨：

"马大哥好手艺！莲姐好福气！嗯，经常这么白吃，我都快惭愧死了！"

马青云就哈哈大笑："晓月的巧嘴谁抵挡得住？不过你也没必要惭愧，小户吃大户，这是社会财富的再一次公平分配。"

那时的马青云，真的是鸡蛋里挑不出硬骨头。没有哪一只鸡蛋，里面会藏着骨头。人人都在变，马青云也不例外。刘莲抽抽搭搭地哭诉，苏晓月唯一能做的，就是不断从纸盒中抽出纸来，为刘莲擦泪。

夜已深。刘莲说完了，哭累了，要回去。苏晓月要她干脆睡在这里算了，刘莲坚决要走，苏晓月便要早已呵欠连天的于伟军送刘莲下楼等的士。

第二天早晨六点半，苏晓月就醒来了，她惦记着昨天的稿子还没写。上班就要交稿的，如果再延误一天，编辑部主任李双魁肯定又要板着黑脸说：

"稿子要及时写好交来，像这么一拖，新闻变成了旧闻，还有什么好发表的？"

记者们都有点怕这个矮矮胖胖的李主任，大家背地里称他为"李逵"，心里对他还是敬多于畏，毕竟，李主任兢兢业业一丝不苟的工作作风还是值得称道。

八点过五分，苏晓月将稿子交到了李主任手里，她对李主任说：

"起火原因还不清楚，我今天再去采访。"

李主任边看稿子边赞许地点了点头："行！"

29

第 二 章

　　年关将至，同江市下了一场罕见的大雪。说是罕见，说是大雪，是因为同江市已连续两三年没下过雪了。雪从下午开始一直下个没停，但到第二天早晨，路上的积雪并不厚，人们还是该干嘛就干嘛。

　　苏晓月从衣柜最下面翻出一件火红的羽绒服，边穿边说，今天要下乡慰问。于伟军说，下这么大雪，你要杨主任另外换个记者去不行吗？苏晓月不吭声，垂着头换衣服。于伟军从另一个衣柜里找到一条白色的羊绒围脖，等苏晓月拉上羽绒服的拉链，他将围脖往苏晓月颈后绕了一圈，又在她下巴处绾了一绾，说，你啊，总这么倔，路很滑，你走路要小心点！

　　苏晓月来到市政府门口时，姜寒林已经背着摄像机站在那里了。一股热气从他嘴里呵出来：

　　怎么才来？好大的雪！你冷不冷？

　　我也穿着羽绒服，不冷，你来了多久？不是说八点半出发吗？还差几分钟。

　　苏晓月跺了跺脚，她穿着皮靴，里面有一层软毛，可她觉得那软毛简直就是拒绝融化的雪，一层层的凉意透过脚掌直往身体里蹿。正跺脚，一辆黑色的沙漠王子开了出来，苏晓月看到秦汉明就坐在副驾驶位上。

30

车子在苏晓月身边停下，玻璃摇了下来，秦汉明匆匆看了一眼苏晓月，说，两位记者坐我的车吧。

姜寒林抢先一步，打开后车门，对苏晓月做了个请进的手势。

雪还在下，小小的雪花被风吹得漫天飞舞，真的是"未若柳絮因风起"吗？苏晓月觉得那更像无数动听的音符，隐隐约约，她听到了梅花绽放的声音。车没开多远，车窗玻璃就蒙上了一层雾，外面的天地越来越模糊。苏晓月用手指轻轻擦了几下，透过明亮的部分，世界重新变得色彩分明。悠闲的白，顽强的绿，活泼的红，以及清澈的笑容。

后面的两辆车紧跟着沙漠王子，停在村口。原来是市民政局与市政府办的人。村口已经停了两辆车，乡党委书记和乡长们早已在此恭候多时。一行人走在雪地里，雪们发出吱吱的呻吟。姜寒林跑到最前面拍镜头，苏晓月跟在秦汉明身后，听书记乡长的口头汇报。雪正在融化，大家走得很慢。秦汉明突然脚下一滑，身边的人都伸手去扶他，他当然没有摔倒，但他被苏晓月吓了一跳，苏晓月没来得及伸手去扶秦汉明，那些姓后带个"长"字的人，无不比她动作麻利许多，但她那句"哎呀"却是脱口而出，而且分贝不低。秦汉明回头对苏晓月微微一笑，好像在说：对不起，吓到你了吗？苏晓月刚刚放下去的心又怦怦乱跳起来，她脸一红，说，这路好滑！

好容易来到那些慰问对象家里时，苏晓月才发现，同样的大雪，在带给许多人快乐的同时，却给某些人增添了烦忧。秦汉明来到慰问对象家时，第一件事大多是看他们家里有没有取暖设备，有没有过冬的煤。然后是看窗户，看被褥，看他们身上穿的衣服暖不暖和，看他们的年货备齐了没有。临走时，都是紧紧握着他们的手，塞一个红包在他们的掌心。有位五保户的棉被烂了两个大窟窿，苏晓月发现秦汉明眉心那颗黑痣立刻由圆形变成了椭圆，秦汉明当即对市民政局局长说了两句，局长

31

忙不迭地点头，连声应着：是，是，马上到位。

在一位百岁老妪家，秦汉明停留了许久，他甚至还看了老人的饭锅和碗橱，问老人中午准备煮什么菜吃，然后坐在老人身旁，一直握着老人的手，问这问那。行程安排得很紧，秦汉明看了看表，起身欲走时，突然发现老人右肩上粘着一根草屑，他用右手轻轻按住老人的左肩，左手捏住老人右肩那根草屑，似乎不经意看了看，然后，两根手指一挥，草屑被抖落。他笑着说：老人家，您好像我娭毑！

苏晓月及时按动快门，捕捉了这个镜头，也捕捉了这句话。这句话，彻底打动了苏晓月，也成了她后来获奖的那篇通讯的标题。从某种角度说，秦汉明只是在认真演好一个市长所应该演的戏份，那么，是这句话，让苏晓月产生了一种错觉，眼前这个高大英俊、年仅三十五岁的男人，不像是一个市长，此时的他，在苏晓月眼里既体现了父亲的仁慈、兄长的宽容、朋友的关心、儿子的孝顺，甚至还有、还有情人般的体贴。在那一瞬，苏晓月宁愿那位老人就是自己，虽然那种幸福，只是水中月，镜中花，而且，稍纵即逝。

一次普通的慰问，在苏晓月那篇名叫《老人家，您好像我娭毑》的通讯里，演绎成了一个市长爱民如子的动人故事。看得出来，秦汉明对这篇通讯也非常满意，苏晓月认为他看自己的眼神，与平时已有了几分不同。

雪下了，年过了，冬天要走了，春天却似乎迟迟不肯到来。阴冷，还是阴冷，阳光也变得弥足珍贵。河边的杨柳却不管这些，不知什么时候，它们吐出了一丝一丝的新绿。而公园里的桃花，偷偷地，也已是羞羞答答，晕红点点了。

美好的东西，之所以令人怀念，大多因为太过短暂。杨柳尚在吐新，桃花还没谢完，这气温，就呼呼地往上蹿。四季若是一个完整的人体。那么，春天只是那段窄窄的脖颈。春天的美好，大约就在于她的稍纵即逝。

似乎气温一高，各种烦心的事儿也越多。入夏以来，伏林镇连续发生了两起矿难，首先是因冒顶砸伤三人，后来又是瓦斯爆炸一死七伤。同江市所有中小煤矿开始停产整顿。苏晓月整天往产煤乡镇跑，她连续采访了三四十个农民工和十来位矿主，人都累成了豆芽菜，最后写出了一篇近万字的调查报告，名为《小煤窑打工仔：你为什么不怕死》。报告以翔实的数据，揭示了小煤窑打工仔这一特殊群体艰难的生存状态。报纸一出，同江报社办公室的电话就响个没停，有人夸这篇调查报告真实深刻，更有人说这纯粹是一派胡言，简直就是危言耸听。某些部门领导甚至在电话中大发脾气。

苏晓月觉得委屈，她自认为调查报告中没有一个数字掺了水，没有一个例子含有虚构成分。当天晚上，她就向于伟军诉说委屈，于伟军劝她以后少写敏感题材，在整顿小煤窑的节骨眼上，写出这样的调查报告，当然会有人不高兴。于伟军说：

"你呀，要我说你多少次！瞧你整天有事没事就往乡下跑，搞什么鬼社会调查，人都瘦了一圈！还费力不讨好。要是你只栽花，不栽刺，哪会有那么多烦恼！像前不久发生在红星公园的那桩凶杀案，你写的都是事实，是事实又怎么样，当事者家属不也来找你的麻烦！"

一听到这话，苏晓月更烦。"铁肩担道义"不是新闻记者的天职吗？如果一个新闻记者只知道一味吹捧，说些违心的话，那岂不是新闻的悲哀？她以为秦汉明也会生气，虽然他来同江不久，但这样的稿子，毕竟没有哪个领导愿意看到。稿子见报后，苏晓月又跟秦汉明出去采访了几次，秦汉明却绝口不提这件事，看来他并没有想责备她的意思，苏晓月这才舒了一口长气。谁有意见她都不会介意，但秦汉明不同。她介意秦汉明，并不是因为他是市长的缘故。究竟是什么原因，连苏晓月自己都不知道，或许，她只是不想令他失望，就像小时候不想令父母失望，长大了不想让母亲失望一样。

"你就别自寻烦恼了！女人太操心容易老！"于伟军一边说，一边来脱苏晓月的睡裙。正自烦自躁的苏晓月使劲拨开他的手，愤然起床冲到另一间卧室，随手将门反锁上。于伟军根本没料到苏晓月会来这一手，他一脸愕然地看着苏晓月冲出去，当听到关门声时他才猛然醒悟过来。于伟军鞋也顾不得穿，打着赤脚跑去开门，左拧右拧就是打不开。他先是低声下气地求苏晓月开门，求了半天，苏晓月只是一声不吭。于伟军便走开了。苏晓月以为他睡觉去了，心里更觉委屈，眼泪也不争气地开始在脸上纵横流淌。

"吱呀"一声，卧室的铝合金窗子突然被谁推开，正在暗自垂泪的苏晓月蓦然一惊，这一带的治安状况一直很糟，深更半夜经常听到有人尖叫着喊"抓贼"。想到这里，苏晓月觉得全身的血液都要凝固了。正当她惊慌失措的时候，从窗外跳进一个人来。那个人径直就走到了床边，只穿着吊带睡裙的苏晓月吓得呼吸都暂时停止。直到那人喊了声"月月"，苏晓月才回过神来。原来是于伟军，他是从两间卧室相通的防盗窗上爬过来的。苏晓月经过这一惊一吓，连眼泪都忘记流了。她知道于伟军是不到黄河心不死，她也懒得再去怄气。所以，当于伟军试探着搂她入怀，并轻轻用舌头撬开她的唇，接着又得寸进尺，将手伸进睡裙下面时，她始终一动不动，死了般，任凭于伟军一个人气喘吁吁，忙上忙下，不亦乐乎。

第二天下班后，苏晓月没有回家，她去了刘莲的新月娱乐城，好久不见刘莲，她有点想念。新月娱乐城位于同江市最繁华的闹市中心，占据了同江市的最高建筑——二十六层高的中心大厦的二、三、四层。二层被刘莲装修成了颇具异域情调的酒吧，三层被分隔成二十余个卡拉OK包厢，四层是洗浴城。一位漂亮小姐，笑容可掬，站在酒吧收银台里。小姐说，莲姐在三楼"望春阁"。苏晓月担心冒昧，先拨通刘莲手机。刘莲听说苏晓月就在二楼，喜出望外。她要苏晓月上去"帮她挑土"。

苏晓月推开包厢门，一股冷气，烟味扑鼻，四个人正打麻将。刘莲、市地税局的冯局长、工商局的张局长、文化局的袁局长。都是一手摸牌，一手拿烟。排气扇竭尽全力，亦是徒劳。苏晓月吭吭地咳。刘莲要苏晓月坐到她身边，等她打完这一把，就要苏晓月帮她"挑土"。

冯局长在眼镜后面眯起双眼，说："女人帮男人挑土才有味，苏记者还是到我这里来吧。"

张局长和袁局长马上异口同声："不行，这不公平！"

袁局长摸了摸光光的脑门："如果有苏小姐这样的美女名记帮我打牌，我就算输得倾家荡产，也心甘情愿。"

张局长就嘲笑袁局长："那确实，牡丹花下死，做鬼也风流。"

苏晓月知道他们油嘴滑舌惯了，也不计较，笑着对刘莲说："这么好的手气，还要我挑什么土？"

刘莲手里万一色定牌，横胡一万九万，桌上正好一张都没出。她手里有三张八万、三张两万，桌上已出了一张八万和一张两万，她和牌的概率很高。

苏晓月话音刚落，刘莲对面的冯局长打出一张九万，坐刘莲上手的张局长问，没有人碰吗，我要摸牌了。刘莲不动声色，苏晓月不知她葫芦里卖什么药，在她背后，悄悄扯了扯她的白色连衣裙。刘莲对她使个眼色，苏晓月更加迷糊，清一色，好几番，刘莲竟然不和。

又摸了几圈，冯局长一声大叫："哈哈！门清自摸！"

刘莲微笑着，掏出一把崭新的钞票。她推苏晓月上桌。苏晓月哪敢。打得这么大，又不能接他们的炮，不输死才怪。刘莲也不勉强，她让苏晓月去另一个包厢，看碟或唱歌。刘莲表示抱歉，晚饭还要等一会。

苏晓月说："我还是回去算了。"

刘莲尖起嗓门："大记者难得来一回，怎能说走就走？你不如去四楼洗个澡，按摩按摩。晚上咱姐俩好好聊聊。"

苏晓月说："你可别心疼！"

刘莲"呸"了一声："我什么时候在你面前小气过？"

苏晓月来到洗浴城，女宾室冷冷清清。洗浴小姐很殷勤。苏晓月刚换下的衣服，被她锁进一个小壁柜。她交给苏晓月钥匙和洗浴用品。苏晓月披着浴巾，走进淋浴间。

倾泻而下的热水。苏晓月哼着曲子，不知道名字。自从结婚，她几乎没出来玩过。于伟军晚上不喜欢出门，他也不喜欢苏晓月出去玩。他甚至恨不得二十四小时将苏晓月拴在他的皮带上。每天早晨，只要不是雨雪天气，于伟军骑着摩托车，先送苏晓月去报社，再自己赶往学校。每天下班时，他要打几次电话，问清她的行踪。苏晓月在市内采访，于伟军一定会赶到采访地接她，即使苏晓月有专车接送；苏晓月下乡，又身在盲区，于伟军打遍报社记者的电话，非得弄清苏晓月的去向。苏晓月一身疲惫，回到家来，于伟军还要再三盘问。

非上班时间，除了有采访任务，苏晓月别想单独出门。

偏偏苏晓月爱好广泛。唱歌、跳舞、泡吧、逛街、聊天、打保龄球。这些，于伟军一概不喜欢。他只喜欢待在家里，看电视，上网。苏晓月渐渐缺氧。她需要爱人，也需要朋友。爱情与友情，可以鱼和熊掌兼得。而男人，这群缺乏安全感的动物，他们更需要朋友，彼此给予勇气。只有于伟军，一回到家里，就不想出门。

于伟军，于伟军只需要……只需要，爱，做爱。

他的性欲，出奇地旺盛。

于伟军是一头野兽，处于发情期，永不知疲倦。苏晓月的经期，苏晓月的流产禁欲期，于伟军不敢和她睡一张床，于伟军怕控制不住。没结婚前，于伟军还顾及苏晓月的情绪。新婚之夜闯下大祸，解禁之后，他好了伤疤忘了痛。他可以夜夜耕耘，有时两遍三遍。他喜欢省略所有前奏，直奔主题。霸王硬上弓。她觉得委屈，身体拒绝湿润。他不管。他乐此不疲。

有一次，因为炎症，苏晓月的经期延长了好几天。第七天时，于伟军饿得两眼发绿光。苏晓月躲到床尾，求他再忍两天。于伟军十分亢奋，近乎强暴。事毕，苏晓月哭，于伟军捉住她的手，使劲打自己的脸。苏晓月抽都抽不出。他还要抱着她睡，不管她是否愿意。

苏晓月在结婚以前，经常有人坚持请她的客，有的是感谢她妙笔生花，有些是为了套近乎。会干不如会吹，走仕途的人，懂得宣传的重要。更多的是追求者，他们有女朋友，或者暂时空巢。

苏晓月喜欢与男人交朋友。和许多男人一起唱歌，一起喝酒，一起聊天。苏晓月喜欢与男人交朋友。他们乐意纵容她，呵护她。而女人，对她总是充满防备。她从没打算成为狐狸精。夺人所爱，她不屑一顾。乌鸦嘴里那块腐肉，它根本无须忧心忡忡。苏晓月不喜欢和女人交朋友，太累。

在男人面前，苏晓月可以犯任何错误，只要不是太离谱。然而，单独约会的机会，她从来不给他们。荷尔蒙无罪。如果她挑起他们的欲望，又不能令他们满足，那就是伤害，对于他们而言，即使她是无意。如果她挑起他们的欲望，并且让他们满足，也是一种伤害，对于她而言，即使她是有意。

只有他除外，那个名叫于伟军的男人。她一次又一次地满足他。只因为他从小就呵护她，只因为他从小就爱着她。

只有她除外，那个名叫刘莲的女人。她是苏晓月唯一的同性朋友。

一名小姐往一个圆柱形大木桶里垫塑料薄膜。之后，打开龙头，往里放水。

淋浴完，另一名小姐引苏晓月躺上一张睡榻。赤身裸体的苏晓月，陌生女子的眼。苏晓月装不出坦然。小姐手握毛巾搓着，她的身子由白而红。

第一次泡牛奶浴。温滑的白色液体，环抱苏晓月。心跳的感觉，苏晓月无法抗拒。李隆基、杨玉环、华清池，侍儿扶起娇无力。苏晓月迷失了方向，误入唐朝。她躲在缀满流苏的帷幔下，嫉妒他们的爱情。

她不是杨玉环，她不够丰盈。自缢是她最不喜欢的了断方式，她只喜欢安眠药，那种极干净极安详的离去。她也不是赵飞燕，她不会波浪般舞动水袖，即使长袖善舞，亦没有那么大一个巴掌，能够做她的舞台。如果她有一个妹妹，也叫赵合德，也可以落雁，也可以沉鱼，却不可以分享她的爱情。文档可以共享，音乐可以共享。但爱情，不可以共享。妹妹也不例外。

她从未想过穿越时空隧道。杨玉环、赵飞燕，绝代芳华终归是一抔黄土。过去的终归过去，没有什么可以刷新。

她究竟渴望什么，无人知晓。

淡蓝色牛仔布、无袖连衣裙，这才是她的行头。

镜子里，一名女子面带无法洗却的忧伤，亭亭玉立。深蓝色，牛仔布凉鞋。靛蓝色，牛仔小背包。板栗色，齐肩秀发。苏晓月走近，再次打量那个女子。她确定，那个女子，就是她自己。

苏晓月重新走进"望春楼"。他们齐刷刷抬头。

刘莲露着媚笑："我不打了，一吃三，大局已定。三位大局长，我举手投降总行吧？"

那三人均是盆盈钵满，当然就坡下驴："好啊，你有的是机会报仇。"

刘莲起身，打开包厢门喊道：

"望春楼上菜。"

苏晓月突然想起，要向于伟军告知她的去向。苏晓月掀开手机盖，提示有五十个未接电话。都是于伟军的手机号，还有十条新信息。

第一条："老婆，你在哪里？怎么不接电话？"

最后一条："你到底在搞什么鬼？你存心要急死我气死我，是吗？"

苏晓月拨打于伟军手机，刚响一声，他就接了。

"你到底在哪里？"

"我这么大的人会丢吗？我在刘莲店里，手机放在包里，没听见。我吃完晚饭就回来。"

"我熬了排骨汤等你。"

"你自己吃吧。"

"过一个小时我来接……"

苏晓月已经合上了手机盖。

真烦。

眼前一亮，一大盘白灼基围虾，红得惹人眼。苏晓月瞧了瞧刘莲。刘莲还要嘴硬：

"不是因为你喜欢吃。听说你剥虾的功夫了得，局长们想见识见识。"

苏晓月差点脸红。什么剥虾功。她比较挑食，桌上的菜，太油了的不吃，太腥了的不吃，太辣了的不吃。就算基围虾，如果蘸了芥末，她也不吃。芥末汁曾熏得她涕泪横流。这种"冲劲"她只敢尝一次，就像某种体验，如果太过痛苦，她宁肯不要。

苏晓月喜欢剥虾的感觉。从虾身一侧，将虾壳与虾肉剥离一点点，再顺着小缝，慢慢往下剥，直至虾尾处。换到另一侧，剥到虾尾。一手捏住虾的背部，一手从虾的腹部小心取出虾肉。送进嘴里，又鲜又嫩。虾壳完整无缺，齐齐摆在碟中。比刚上桌的，还要整齐。

粗鲁的他们。每一只虾壳，都被弄得支离破碎。剥虾吃肉，与壳的完整无关。过程不重要，重要的是结果。反正要扔掉，支离破碎的要扔掉，完整无缺的也要扔掉。它们是虾壳，没有更好的结局。就像虾肉，被烹煮，被咀嚼，被消化，最后，被排泄。苏晓月很清楚，她却不想为此改变。

保持每一只虾壳的完整，这是她的习惯。

饭桌上，局长们接手机，一次又一次。他们声调降低，语气舒缓。他们嗯嗯啊啊，含糊其词。他们最后都这样说：

"好啦，等我吃完饭再和你联系，你别乱跑别关机。"

那种暧昧，傻子都明白。

刘莲接电话，与他们一样。那个打电话的人，应该不是马青云。

这是周末，没有理由不精彩。

等着苏晓月的，却只有盘问，没完没了。

彼此心照不宣，饭局及时结束。局长们忙着掏车钥匙，按遥控器，车锁打开的声音。局长们互相告别。一只脚迈向车门时，他们说：

"改天请你们俩的客，随便干什么都行。"

刘莲说："好啊，血债就要血来还。你们可要带足米米。"

局长们哈哈的笑声，被车门阻断。

刘莲搂着苏晓月，说："傻妹妹，今晚我谁也不陪，就陪你，怎么样？"

苏晓月不敢相信："真的？你不去约会？"

刘莲就笑："男人满街都是，招招手就能找来一个连。苏晓月却只有一个。你说你想去哪儿玩。"

苏晓月想了想，正要说，刘莲一拍手：

"蹦迪去！"

不愧是志同道合。

刘莲与苏晓月像往常一样，手拉手来到"阿里巴巴"。"阿里巴巴"是同江市最火爆的迪厅。它的门口用石头垒成拱形，上面缀着几根翠绿的长满树叶的枝条。星星般的装饰灯点缀其间，仿佛只要念一句"芝麻开门"，那扇神秘的财富之门就会訇然洞开。

刘莲和苏晓月各要了一瓶橙汁，两人面对面坐在高脚凳上，边喝橙汁边聊天边看投影。漫无边际地聊了半小时，正要触及对方心里最最柔软之处时，震耳欲聋的摇滚乐响了起来。两人同时蹦下高脚凳，冲进了舞池。

来蹦迪的大多是十几二十岁的年轻人。脚下的地板随着疯狂的人群起起落落。五六个二十来岁的男孩子，顶着各色头发，围着苏晓月她们，挑衅似的摇头跺脚扭腰送胯。苏晓月面无惧色，尽情地舞着，她那头柔顺的栗色头发像水波般荡来漾去；双乳却在浅紫色的真丝连衣裙里一蹦一跳，呼之欲出。刘莲亦如醉酒的天使，面色酡红，星眼半睐，舞得浑然忘我。男生们边舞边哦哦地叫着，苏晓月感觉心脏都快被震裂了，下腹部阵阵隐隐作痛，她不想离开舞池。她不再使劲摇摆，只是微微扭着腰臀部，随着地板的一起一落而一上一下。

周围的男生见苏晓月偷懒，一起大声地冲着她"哦哦哦"地叫了起来。苏晓月斗志被激起，再次开始狂舞。她闭上眼睛，疯了般甩头扭腰，正在自我陶醉时，只听见"啪"的一声，一记重重的耳光，结结实实落在她脸上。苏晓月一下子蒙了，那些男生见有人打她，冲上来就要帮忙。

刘莲赶紧拉开他们。

打苏晓月的人是于伟军。

盛怒之下的于伟军五官扭曲得变了形。老天，自己从下午开始找起，找得人都快要疯了，而这个被找的人却在这里跳这种下贱的舞！这个他全心全意爱着的人，竟然和烂仔们混在一起！说好吃完饭就去接她，说好不单独溜出来玩，说好两人好好爱一辈子，可她……于伟军的心一会儿冲上狂怒的巅峰，一会儿又跌落到痛苦的深渊。他铸铁似的紧握双拳站在那儿，他不敢再动手，他知道表面柔弱的苏晓月其实性子很倔，他怕他再动手到时大家都下不了台。

苏晓月回过神来，她一只手捂着火辣辣的半张脸，另一只手拨开挡在她前面的于伟军，头也不回地冲了出去。于伟军急急忙忙去追她。刘莲满身是汗，也跟着出了迪厅。

反光镜里，苏晓月无语垂泪。的士司机有点好奇，他问了两遍"小姐去哪里"，见没有答复，便自言自语地说："那我就载着你到沿江路转悠转悠。"

转了半天，计价表上的数字已经快到三位数了，苏晓月还没有开口说一句话。的士司机不打算再忍，他诚恳地说：

"小姐，这样转下去也不是办法。"

苏晓月哽着嗓子喊了声"停车"，司机赶紧踩了刹车。苏晓月从钱包里抽出一张红钞票递给司机，司机正准备找几块零钱给她，苏晓月已"砰"的一声关上车门，走了。

苏晓月沿着同江防洪大堤一直往前走。江畔停着一长排游船，上面传来一阵阵声嘶力竭的吼歌声。黑亮的江水倒映着两岸灯光，越发显得扑朔迷离。苏晓月精神恍惚地走啊走，突然撞进一个人怀里，她立刻吓清醒了，仔细一看，前面站着三个身着短衣短裤的年轻男孩，他们一个个瘦骨伶仃，如穿了衣服的骷髅。苏晓月心想：糟了，碰上吸白粉的。《同江日报》曾多次报道在同江防洪堤上发生的劫案。苏晓月想不清自己怎么就转到了这个偏僻的地方。这时，其中一个个子稍高的男孩说：

"小姐，借点钱用用。"

苏晓月转身就往相隔不过三四百米的马路上跑。虽已夜深，沿江路依旧车来车往，她想到了车多人多的地方，她就不用再害怕了。

后面杂乱的脚步声越来越近，那些男孩大声喊站住，不然不客气了。苏晓月来不及多想，她只是拼命往大马路方向跑。突然，她觉得左手手臂上一麻，接着一阵锥心的疼痛。她忍不住一声"哎哟"，不由自主停下脚步去看手臂。这时，三人已围了上来，其中一个恶狠狠地说：

"再跑，再跑我就砍死你！"

苏晓月用右手捂住汩汩往外冒血的左手臂，颤抖地说："你们别乱来！"

三人一起冲上来。一个抢她的手提包，一个扯她的铂金耳环，另一人来拽她的铂金项链。苏晓月这才想起喊救命，三人抢走这些东西后，飞一样跑到停在马路边的摩托车上，一溜烟地逃了。

苏晓月瘫坐在草坪上，伤口反倒没有开始那样疼得撕心裂肺了。没多久，一对情侣依偎着走过来。苏晓月忍痛站起来：

"麻烦帮我打个电话好不？我被打劫了。"

女孩见苏晓月的手臂在流血，惊叫一声："天哪，你受伤了！"

男孩掏出手机问苏晓月是拨120还是110。苏晓月有气无力地说出刘莲的手机号，仰头往后倒了下去。

醒来时，苏晓月已身处一片洁白的云层中。最先映入她眼帘的，是于伟军红红的眼睛。接着听到刘莲惊喜的叫声："晓月！"

于伟军咳了又咳，总算咳出一句："对不起！"

刘莲见苏晓月皱紧了眉头，便对于伟军说："瞧你酸的。"

刘莲凑近高挂着的点滴瓶，仔细看了看说："要加药了。"

于伟军连忙起身去喊护士。苏晓月费劲地抬起左手，刘莲笑着说："别担心，你的铂金钻戒还好好地在手指上呢。"

苏晓月又咧了咧嘴，刘莲体贴地说："伤口疼，是吗？"

苏晓月那不争气的眼泪又来了。那个同床共枕这么久的男人，连刘莲都比不上。

早晨七点钟，于伟军打电话告诉于学文和何美静苏晓月住院的事。二十分钟后，何美静匆匆赶来，她的头发有点凌乱，这是从未有过的事情。不管多忙，何美静总将自己收拾得整洁而干净。何美静看到了苏晓月脸上的泪。苏晓月看到了何美静脸上的泪。何美静冲过去，想抱住苏晓月。刘莲说，老师，小心点滴管。于伟军说，妈妈，不要太担心，医生说，不要紧，只是皮外伤。

何美静伸出双手，轻轻地去摸苏晓月手上的绷带："天哪！没伤到骨头吧？这得流多少血啊！疼坏了吧，啊？"

何美静啊不下去了，她的泪水掉在苏晓月的脸上，与苏晓月的泪水混合成纵横流淌的小溪。苏晓月不想在母亲面前流泪，自从父亲出事，她几乎没在母亲面前流过泪。但泪的闸门一经打开，苏晓月已无能为力。

母女俩泪眼相对时，于学文和谭桂花提着两袋子东西推开了病房门。刘莲见状，打声招呼先走了。

何美静来不及找纸巾擦泪，她急急忙忙用手往脸上一揩，慌慌张张站起来说："你们来了。"

门本来是谭桂花推开的，听到何美静说"你们来了"时，她便对何美静嗯了一声，再用冷眼瞅着于学文，意思是要于学文先进去。于学文大步跨入，边走边说：

"对不起，我们才知道。"于学文这话像是对何美静说的，又像是对苏晓月说。但于学文的眼神，却在何美静身上徘徊了又徘徊。何美静觉察到了这一点，脸上一热。谭桂花也觉察到了这一点，嘴撇了撇。只有于伟军，还沉浸在自责与后悔之中。

谭桂花将两袋东西放到床头柜上，对苏晓月说："早晨来不及为你熬骨头汤，中午再给你送过来。"

于学文凑在药瓶前，眯着眼睛上看下看。

"未必你看得懂？好像自己是个医生。"谭桂花的话绵里藏针。

于学文没理谭桂花，他捏起输液管，将开关往下拨了拨："还是慢点好，太快了手会涨疼。"

"你们坐吧。"何美静找来了两条凳子。于学文接凳子时，一只手不小心碰到了何美静的，何美静触电般将手一缩，凳子差点倒在地上。于学文连忙伸出另一只手扶住。

"我不坐。"当何美静将另一条凳子搬到谭桂花面前时，谭桂花拒绝了何美静的一片好意。

苏晓月要坐起来，于伟军忙将床调高。何美静拿起苏晓月打针的手，紧张地说：

"是不是针头出来了，好像有点肿。"

于学文和于伟军闻言都凑过来看。谭桂花依然站在床头柜前，将东西一样一样地从袋子里拿出来。

"疼不疼？要不喊护士来看看？"于伟军也紧张起来。

"没有肿。"于学文说，"如果针头偏了位置就不是这个样子。"

好在劫匪下手不是很重，刀子并没有伤到筋骨。只因流了不少血，本就身子骨弱的苏晓月在医院住了整整一个星期。苏晓月根本记不起劫匪的模样，于伟军虽然替她报了案，钱物并没有被追回来。于伟军为了安慰苏晓月，在苏晓月出院的前一天就为她买了台小巧玲珑的深红色新手机，又特意去首饰店，另买了一对和原来差不多的铂金耳环，一条有着蓝宝石坠子的铂金项链。苏晓月不肯戴，于伟军只好将那些金器扔进了抽屉。

苏晓月休完病假去上班。刚到办公室，她的手机响了。刘莲在那头哭。刘莲终于还是离了。马青云只带走了他的衣服。房子，存款，无法焐热刘莲的心。刘莲已经不缺钱花。刘莲的钱，可以买到许多东西，除了美满，抑或爱情的永恒。

苏晓月住院的日子里，马青云曾带着鲜花和水果来看过她，当时正好刘莲不在医院。苏晓月问马青云为什么刘莲没有一起来时，马青云闪烁其词："不知她去了哪里。"看到苏晓月左手臂上缠着的绷带，马青云的脸色有点发白：

"晓月你好糊涂！一个人去那种偏僻的地方！万一……"

"哟，马大哥来了！怎么这样客气，都是自己人。"出去拿药的于伟军正好回来，他曾被苏晓月硬拉去刘莲家吃过几次饭，也很佩服马青云的厨艺，他知道马青云两口子一直对苏晓月很好，马青云亲自来看苏晓月让他很感动。于伟军那时还不知道马青云与刘莲之间出了问题。

刘莲继续哭诉："要是我早点要个孩子就好了，我本想等到多赚一点钱再要孩子。现在，我有再多的钱又有什么用？我一个人要赚那么多钱干什么？"

苏晓月也有些伤感："别傻了。一个人要变心，有没有孩子都一样。还是保重自己的身体要紧。"

刘莲狠狠地抹了一把眼泪："我咽不下这口气。我有哪一点配不上他马青云？他在外面搞的那个女人要才没才要貌没貌，又没比我年轻多少，你说我怎么想得通？"

苏晓月一时无语，她看到过那个女人，除了眼睛有些勾人外，的确看不出有多出色。苏晓月说："缘去莫强留，长痛不如短痛。"

这时，杨主任走了过来，对苏晓月说："电话还没打完啊，政府工作会议九点钟在同江宾馆餐厅会议室召开，你可别迟到。"

在宾馆开会时，由于会场开了屏蔽装置，手机一直没有信号。苏晓月很担心刘莲，只盼着大会早点结束。好容易等到会散，苏晓月心急火燎跑到外面给刘莲打电话，刘莲却关了机。苏晓月再打电话到新月娱乐城，吧台小姐说一直没看到莲总。正在这时，手机嘀的一声，苏晓月立刻翻看，原来是马青云的短信：速回电！

苏晓月拨通了马青云的手机，响了许久，才传来含糊不清的声音："我在同江宾馆302……"

听筒里传来嘀嘀的忙音，苏晓月重拨，却已关机。苏晓月这下急了：刘莲不会出什么事吧？她一路小跑着来到302房，使劲按着门铃。

门开了。门后面站着马青云。一头乱发，衣裳不整，酒气喷人。苏晓月走进去，边走边问：

"是不是刘莲喝醉了？"

"呼"的一下，马青云关了门。他一头栽在床上。

"你们怎么啦？刘莲也关了机，不知跑哪里去了。"

他的脸，埋在被窝里。不发出任何声音。

"求你了！你说句话好不好？"

没有声音。

他的背，在剧烈抖动。

他在哭。

苏晓月拍了拍马青云的背，小心翼翼地问：刘莲怎么啦？

马青云突然翻过身来，将满脸泪水蹭到苏晓月脸上。酒味刺鼻。苏晓月往后一躲。他一拽，搂住她。她越挣扎，他越抱紧。他的话断断续续：

"她，她没，没事。我心里，难，难受。我，我一直，一直都喜欢你。可你，是我女，女朋友的朋，朋友。我一直，一直都想你。那，那个女人，她的眼睛，和，和你的，一模，一模一样。我，我还是离，离了。她其实，其实，也，也有个情人。我，我要你。晓，晓月。我不用，再，再顾及，她了……"

马青云还在说，苏晓月去扳他的手。马青云太用力。苏晓月的左手臂好疼。

马青云停止说话，搂住苏晓月，一滚，她被压在下面。他贴上她的唇。她想将他推开，最起码，不让他吻到。她推不开他，只好抓他的头发。她以为，如果他痛，他会放开她。

他竟然没有痛觉。他的舌头，他的牙齿，联合起来，要撬开她紧闭的双唇。她喘不过气。他的一只手，伸到了她胸前。她的耳膜轰轰作响。徒劳地挣扎。她站在悬崖上，前面是虎狼，后面是深渊。她不知所措。她无能为力。

皮带扣清脆的撞击声。

马青云显然已处于高度亢奋状态。他已经忘了苏晓月手上的刀伤。什么君子风度，什么美好形象，以前他在苏晓月面前想要保持的一切，他都忘了！他已经什么都顾不得了，他也什么都不想去顾及了，他只想实实在在拥有这个自己魂牵梦萦多年的女人，就算粉身碎骨，就算立刻就死掉，他都顾不得了。

苏晓月无助地哭泣。她全身的骨头仿佛一根根被抽去，她的血液甚至找不到流动的方向。她曾经在心底最深处对于马青云的一点点欣赏，都被他的粗鲁和野蛮击得粉碎。她除了哭泣，只能哭泣。走廊上不时响起嘈杂的脚步声。她知道，今天参加会议的人有许多就住在这里，只要她一喊叫，一定会有人听到。可她是堂堂的党报记者，如果别人知道她被人强暴，她以后如何拿着采访本，去面对别人异样的眼光？

因为苏晓月的死死抵抗，也由于太过兴奋，马青云好不容易才进入到苏晓月体内。刚刚进入，他就一泻如注。这时的他仿佛突然清醒。他红着脸从苏晓月身上滚下，又探出半个身子，想去捡起掉在地上的毛巾被。苏晓月默默坐起，默默整理内衣和裙子。马青云裸着身子去洗手间，又拧了毛巾来为苏晓月洗脸。苏晓月一动不动，等马青云再去洗手间时，她用手理顺头发，拦住脸庞的两侧，拿起包打开了房门。

还没走出同江宾馆，苏晓月的手机响了起来。苏晓月没有理会，刚到宾馆门口，她拦住了一辆的士。路上，手机固执地叫个不停。司机好心提醒苏晓月：

"小姐，你的手机叫了好久了。"

苏晓月从包里拿出手机，一看号码，是马青云的，她立刻挂掉并关了手机。

回到家里，苏晓月拿出刚刚在附近药房买的药，先吃了一片，剩下的那片，她藏进了钱包里，然后去冲澡，一遍又一遍。冲完澡，苏晓月觉得头昏眼花，便将换下的衣服一股脑丢进洗衣机。她刚走进卧室，就听到床头柜上的电话响。苏晓月先看来电显示，是于伟军。她清清干哑的嗓子。于伟军在电话那头说：

"怎么搞的，关什么机？你吃中饭了吗？"

苏晓月说："吃了。"

敏感的于伟军连忙追问："你不舒服吗？怎么这么有气无力？我马上回来。"

苏晓月似睡非睡时，于伟军回来了。他见苏晓月苍白着脸，红肿着眼睛，再三问她是不是哪儿不舒服。苏晓月说头疼得厉害。

于伟军追问："你的眼睛怎么又红又肿？"

苏晓月说："风吹进了沙子，被我用手揉的。"

于伟军便要拉她起来去看医生。苏晓月直摇头：

"动不动就去看医生！都烦死了！你给我做做头部按摩好不好？"

于伟军看了看苏晓月左手臂上那条线状的红色伤疤，赔着笑脸说："好！我给你按摩按摩。"

刚按摩了几下，苏晓月又嫌于伟军手太重，不肯再按，于伟军说："那我抱着你睡一觉，休息好了头就不疼了。"他这几天来在医院和学校两头奔波，也不曾睡过一个好觉。

不一会儿，于伟军发出鼾声。苏晓月辗转难眠。突然，固定电话又响了起来，苏晓月紧张地去看号码，是杨主任的电话。他生气地说：

"你怎么搞的？大白天关什么机？会议开始了，你怎么还没去？政府办苏主任刚才打电话给我，问报社为什么没派人去。你立即赶到同江宾馆参加会议。"

苏晓月一看表，天哪！怎么就是下午三点了！会都开了半小时了！她慌慌张张简单收拾了一下就往楼下奔。

苏晓月再回到家里时，于伟军刚刚起床，他揉着眼睛说："下班了？头还疼吗？哟，六点钟了！我就去做饭，你先去上会儿网。"

苏晓月懒懒地说："别给我煮饭，我不想吃。"

于伟军说："那怎么行？你本来身体就不好，要多增加营养才行！"

苏晓月不想再跟他理论，走进书房，打开电脑写明天一早就要交的稿子。

吃饭时，禁不住于伟军的软硬兼施，苏晓月就着鲜鱼汤咽下了小半碗米饭，之后，歪在沙发上发呆。于伟军说：

"你要睡也得先等一下，刚吃完饭就睡对身体不好。"

苏晓月慢慢吞吞地刷完牙，又冲了个澡，突然想起中午换下的衣服，过去一看，还原样待在洗衣机里。她实在没有力气了，便对于伟军说：

"我的衣服明天中午我自己洗，那条真丝裙子你不会洗。"

于伟军应了一声"好"。他知道苏晓月很喜欢那条裙子，生怕他用洗衣机或粗手粗脚地弄坏了，其实他也经常为苏晓月洗真丝衣服，不就是放一点点沐浴露，轻轻地用手揉几下吗，有什么会不会的。

苏晓月早早上了床。于伟军睡了一下午，还没把耽误的睡眠时间完全补回来，便也陪着她早早睡下。开始时苏晓月根本睡不着，她不想让于伟军察觉这一点，不敢多翻身。于伟军开始也睡不着，他担心苏晓月身体弱而受不了太低的温度。于伟军坐起来，将空调温度稍稍调高了一点。没多久，苏晓月闭着眼睛嚷道：

"怎么搞的，空调一点用都没有？热死了！"

于伟军连忙调回原来的度数。

终于，两人都睡熟了。半夜，于伟军被苏晓月的尖叫声惊醒：

"好痛！放开我！放开我！"

于伟军翻身坐起，拧亮台灯。苏晓月的脸上爬满了泪痕。于伟军连忙将苏晓月搂到怀里，轻轻拍着她的背说：

"别怕，别怕，我在这里。"

苏晓月迷迷糊糊地喊道：

"我恨你！我恨你！"

于伟军心里涌上一种不祥的感觉，他轻轻拍着仍在噩梦中的苏晓月，脑海里细细回忆今天发生的事情。渐渐地，苏晓月停止了哭叫，并响起了轻微的鼾声。

于伟军蹑手蹑脚起了床，他先去翻苏晓月的小背包。包里除了手机外，还有一枚小镜子、一支润唇膏、一个笔记本、一支笔、一个小钱包、一包餐巾纸。于伟军拿出钱包打开，里面有几张一百元的钞票和少数零钱。他在钱中间翻了翻，突然看到很不起眼的一小板药。于伟军将那板药拿到眼前，仔细一看，竟然是——毓停！而且，两粒装的这板药上面只有一粒了！天哪，苏晓月为什么要吃紧急避孕药呢？

结婚以前，于伟军给苏晓月买过这种药，那是因为避孕套不小心掉了。可现在，她为什么要吃这种药呢？自从她流产后，身体一直虚弱，她要于伟军再等一年，等她身体再好点，于伟军便一直用套。可现在，于伟军的太阳穴一阵暴跳，他拿出苏晓月的手机，查看来电和去电。上面一个号码也没有。显然，全被苏晓月删除了！

于伟军呆立床前。他看着熟睡的妻子，突然觉得这个熟悉的女人非常陌生。他无法想象这么一具美好的身躯竟被别的男人玷污！他无法想象，自己的妻子就在几小时或者十几个小时以前，躺在另一个男人的怀里！怪不得她会关手机，平时她从不关机；怪不得她眼睛又红又肿！怪不得她茶不思饭不想！怪不得她会在梦中又哭又叫！她一定，一定是被人强暴了！想到这里，于伟军恨不得冲进厨房拿起那把锋利的不锈钢菜刀，马上去杀掉那个狗娘养的！那个应该千刀万剐的人是谁呢？于伟军红着眼睛，使劲摇晃着苏晓月：

"是哪个狗娘养的？告诉我，是哪个狗娘养的？"

苏晓月从睡梦中被惊醒，她先是下意识地说："干什么啊你！"

于伟军手里攥着那板药，咬牙切齿地伸到苏晓月眼前："告诉我，为什么要吃这种药？"

苏晓月的头"嗡"的一下就大了，她一时不知怎么解释，将脸埋在枕头里嘤嘤地哭了起来。

于伟军在手上加了把劲，吼道："我都没哭！你哭什么！告诉我，为什么要吃这种药？"

苏晓月索性说："不要逼我！我死也不会告诉你！"

于伟军气得嗓子都哑了，他伸出一只手，"你——你——"了半天，才颓然坐下。他的牙齿发出咯咯的声音，他的手指关节被捏得啪啪直响。他太阳穴上的青筋一条条暴出来，像蠕动着的大蚯蚓。他的鼻翼红得发黑，在不停一张一合，如一尾缺氧的鲤鱼。苏晓月从没看到于伟军这样，她的肩膀于是耸得更加厉害。

苏晓月哭成泪人般，于伟军硬着心肠没去搭理。他在脑海里快速搜索，他在分析那个王八蛋到底是谁。他首先想到的就是那天在南北商厦前抱着苏晓月的姜寒林。凭着男人的直觉，他知道姜寒林很喜欢苏晓月。对，一定是他！如果今天姜寒林也在同江宾馆参加会议，那么，就可以肯定是他！"我决不会放过他！"于伟军在心里暗暗发誓。他转念一想：难道苏晓月就没有一点点错？她难道不知道反抗？力气再小也可以喊救命啊！不管怎样，苏晓月肯定给了那个王八蛋可乘之机！或许苏晓月是半推半就？或许苏晓月就是心甘情愿？想到这里，于伟军真想狠狠地揍苏晓月一顿！苏晓月哭得这么伤心，连在梦里都又哭又叫的，她怎么会是自愿的？可她为什么不小心一点？她为什么那么不小心？她怎么会这样蠢？还是个名记！竟然会上这种当！于伟军恨恨地想：明天我非宰了那个狗娘养的！他竟然敢欺侮我的女人！

苏晓月哭着哭着又睡着了。于伟军在沙发上一直坐到天亮。茶几上摆满了十几个空啤酒瓶，大肚的不锈钢烟灰缸里挤满了烟头。七点钟，电话闹钟准时响起。苏晓月一脸倦容起了床。于伟军慢慢吞吞从沙发上起身。不管怎样，班还得上。两人都一声不吭，一人占一个洗脸池洗漱。七点三十分，两人一前一后出门。

八点钟时，于伟军拨通了市电视台新闻部的电话，他说他是市政府办的，想问一下昨天派去参加政府工作会议的记者是谁。接电话的人也没多问，说了一个陌生的名字。于伟军故意又问：

"不是安排姜寒林吗？"

那人漫不经心地说："姜寒林这两天都要下乡采访。"

于伟军的心情变得复杂起来，除了姜寒林，他实在想不起可以怀疑的人了。原本是一腔仇恨，现在这种仇恨突然变成无根的浮萍，纵使挤满了他的脑袋他也抓不住它们，他想狠狠地把它们捏得粉碎，他却抓不住它们！

整整三天，于伟军没有回家。他不想让同事或朋友发现他的异常，每天准时上下班的他，其实就住在同江宾馆303房。在于伟军住进303的第二天黄昏，他回房经过302，马青云正好开门出来，两人撞个正着。于伟军有点惊慌，他担心自己胡子拉碴地住在这里会引起马青云的疑心，他不想让别人发现他难以启齿的痛苦，尤其是在马青云这种熟悉于伟军也熟悉苏晓月的朋友面前。他也没觉得马青云住在这里有什么可疑的，他知道马青云与刘莲正闹离婚。

马青云突然见到于伟军，吓了一跳，他的手心里攥出了冷汗。他以为于伟军找他算账来了。再看于伟军憔悴不堪的脸，上面勉强挤出几丝比哭还难看的笑，马青云才慢慢把心放下。他想于伟军一定还蒙在鼓里，最起码不知道他马青云两天以前干过的那桩蠢事。否则，于伟军不会这么心平气和地站在他面前。于伟军这副从未有过的落魄模样，显然受到了很大的刺激。能让他精神受伤如此惨重的人，一定是他生命中最重要的人。那么，他是知道妻子被人……所以他一时无法承受而暂时选择了逃避？马青云的脑子在翻江倒海：苏晓月一定没有告诉于伟军那个人究竟是谁，如此看来，苏晓月对自己还是有感情的，她不敢告诉于伟军是担心于伟军做出什么失去理智的事来，她一定不想让那个人受到伤害，她一定在心里或多或少地爱着那个人！而那个人，就是他马青云啊！就

54

是那个在兽性占上风时强迫苏晓月的人啊！可他分明爱着她，而且爱了她那么久！这两天苏晓月一直拒绝接听他的电话，马青云后悔得简直就想立刻死掉。现在看来，苏晓月对他还是有一点感情。想到这一点，马青云的脸上不由自主地流露出一丝笑意。他根本就没想到他在伤害了苏晓月的同时，更伤害了眼前的这个男人，这个直到现在还将自己视为朋友的男人。

于伟军躲避着马青云的眼神，他很快地说了句："马大哥也住在这里？不好意思，我急着找份文件。"

于伟军抖着手，用来开门的那张磁卡好容易才插进去。

马青云不知该说些什么，他心情复杂地看着于伟军匆匆关上房门，他也忘了要出去的事儿。马青云回到房间用固定电话打苏晓月的手机，关机。马青云又拨苏晓月家里的电话，一直无人接听。马青云知道，即使苏晓月在家里，她也不会接他的电话。这天中午，他试着用公用电话拨她的手机，她接了。一听是马青云的声音，立刻挂断了。这个号码，苏晓月在第一次挂断后，就再也没接听过。

于伟军连续几天没有回家。他的宽容与安慰，苏晓月可望而不可即。拥抱或热吻，原本可以彼此疗伤，于伟军却选择了逃避。他是如此懦弱。如果像狮子般撕咬，就算喉管断裂，苏晓月亦不会后悔。于伟军却选择逃避。所有的孤独，肆无忌惮。它们一哄而上，啮咬着苏晓月，撕裂着苏晓月。不可以找刘莲。如果父亲在，苏晓月会毫不犹豫地扑进父亲的怀抱。父亲是一座桥，当此岸遍地荆棘，她可以走上那座桥，到达开满鲜花的彼岸；父亲是一片海，她可以在父亲怀里洗涤所有的伤口。而母亲，就是一把伞，可以遮一点和风，挡一点细雨。一旦遇上狂风暴雨，这把伞，反而成了需要保护的对象。

这个父亲，只能是苏卫国。这个父亲，却早已阴阳相隔。

此刻，苏晓月好想看到那张脸，那张眉心长着一颗黑痣的脸。她好想他再为她递过一张面巾纸，她好想听到他以从未有过的温柔轻声说：不要哭了！

可是，那张脸永远都是可望而不可即。何为咫尺？何为天涯？明明就在身旁，明明伸手可触，你却始终伸不出自己那双手。你不得不承认，不是你的，你就只能看着，眼睁睁看着。邻家树上那颗红柿子，即便烂在树上，你也只能望着，眼巴巴望着。只因为，那棵树，不是你的。那颗柿子，它不是，为你而红。

苏晓月的盐，只能撒向自己的伤口。

夜太黑。苏晓月只能与电脑相依为命。她化名"凄凄惨惨凄凄"，进入一家情感聊天室。"我心依旧""寻寻觅觅""我是帅哥我怕谁""别爱我""恋上树的叶子"……寂寞的人们，他们关心她的到来，因为她的陌生，充满诱惑。她选择了与寻寻觅觅私聊。她喜欢他的名字，就像喜欢李清照，喜欢《声声慢》：

> 寻寻觅觅，冷冷清清，凄凄惨惨凄凄。乍暖还寒时候，最难将息。三杯两盏淡酒，怎敌他晚来风急？雁过也，正伤心，却是旧时相识。　　满地黄花堆积，憔悴损，如今有谁堪摘？守着窗儿，独自怎生得黑！梧桐更兼细雨，到黄昏、点点滴滴。这次第，怎一个愁字了得！

苏晓月背一句，寻寻觅觅背一句。

空调的冷风，将酷暑置换成深秋。

寻寻觅觅开门见山："你失恋了吗？"

苏晓月反戈一击："五十步笑百步。"

两人斗着嘴皮，毫无防备。寻寻觅觅说失恋是他的晚餐。寻寻觅觅说人海茫茫他找不到属于他的那根肋骨。

"我没你惨，我把老公给弄丢了，我不知道他还回不回来。"

"是你伤害了他吗？"

"是别人伤害了我！我不知道该怎么说清楚这件事。我也是受害者。"

"亲爱的，男欢就是女爱。主动也好，被迫也好，还不都是一回事。只是这种事，万万不能让老公知道的。"

"你再这样我走了。"

"我不是这个意思，我的意思是，你完全没有必要将自己钉在十字架上。看得出，你是个很传统的女孩。何苦呢，人生一世，草木一秋，今朝有酒今朝醉，莫待无花空折枝。"

"可是我不想喝酒，我也不想醉！"

"你已经爱上酒了！爱情是酒，情人是酒，纵情欢娱都是酒。你会越陷越深，你会宁醉不愿醒！"

苏晓月的手僵在了键盘上。她在心底轻问："我堕落了？我堕落了吗？"

寻寻觅觅要苏晓月的QQ号。苏晓月说还没有申请。寻寻觅觅说：

"我有两个，送一个给你。"

那个QQ号的昵称是"栏杆拍遍"。苏晓月不喜欢，在修改用户资料时，她将昵称改成了"马兰花开"。

第四天黄昏，苏晓月正在书房写稿，她听到钥匙轻轻扭动门锁的声音。她心中一暖，她知道于伟军是个很恋家很恋她的人，他不会在外流浪太久。苏晓月想，回来就好，她不会追究这几天他到底在哪里。她害怕一个人孤零零在家的感觉，她不想吃盒饭或方便面，她不愿在噩梦中没人紧紧搂住她没人安抚她，她不愿在醒来时只看到沉默的被子和枕头。她甚至宁愿于伟军天天晚上"折磨"她！只要别把她一个人扔在这所空荡荡的四居室里。心乱如麻的苏晓月坐在电脑旁。她听到于伟军在洗电饭煲。那个经常被于伟军熬汤的圆肚黑砂锅，也在等待着主人的召唤。它和苏晓月一样，寂寞了好几天。

于伟军叮叮当当做好饭菜，和往常一样走到书房门口，轻声喊了句："吃饭了！"

这声熟悉的呼唤激活了苏晓月的食欲，苏晓月顿感饥肠辘辘。两人哑巴似的，以狼吞虎咽掩饰气氛的僵硬。之后，苏晓月继续写稿；于伟军收拾被苏晓月弄得乱七八糟的家。于伟军经过书房门口时，偷偷瞧了一眼苏晓月的背影，那个穿着玫瑰红丝绸吊带裙的背影充满了诱惑。苏晓月背对着门，却感觉得到这种复杂眼神的抚摸。她飞快地在键盘上敲打着，她只想早一点写完稿子。于伟军慢条斯理地收拾着，仿佛在拖延时间。他的心里，有两个人正在激烈地争斗。

一个他说："快点做完，早点上床！"

另一个他说："不行！事情不能就这样算了！"

一个他说："一切都让它成为过去！"

另一个他坚定地说："那怎么可以？这事关男人的尊严！"

两个他斗来斗去，就是没有结果。

苏晓月拧亮台灯，靠在床前翻看小说。

于伟军磨蹭来磨蹭去，结果还是躺到了苏晓月身旁。两人依然无语。苏晓月打了个呵欠，抬手熄了灯。于伟军很想将散发着清香的苏晓月搂进怀里，他只想狠狠地亲她，蹂躏她。他靠着苏晓月的那只手臂甚至微微抖动了一下，几乎不听主人的命令，试探着想伸到苏晓月的脖子下面去。苏晓月敏锐地捕捉到了这个信息，她主动将那只手臂放到了自己的脖子下面。她将身子侧向于伟军，于伟军显然已无法自控，两个一直斗争的他终于有一个占了上风。

于伟军一把搂住苏晓月，闭着眼睛去吻她的唇。这两瓣鲜花似的唇，本应只属于他于伟军；这本应只属于他的唇，却曾被含在另一个男人的臭嘴里！于伟军的牙齿狠狠一合，苏晓月从甜蜜的陶醉中"哎哟"一声，她立刻闻到了鲜血的腥味，她决定沉默。如果于伟军觉得这样折磨她能够心理平衡的话，苏晓月情愿受苦。

于伟军掀起苏晓月的吊带裙。苏晓月浑圆的双乳，被握进那双宽大的手掌。这双手使劲揉搓着它们，仿佛那上面叠满了肮脏的手印。于伟军要用自己的双手，将这些污渍统统抹去！于伟军在大脑近似空白的状态中，猛地一下就冲入了苏晓月的体内。苏晓月忍不住轻哼一声，她已经习惯于伟军在性事上的不知体贴。因为疼痛，她不由自主叫出了声。这声音，对于伟军来说，曾经是美妙的天籁之音。现在却不。他一想起她曾在其他男人的压迫下也发出这样的呻吟，他的心就会滴血。他陷入了狂乱之中，他的身体他的灵魂都在命令他不停地冲，狠命地撞。

因为心存愧疚，苏晓月以从未有过的主动配合着于伟军。她紧闭双眼，咬住嘴唇，任凭于伟军像一个疯狂的铁匠，肆意将她锤击。任凭于伟军怎么抓，怎么咬，她只是咬住嘴唇。突然，于伟军停止了动作。苏晓月睁开双眼。于伟军正盯着床头柜上的一双连裤袜。那是苏晓月准备明天配短裙穿的，一种又薄又长的天鹅绒连裤袜。

于伟军伸手拿来裤袜。苏晓月莫名其妙。于伟军捉住苏晓月的双手。苏晓月挣扎道：

"干吗啊你？"

于伟军一声不吭，一只手死死攥住苏晓月的双手，另一只手拿着裤袜往苏晓月的手上飞快绕了几绕，然后双手并用打了个死结。苏晓月慌了，她尖叫着想要抽出自己的手，却怎么也撑不开那个死结。于伟军将她牢牢压在身下，气喘吁吁地说：

"你不是喜欢被人强暴吗？我也尝尝强暴你的滋味！"

苏晓月眼都红了，张嘴就在于伟军手臂上咬了一口。于伟军"哎哟"一声，奋不顾身，发起又一轮猛烈炮轰。这些日子以来，于伟军那些无根无叶的仇恨，终于找到了目标。苏晓月的反抗，苏晓月的怒骂，苏晓月的哀求，苏晓月的尖叫，令于伟军尝到了报复与发泄的极度快感。

一场没有硝烟的战争总算尘埃落定。于伟军打扫战场的第一步就是为苏晓月松绑。苏晓月咬牙看着，于伟军折腾了半天才解开那个死结。

苏晓月活动手上的关节。手腕上红红的勒印赫然在目。于伟军有点心虚，拿着那双长丝袜有一下没一下地卷着。苏晓月的双手重新获得自由，其中一只以迅雷不及掩耳之势，狠狠抽向于伟军。

那张汗津津的胡子拉碴的脸，心甘情愿为主人承担了所有的罪责。

苏晓月只打了于伟军一巴掌。于伟军本想送上另外半张脸给苏晓月，他恍惚记得佛说过一句话：如果有人想打你的左脸，你最好连右脸也送上。苏晓月当然也知道这句话，佛喜欢给凡人台阶下。苏晓月只打于伟军一巴掌，她不是不给佛面子，她就是不想让于伟军阴谋得逞。她受够了，她已经无法再继续忍受下去。她不再欠他什么了。

苏晓月打过于伟军一巴掌后，淡淡地说：

"离婚吧。"

于伟军以为自己听错了，他睁大惊愕的眼睛："你说什么？"

苏晓月已穿好上衣和裙子，正拿着裤袜往一条腿上撸。她头也不抬，冷冷地说：

"我们离婚吧！"

于伟军笑了："这怎么可能！"

苏晓月不理他，埋着头穿裤袜。

于伟军吼道："我告诉你，苏晓月，想和我离婚，没门！"

苏晓月扯扯裙角，拎起背包往外走。

于伟军的叫声拐着弯追上来："苏晓月，我永远都不会和你离婚！"

第二天晚上，于伟军按响刘莲的门铃。苏晓月坐在沙发上，继续听歌。刘莲给于伟军倒杯水，说要去卧室打个电话，不肯再出来。昨晚，苏晓月和刘莲相拥而睡。苏晓月给刘莲看手上的勒痕，乳上的咬痕，背上的抓痕。刘莲含着泪，握住苏晓月的手：

"可怜的晓月。离了吧。"

客厅里只剩下于伟军和苏晓月。于伟军讪讪地笑，来拉苏晓月的手。苏晓月一把甩开。他说："对不起。"

苏晓月调大 MP3 的音量，用耳塞隔离他的话。

沉默许久。终于，于伟军给自己找了个台阶："那好吧，你先在这里住两天，散散心。"

第四天晚上，刘莲娱乐城的二楼酒吧。苏晓月和刘莲无言对坐，偶尔举杯，碰一下，抿一口。

于伟军走过来。刘莲站起来，叹口气。她说："你们谈吧。"

"你来得正好。"

"你还好吧？"

"我们好说好散。房子本来就是你的，其他所有的财产，也都给你。"

"我什么都不要，我只要你。"

"这又何苦，强扭的瓜不甜。"

"你错了，你不是强扭的瓜。我不会离婚的，我爱你。我不会和你离婚。"

服务小姐端来一杯红酒。于伟军接过，在苏晓月杯上碰了一碰，喝了一口。苏晓月说：

"你要是真爱我，就放我一条生路。"

于伟军的脸一白，又一红。他端着酒杯的手一抖，红红的液体在杯中晃了几晃："你不爱我了吗？和我在一起就这么痛苦？我向你发誓，我会一辈子对你好！我真的向你发誓！"

苏晓月扭过头，看窗外的霓虹。她不敢看他的眼睛，怕从那双眼睛里看到自己的动摇。

于伟军脸上的肌肉颤了几颤。他伸出一只手，握住苏晓月拿着酒杯的手：

"不管要发生什么事，咱俩回家再说。"

苏晓月抽出手："今晚我去刘莲家，明天下班后，我回来拿我的东西。"

天尚未黑透。漫不经心，窗外的路灯。眼光如霜。窗帘如纸。双人床熟视无睹。

于伟军用力一推。

苏晓月一个趔趄，倒在那张床上。

于伟军扑上去，狠狠地将她压在身下。

苏晓月没有反抗，她只是紧闭双唇。现在，她还是他的妻子。这是最后一次，她决定忍受。没有序幕，直接进入高潮。结局疲软。这就是他的过程，没有例外。他三下两下，扒掉她的裙子，一双连裤袜。他兴奋，他焦躁。又长又薄，这样一双天鹅绒丝袜，从脚趾尖，一直连到腰际。它们是另一种肌肤，徒劳地，想要隔阻欲望的双手。

在回家的路上，苏晓月就设想了于伟军的若干种反应。只要他答应离婚，苏晓月甘愿再被他折磨一次，除了"强暴"。

于伟军本来想再好好劝劝苏晓月，他从来就没打算放弃这段婚姻，他爱苏晓月，他只爱苏晓月，他不会再去爱上别的女人，所以，他不能离婚。

苏晓月依然心如坚铁，她对于伟军的苦口婆心甚至低声下气置之不理。她走进卧室，开始整理自己的衣服。

苏晓月的行为刺激着于伟军，他这么爱她，他爱了她这么多年，为了她，他可以奉献一切。这个他爱到骨子里头的女人，却要和他离婚。于伟军盛怒之下，一把将苏晓月推倒在床。他要征服苏晓月，他要苏晓月欲仙欲死，他要苏晓月舍不得弃他而去。

于伟军如红了眼的公牛，他挺着他那坚硬的长角，在苏晓月体内横冲直撞。苏晓月咬着牙保持沉默。苏晓月越沉默，于伟军越疯狂。他的眼帘又映入了那双连裤袜。

这一次，苏晓月有了经验，当于伟军拿着裤袜去捉她的手时，她将手压在自己的背后，拼命左躲右闪。于伟军额上的汗珠子一颗接一颗直往下掉，有的落在枕头上，大部分落在苏晓月身上。苏晓月累得喘不过气，一张小脸涨得通红。

于伟军气急败坏，他横下一条心，使劲扳过苏晓月的身子，将她整个翻了过来。苏晓月又将双手飞快藏进自己怀里。于伟军额上手上的青筋暴突出来，他把心一横，将裤袜往苏晓月脖子下一伸。

苏晓月的双手立刻从怀里伸进了脖子下。于伟军双手反向一拉，苏晓月的两只手死死往外拽裤袜，边拽边喊：

"你疯了！"

于伟军牙齿咬得咯咯响，他使劲一拉裤袜，苏晓月从喉咙里咕噜出一句：

"哥哥……"

于伟军闻言一惊，他的手一松，裤袜滑到了苏晓月胸前。苏晓月吭哧吭哧地咳着，咳出一脸的汗水和泪水。

于伟军跳下床，他从床头柜里翻出一把剪刀。苏晓月边咳边说：

"你杀了我吧！"

于伟军盯着苏晓月。

苏晓月半躺在床上，仰起脸，闭着眼。

半天没有动静。

苏晓月睁开双眼。

于伟军手拿剪刀站在床前，一下一下地绞着那条连裤袜。从他脸上坠落的水珠子，随着裤袜的碎片，飘啊飘……

第二天快下班时，苏晓月接到了何美静的电话。何美静说她不舒服，要苏晓月回家一趟。

苏晓月心里一抽一抽地疼，她问母亲哪里不舒服。何美静要她先回去再说，没什么大不了的。

苏晓月一进门，发现何美静坐在沙发上，她的眼睛又红又肿，沙发上放着一盒面巾纸，沙发旁边的废纸篓里，挤满了湿纸团。苏晓月腿一软，跪在何美静身前。

妈！妈……

何美静用手去推苏晓月，一个字一个字地说：你别喊我做妈！我没有你这样的女儿！

妈，你怎么了！你可以打我可以骂我，求你不要哭！

苏晓月拉住何美静的手，使着劲摇啊摇。

你还管我的死活！你还知道心疼你的妈！于伟军哪一点不好，你要和他离婚！你让我怎么对得起你死去的爸爸！你让我怎么去面对别人的指指点点！我和你爸爸好几代人里，还没有人离过婚！你还让不让我活啊你说！

是于伟军给你打的电话？苏晓月呼的一下站了起来，可能速度太快了点，她两眼一黑，差点晕倒。

还不止，你婆婆也打了。你知道你婆婆在电话里怎么讲？你想知道吗？你婆婆说，何美静，你养的好女儿，真是有其母必有其女，没一样好货！

何美静嘴唇直哆嗦，眼里却没有泪。

苏晓月连忙扶住桌子一角，她不想在母亲面前倒下去。

妈，你听我解释！

树怕剥皮人怕没脸，晓月，你忘了妈妈怎么教你！

不是的！

是于伟军对你太好了，你要和他离婚？

不是的！

是你嫌日子过得太顺，你要和他离婚？

不是的，不是的！

那就是你准备另攀高枝了？

不是的，不是的，不是的！

不是的，不是的，晓月你疯了吗？你有什么理由不好好过日子？

妈！

苏晓月重新跪倒在何美静面前，泪水盈满她的眼眶，她说：妈妈，你看，你先看了再说！

苏晓月伸出双手，一下，一下，指点着手腕手背手臂上那些尚未消褪的勒痕与牙痕。何美静一下子蒙了。她颤抖着手抚摸这些伤痕，她的声音也开始颤抖：怎么弄的？谁弄的？！

苏晓月索性一把脱掉短袖 T 恤。白玉般的前胸，有拧出来的瘀青，有咬出来的暗紫，还有抓出来的鲜红。苏晓月长大成人以来，何美静从未如此近距离地看过女儿的身体。她哪里会想到，白白净净的女儿身上，会印着如此可怖的颜色。何美静抖着双手，不敢去碰那些颜色。她的鼻孔急剧地翕合着，她的胸脯急剧地起伏着。她一把将苏晓月搂进怀里，

65

泪水在她的脸上纵横流淌。她从嗓子眼里迸出来一句：

我可怜的女儿啊！

苏晓月喊了声妈，禁不住泪如雨下。

何美静打电话给于伟军，她只说了一句话：你太让我失望了！

于伟军心里最后一丝光亮也熄灭了。苏晓月用什么办法，竟然说服了何美静？何美静那么传统的女人，会允许自己的女儿离婚？

何美静还打了电话给谭桂花。她替女儿向他们道歉，她说她教女无方，她决定尊重女儿的意愿。她希望他们也能充分尊重儿子和媳妇的意愿。于学文和谭桂花打电话要于伟军回家说个清楚，于伟军拒绝回家，他说他自己的事情他会处理好，他又不是小孩了，他最后说，请你们不要再打电话给晓月和她妈妈。

于伟军辗转反侧，连续好几个晚上的失眠之后，他决定放弃，他不得不放弃。一边是恩师，一边是自己深爱的女人，她们都要他离婚，她们都逼他离婚，除了如她们所愿，他还能怎样？于伟军一次次安慰自己，就算离婚，也有破镜重圆的机会。或许，苏晓月以后会后悔。就算她不后悔，他也会争取机会。他就不信，他们这么多年的感情，苏晓月能够真的就这样放弃。他并没有犯原则性错误，他的错，并非不可饶恕。

那天上午，于伟军发了一条短信给苏晓月：

"下午三点民政局见。"

苏晓月盼星星盼月亮才盼到这句话，她的心里却没有半丝喜悦。如果一双连裤袜能够了结一切，苏晓月为什么还要挣扎？如果那双连裤袜不能了结一切，于伟军又何必作茧自缚？

同江市民政局。工作人员照例问了几句话，见两人似乎铁了心要分手，又没有什么财产纠纷，便给开了离婚证书。

两人一前一后走出民政局。苏晓月挥手招来一辆的士，于伟军一把抓住她的胳膊：

"等一下。"

苏晓月不吭声，眼睛望着于伟军抓住她的那只手。

于伟军意识到了，连忙松开。他说：

"对不起，都是我的错。我们还能做朋友吧？我可以请你去喝杯咖啡吗？"

苏晓月淡淡一句："对不起，我得回报社赶稿子。下次吧。我的衣服和书什么的我中午就拿出来了，钥匙放在电视机上面。再见。"

于伟军还想说什么，苏晓月已经上了车，走了。

苏晓月看着于伟军在反光镜里越变越小，很快不见了。

苏晓月的泪水，在眼眶里转了又转，终于沿着两腮滚落。是她铁了心要离婚，现在她如愿以偿了，心里为什么总有什么东西在碎碎地啃慢慢地咬？她没有做错什么，可于伟军，他又错在哪里？

不管谁对谁错，这日子还得继续往下过。苏晓月不想回娘家住，何美静劝了好几回，最后还是依了苏晓月。她懂得女儿的心思，女儿是想找一个安静的地方，一个人舐舐伤口。因为女儿闹离婚，何美静的两鬓新添了几缕白发，她的痛苦，能够写在头发上。而女儿的痛苦，却是生生地摁在了女儿的心窝窝。

苏晓月在离报社不远处租了一室一厅，添置了一些必不可少的家具，还买了一台笔记本电脑。苏晓月当初说过，离婚时什么都不要。于伟军最后还是将五万元的存折悄悄放在她的坤包里，那是他们结婚时收的礼金。钱虽然不多，也够苏晓月草草弄好一个窝了。

第 三 章

　　没有于伟军的夜晚，时间突然变得无限空旷。人真是有点犯贱，不自由时渴望能够想做就做，一旦自由了，又觉得做什么都没多大意思。刘莲说苏晓月就是这样不可理喻。两个挣脱了羁绊的女人，想怎么玩就怎么玩，苏晓月却不想出门了。刘莲离婚不久，就和新任男朋友去云南"疗伤"，她力劝苏晓月也请假出去旅游一次，如果一时找不到男伴，她愿意充当"护花使者"。苏晓月只是摇头苦笑。刘莲撇撇嘴说：那台黑漆漆的破手提有什么好玩的啊，没日没夜地对着它，你也不嫌闷。

　　只有苏晓月自己才明白，她患的，不是网络综合征。

　　黑夜从未如此漫长。那些噩梦又开始缠绕苏晓月。那只尖叫的乌鸦，那一具具漆黑的棺材，母亲用头撞击棺材盖的声音，划过皮肤的利刃，那种无法动弹的压迫，勒住脖子的裤袜，废纸篓里盛开的湿润的白色花朵……苏晓月甚至不敢关灯，她的手提电脑一直开着，她的 QQ 也一直挂着。她看着那些或明或暗的头像，她听着网友们上线下线的嘀嘀声，唯有这些，才能让苏晓月觉得她还活在世上；唯有这些，才能让苏晓月相信此刻的她，既不是在地狱，更不是在天堂。

　　苏晓月买了一只毛茸茸的卡通狗，她每天晚上都抱着这只狗睡。在梦中，她有时会把这只狗当作父亲，有时当作母亲，有时当作于伟军，有时当作刘莲，还有的时候，她把它当成了一个面目模糊的人。这个面目模糊的人，唯有眉心那黑痣清晰可辨。她梦见他们一个接一个地死了，她在梦中哭喊着想要抓住他们的手，可他们总是离她越来越远，越来越远。

噩梦之后的她，没有哪一次不是大汗淋漓。苏晓月快要崩溃了，她外出采访时经常走神，她记在笔记本上的东西，有时竟是乱七八糟的符号。她现在最害怕的就是天黑。

这天下班后，苏晓月实在不想回到那个死气沉沉的出租屋。她眼神迷离，游荡着，左一条街，右一条街。在第三次走过那家茶馆门口时，她抬头望了望那个招牌：飘雪茶馆。满大街，都在流淌滚滚热浪，而这里，竟然和她的心一样，也在飘雪。未必这是上苍所安排？苏晓月的双腿有点僵硬，她机械地，走进茶馆。

二楼，一间小小的包厢，有沙发，有电视，还有网线接口，最重要的，里面的温度与苏晓月心中的温度相差无几。

服务员第二次续水时，见还是苏晓月一个人坐在沙发上，便说，我帮你打开电视吧。苏晓月说，谢谢，不用，你放一壶水到这里就行。服务员说，好吧，你有什么需要，墙上有个白色按钮。

我什么都不要。苏晓月问自己，我真的什么都不要吗？我现在可能只要一台电脑。可惜这里没有。

苏晓月站起来，卷起百叶窗。她发现，窗外不远处，就是市政府大院。她一眼就找到了秦汉明的办公室，那里面亮着灯。她又在并排的另一栋楼里，找到了于学文家里的灯光。再过去一个单元，五楼，那个窗户，是秦汉明的。这是于伟军曾经说的话。于伟军是不经意说的，他说，秦市长是个怪人。

或许，这个世界，原本就很奇怪。苏晓月放下了百叶窗。

凌晨两点，苏晓月再次卷起百叶窗。她发现，于学文家的灯熄了。秦汉明办公室的灯依然亮着。

凌晨四点，苏晓月发现，她找过的那些窗口，都已被黑夜吞没。

凌晨五点，苏晓月回到家中，打开手提，打开QQ，打开邮箱。看过留言，又来看信箱。

你有一封新邮件。

谁的信呢？寻寻觅觅已在QQ上留了一大段话，想必不会再写信。

日期：某年某月某日，02:56:33

发件人：xinyue@126.com

主题：别问我是谁

尊敬的苏老师：

本来应该喊您作苏记者，但我还是决定喊您苏老师。

我是您的忠实读者，您写的每一篇文章，不管是消息通讯，还是散文诗歌，我起码都要读两遍。我觉得您很有才华。尤其是那篇《老人家，您好像我娘驰》的通讯，给我留下了极其深刻的印象。如果不是一个善良的人，如果不是一个充满爱心的人，绝对写不出这样的好稿子。

最近，我的心情很不好，我是一个很孤僻的人，几乎没有朋友，我很想找个人说说话，我觉得，你就是那个可以陪我说说话的人。

请原谅我的冒昧。

别问我是谁。

这个世界，真的是匪夷所思。苏晓月将这封信连看了好几遍，她实在猜不出这个写信的人究竟是谁。这人为什么要给她写这样的信？理不理？回不回？越琢磨，苏晓月心里越好奇，她决定给他回一封信。

回完信，苏晓月和衣倒在床上，她强迫自己闭上眼睛休息一会儿。

闹钟却突然响了起来，又得上班了。

这天是市长信访接待日。一个又一个来访者，秦汉明总是面带笑容，口头或书面承诺解决他们提出的问题。苏晓月坐在秦汉明对面，中间隔着一张会议桌。她时而倾听，时而埋头速记，时而用手去按太阳穴。她的脸色白里透着青，眼睛里布满了红血丝。最近，同事看到她都不敢乱开玩笑，信息时代，她离婚的消息传播很快。苏晓月怀疑秦汉明也知道了这个消息，去吃中餐时，秦汉明经过苏晓月身边，突然小声问了一句：你怎么了？脸色这么难看。

苏晓月还没来得及回答，秦汉明已经走开了。

晚上，苏晓月打开手提，首先就是打开信箱。"别问我是谁"又来信了。

尊敬的苏老师：

谢谢您及时给我回信。

谢谢您给一个素昧平生的人如此真诚地帮助。我的一切，我以后都会慢慢告诉您。

我是一个不幸的人，最起码，我自己这么认为。在别人眼里，我算得上是一个事业有成的男人。没有人知道我的心里有多苦。我三十岁才结婚，妻子却在结婚第二年患上了乳腺癌，她的双乳都被切掉了，还要经受放疗与化疗的折磨。经过治疗，妻子身上的癌细胞被清除了，可她的脾气比以前更差了。

对不起，临时有点事，明天再和您说。

苏晓月心想，这到底是一个什么样的男人呢？他为什么要写这些？不过，从信中看来，他的妻子挺可怜的。与她比起来，自己的那点痛苦算什么？可是，她切掉的虽然是一个女人最重要的东西，而自己，却是生生地切掉了自己的另一半啊！如果没有快乐，有健康何用？可是，如

71

果没有健康，又哪来快乐可言？想到这一点，苏晓月叹了口气，回了几句安慰的话，打开了 QQ。

一长串留言蹦了出来。原来是"寻寻觅觅"。他每晚都在 QQ 上等着和苏晓月聊天。离婚后，苏晓月大部分的业余时间都在网上。而她在网上的大部分时间，就是在 QQ 上。她和那个别问我是谁一样，只是想找一个陌生的倾听者。

果然，她刚上线，寻寻觅觅就发话过来：

"老实交代，昨晚是不是约会去了？害我等到凌晨三点！"

苏晓月连忙道歉："我赶个稿子。没开 QQ。对不起，让你久等了，可你不是光等我一个吧？"

寻寻觅觅先扮了个哭脸，接着说道："六月飞雪了！我不等你等谁？"

就算他说的是假话，苏晓月还是回赠了他一枝玫瑰："好吧，我给你平反。最近写了什么好诗？"

寻寻觅觅扮个了羞脸："没有，忙着写通俗作品。"

苏晓月说："也别荒废了写诗，否则太可惜。"

寻寻觅觅说："好姐姐，你的话我句句都听。"

苏晓月不由苦笑，寻寻觅觅一直蒙在鼓里：苏晓月早就告诉寻寻觅觅，她已经三十岁，孩子都上幼儿园了。因此，寻寻觅觅常常一口一个"姐姐"的在 QQ 上和她聊天。寻寻觅觅说他二十九岁，失恋是他的顽疾。去年一口气谈了几十次恋爱，结果却没有女朋友陪他过年。苏晓月便用老大姐的口吻安慰他：一年失恋三百六十五次的人是本年度最幸福的人。果然，寻寻觅觅又发来一张哭脸，告诉苏晓月：他又失恋了！苏晓月只得好言相劝：一切随缘，上帝早就为你准备了你的另一半，她也在寻找你，耐心地等吧！

聊着聊着，寻寻觅觅话锋一转，说要到同江市来找个对象。苏晓月在面部表情里挑了一张鬼脸，再敲出一句话，发过去：

"好啊，我帮你介绍一打美女。"

寻寻觅觅有点难过："弱水三千，我只取一瓢饮。我的心思姐姐真的不明白？手中樱花/在微风中战栗/恰似梦的翅膀/被狂飙折断羽翼/无人知晓/那是怎样的/一种/疼痛。"

苏晓月说："傻孩子，使君纵无妇，罗敷自有夫。"敲完这一句，苏晓月叹口气，她不想告诉寻寻觅觅她离了婚。哎，罗敷如果离了婚，她又会如何选择？想了想，苏晓月又在后面附上一枝枯萎的玫瑰，然后点击发送键。寻寻觅觅立刻回话：

"我浇水！"

后面是一支生机盎然的红玫瑰。

苏晓月不由笑倒在键盘上。

这时，手机奏响《我的太阳》，她站到窗前接电话。是于伟军。他说不管怎样，他的爸爸还是苏晓月的干爹，他于伟军还是他苏晓月的干哥哥。他问苏晓月身体还好吧。苏晓月平静地听，平静地答。

窗外，微风习习，一轮圆月斜挂在高楼一角，淡淡的，黄黄的，透着一种说不出的妩媚。这样的夜晚，如果能和心爱之人去河边走走，听听江水，数数流萤，那是怎样的温馨和浪漫啊。

苏晓月慢慢转身，轻轻合上手机盖。

QQ 的信息提示音"嘟嘟"地响个不停。苏晓月坐到电脑旁，点开那个闪烁不停的小框。

寻寻觅觅发来满屏的疑问号。

"对不起，刚才接个电话。"苏晓月飞快地敲出一行字。

"情人电话吗？这么久？"寻寻觅觅回过一张哭脸。

"呵呵。"苏晓月避而不答。

"郁闷。"寻寻觅觅说，"你能不能装个摄像头？我好想看看你。网吧里有好多电脑都装了。求你了，让我看看你。要不，我先让你看我行不？"

"我晕。"苏晓月说，"我只喜欢无声的语言，这是我的聊天原则。什么语音，什么视频，我不要。"

"呵呵，你是对自己的嗓子和长相没信心吧？"寻寻觅觅用上了最原始的激将法。

"你还真猜对了，我不想见光死。"

"耳听为虚，眼见为实，哪天我一定来同江市，看看你到底长什么模样！"

"只怕你来了第一次，就不想来第二次！"

"你真的对我一点感觉都没有吗？"

"我经常在 QQ 上潜水，不想理任何人，对你，却是有问必答。这，算不算有感觉？"

"郁闷啊！我本是武林高手，是你点了我的死穴，让我求生不得求死不能！"

"是你自己点了自己的死穴！虚就是虚，实就是实，你不能犯迷糊！"

"天哪，你真会折磨人！"寻寻觅觅发来一枝枯萎的玫瑰。

苏晓月马上以其人之道还治其人之身，回一句："我浇水！"

然后下了线。

星期六上午九点，苏晓月正蒙头大睡，这些日子，她的噩梦明显少了，也不再失眠。如果不加班，双休日她的白天是从中午开始的，手机却不体谅主人美梦正酣，自顾自地唱起歌来。苏晓月的魂魄不知从哪里听到了歌声，飘飘悠悠，飞回来了。苏晓月闭着眼睛去摸手机。

是寻寻觅觅，他真的来同江市了。

同江市有座山，美其名曰美女山，山下有座湖，芳名就叫美女湖。说是美女山，其实是紧紧相连的两座青山，它们下半部分连成一片，上面是两个浑圆的山头，就像一对高高隆起的美乳。美女湖呢，碧波荡漾的，还真像是美女的勾魂眼，好一个"水是眼波横"啊。作为 AAAA 级的国家森林公园，美女山风景区也不是浪得虚名。

寻寻觅觅说是来爬美女山游美女湖的，到底还有没有其他目的，就不好妄下断论了。苏晓月第一眼见到他，着实吓了一跳。寻寻觅觅分明就是个大男孩嘛，一头挑染了几撮金黄的栗色短发，一脸天真无邪的灿烂笑容，一口粒粒白玉般的牙齿，美中不足是海拔低了点，大概还没有一米七吧。网上的寻寻觅觅说起话来显得很老成，苏晓月以为他的年龄应该在三十岁上下，从事着一种较为轻松稳定的职业，没想到却是一个大四的毛小伙。该死的，竟然敢说他二十九岁了！

寻寻觅觅也被苏晓月吓了一跳。他没想到三十岁的苏晓月看起来就像个十八九岁的清纯女孩。可是，他能将自己吹大七岁，就不许苏晓月把自己吹大六岁？

苏晓月打刘莲手机，问她去不去美女山玩。刘莲说好啊，正好谢安离在这里，交通工具的问题也解决了。

"这是谢所长。这是刘莲，我的好朋友。"苏晓月一见面就忙着介绍，"这是我的网友寻寻觅觅。"苏晓月话一出口，自己都觉得好笑。刘莲和谢安离哈哈地笑，寻寻觅觅嘿嘿地笑。

车开得飞快。谢安离左手握着方向盘，右手往刘莲脸上摸。刘莲一把打掉他的手，啐道：

"正正经经开你的车不行吗？又动手动脚的。"

"又没有外人，我都不怕，你怕什么？我想问你有没有网友？"

"我哪有心思搞那玩意儿!"刘莲说,"你以为我像你们这些贪官污吏,整天无所事事,一门心思变着花样玩公款。"

"哟哟,得了便宜你还卖乖!"谢安离嬉皮笑脸,"若没有我们这些贪官污吏,你的娱乐城早就关了门!"

刘莲和谢安离在前排打情骂俏。寻寻觅觅和苏晓月在后排喳喳地说话,他们一会儿聊学校生活,一会儿聊网上的趣闻,两人笑得前俯后仰,惹得刘莲老是回过头来看他们。刘莲对苏晓月说,好久没看到你这么开心了!苏晓月连忙对她使眼色,刘莲明白过来,就没再多说。

谢安离将车前的反光镜往下一扳,刘莲斜了他一眼,说:

"你连这点定力都没有吗?你最拿手的不就是视而不见?"

谢安离的右手飞快地在刘莲大腿上摸了一把:"我的眼里只有你。"

"哼!这样的话你要说给多少女人听?"

"又来了。日久见人心,总有一天,你会知道,最爱你的人是我。"

"好啦,你就不能换句新鲜点的话来骗人?"

苏晓月听到前面又在拌嘴,便插了一句:"你们注意点,车里有未成年少男!"

大家便笑,笑声中,美女山到了。

从车里出来,苏晓月嚷了句:"外面好热!"

"不如先游泳,吃完中饭休息休息,等下午三四点钟的时候再去爬山,晚上就住在山上。"谢安离不愧是大所长,安排起来头头是道。

"好啊好啊!"寻寻觅觅孩子似的叫起来。

"你到底叫什么名字啊,寻寻觅觅的,人家以为我们掉了什么东西。"刘莲问道。

"我叫陆清风。请多关照。"寻寻觅觅左手掌贴在胸口上,低下头,微微鞠了个躬。

"人长得帅，名字也取得好。"刘莲对着苏晓月挤眉弄眼，"怪不得苏大记者亲自出面作陪。"

"我呸！"苏晓月说，"谁像你们！"

"像我们不好吗？郎才女貌，天生一对。"谢安离一只手攀在刘莲肩上。

"还地造一双呢！"刘莲恨恨地甩掉谢安离的那只手。

苏晓月拉了拉陆清风的手："别理他们，我们走。"

"哼！重色轻友的家伙！"刘莲追上来，挽住苏晓月的一只胳膊。

四人换了衣服，租了救生圈，划着鸭子船，往湖中心去。

苏晓月不会游泳，平时就算泡游泳池，也要套着救生圈。眼看着刘莲和谢安离跳进水中嬉笑打闹了，她还坐在船上不敢下水。陆清风浮在水里，两只手扶着船舷，鼓励苏晓月：

"我是在长江边长大的，你放心，我的水性足够保证你的安全。来，我牵着你的手，你不用怕，你身上还有救生圈，跳下来吧，没事的。"

苏晓月心一横，眼睛一闭，"扑通"一声跳进水中。

谢安离和刘莲游得远远的，两人都把身上的救生圈取下来，任它们孤单单漂在水面上。谢安离和刘莲抱在一起，不慌不忙地接吻。清澈的湖水泛起圈圈波纹，几尾小鱼受惊似的，从他们身下一蹿而过。

苏晓月呛了一口水，吭吭地咳着，摇晃着满头的水珠子。陆清风一只手攥着苏晓月的胳膊，一只手轻拍着她的背：

"不要紧吧？"

苏晓月眨着湿漉漉的眼睛，她那长长的睫毛上缀着几颗细细的水珠子，在阳光下熠熠生辉。陆清风简直看呆了。

苏晓月很快适应了这个巨大的游泳池。陆清风往前游了两米，回过头来喊苏晓月：

"姐姐，追上我啊！"

苏晓月眼前一亮，陆清风脸上闪烁着金属的光芒。他咧着一脸无邪的笑，那口整齐的牙齿犹如一个白色的陷阱，令人不知不觉深陷其中。苏晓月挥动着双手，用力往前划。眼看就要追上，陆清风一转身，又向前游了几步。苏晓月游着游着，突然叫了声"哎哟"。陆清风紧紧张张游回来，问她怎么了。

"脚抽筋。"苏晓月浮在救生圈中，皱着眉头。

陆清风一头扎进水中，苏晓月莫名其妙，紧接着她又是一声尖叫，有人抓住了苏晓月的脚。陆清风将苏晓月的一双脚抱在怀里按摩了片刻。苏晓月游泳衣上的裙边在水中展开，如一朵盛开的红莲。陆清风贴着红莲浮出水面。

苏晓月说了声谢谢。陆清风突然在她额头上吻了一下，飞快地向前游去。苏晓月愣在水中，如一只粉红的蜻蜓。

谢安离从后面环抱住刘莲，两人的大部分身体藏在水中，悄悄地做着运动。谢安离在刘莲的耳边喘着粗气，刘莲反过手去，狠狠地掐谢安离的腰。谢安离忍着痛，不发一声。刘莲说：

"你真的一辈子都不想结婚？"

"结婚不过是多张纸而已！无证上岗比有证上岗更有激情不是？"谢安离紧闭着双眼，额头上的抬头纹更深了，看样子，他正在痛并快乐着。

"激你的头！"刘莲身子一扭，尖起指甲，在谢安离的肥腰上猛地一拧。谢安离怪叫一声，松开了抱住刘莲的手。

陆清风知道他们在打情骂俏，他开始往苏晓月身旁游，他想苏晓月的脚会不会再抽筋呢，他在潜意识里渴望苏晓月的脚再次抽筋，他想再看看红莲盛开的样子，他想再吻一下苏晓月的额头，他还想……该死的游泳裤，怎么这样紧绷绷的？陆清风将肚脐下的游泳裤往外扯了扯，继续向着苏晓月游去。

苏晓月双臂环抱在救生圈上，一动不动，闭目养神。

"我还不想嫁给你呢！"刘莲剜了谢安离一眼，"是你自己说的，要对我一辈子负责。"

谢安离原本铆足了劲，幸福的冲刺眼看成功在即。关键时刻，刘莲却将他逐出。他憋得满脸通红，厚着脸皮重新抱住刘莲：

"我爱你！我会对你负责到底！求你了，别折磨我！"

陆清风悄悄游到苏晓月身旁，痴痴地凝视着仿佛已熟睡的她。

"你也游不动了吗？"苏晓月闭着双眼，懒洋洋地问道。

陆清风一惊，很快恢复了镇定："我怕湖里的水怪吓着你。"

"你就是那个水怪吗？"

"不，我是水神。"

苏晓月蓦然睁开眼，双手往水中一撩，陆清风没想到苏晓月会出此快招，他一脸的得意立刻被水泼湿。

"好啊，你敢用暗器！"陆清风话没落音就不见了。苏晓月不知道他又耍什么花招，提心吊胆地抓紧了救生圈。

"哎呀！"苏晓月大叫一声，咯咯地笑了起来，边笑边使劲往前面游。陆清风当然不会轻易就放过她，他追上去，又捉住了苏晓月的一只脚，又在那滑滑的脚掌心里轻轻挠了挠。苏晓月在水里挣扎着，不小心呛了一口水，咳得喘不过气来。陆清风赶紧浮上来，一只手扶住苏晓月的肩，一只手拍着她的背。

陆清风牵住苏晓月的一只手，带着她向鸭子船游去。

吃完中饭，四人开了间钟点房，玩扑克牌。打的是"升级"。陆清风和苏晓月搭档，谢安离和刘莲一对。打"升级"，当然也靠手气，搭档之间的默契却是胜负的关键。第一把，谢安离和刘莲就将陆清风和苏晓月剃了个光头，连升两级。苏晓月笑着说：

"姜还是老的辣。"

"你怎么可以长他人志气灭自己威风？"陆清风对着苏晓月龇牙咧嘴，"才刚刚开始就认输！"

苏晓月伸了伸舌头。

"一定要让你们两个输得心服口服！"谢安离哗啦啦地洗牌，动作十分潇洒。刘莲斜一眼苏晓月，又斜一眼陆清风，眉梢嘴角写满了得意。

终于，陆清风和苏晓月找准机会，还了谢安离和刘莲一个大光头。紧接着，又连过三把，打得谢安离和刘莲一个劲地相互埋怨。陆清风和苏晓月不时会意地一笑。

最后，谢安离和刘莲举手投降。谢安离煮熟的鸭子嘴硬：

"大人不和小孩斗。"

刘莲调侃道："他们两人是心心相印呢，哪像我们，只知道窝里斗。"

下午五点多，两对男女向美女山出发。

一条窄窄的石板路在林间匍匐而行。行人蜿蜒而上，溪水叮咚而下，小鸟啾啾而鸣，古树无言而立。一些喊不出名字的野花，娇俏地扬起笑脸。谢安离拉着刘莲走在前面，陆清风和苏晓月看看风景聊聊天，很快就落到了后面。

苏晓月在游泳时就已累得四肢发软，没爬多远，她就面白如纸，气喘吁吁。陆清风很自然地拉住了她的手，苏晓月没有拒绝。远处传来刘莲的呼唤，陆清风代替苏晓月大声答应了，停住脚步，狡黠地说：

"他们在等我们。不如我吃点亏，你也吃点亏。"

"我不懂。吃什么亏？"苏晓月一屁股坐在石阶上。

"我背你啊，傻瓜！"陆清风故意装苦脸。

苏晓月吃吃地笑起来："身轻如燕非我，力大如牛非你！"

"不信你就试一试！"陆清风弯下腰去，"来吧，我的大小姐！"

苏晓月趴在陆清风背上，不知为什么，她一下子想起了父亲，想起了于伟军，想起了那个和父亲一样眉心长着黑痣的男人。陆清风的背没有父亲的温暖，没有于伟军的宽厚。而那个男人，他的背，一定是又温暖，又宽厚。苏晓月不敢奢望，她能趴在那个男人背上，让他搂紧她双腿，让他一上一下颠簸她，直到她咯咯地笑，咯咯地笑。明知不可能，为何还要去想？苏晓月将脸贴在陆清风背上。这个男孩，比那个男人年轻，比那个男人帅气。这个男孩，爱着自己，也值得自己去爱。这种幸福，唾手可得。那种奢望，永远都只是奢望。苏晓月在心里一遍遍告诫自己：忘了该忘的，忘了该忘的！

苏晓月体重不足九十斤，山路又不陡，陆清风背起来丝毫不觉辛苦。他甚至希望这脚下的路永无止境。苏晓月呼出的气息从陆清风耳旁飘过，又钻进他的鼻孔。有谁知道，那是一种怎样的诱惑？

刘莲与谢安离坐在路旁的石凳上，见陆清风背着苏晓月不慌不忙走来，彼此使了个眼色，大笑起来。苏晓月趴在陆清风耳边轻声说：

"傻瓜，他们在笑我们！快放我下来！"

陆清风微微往下一蹲，苏晓月滑下来。陆清风顺手抹了一把汗，大大咧咧地说：

"这有什么好笑的！男人不背女人背什么！"

陆清风一脸无辜的坏笑，苏晓月在他背上擂了一拳。

半山腰有家很别致的宾馆，房间都是用杉木板搭建而成的吊脚楼。吊脚楼掩映在山茶树间，如一只只巨大的黄色蘑菇。下午上山的游客大多选择在此留宿，第二天再赶早上山看日出。谢安离在上山之前就已预订房间，老板说他运气真好，正好还剩两个双人间。

吃完晚饭，四人在林间散步。没走几分钟，谢安离搂着刘莲说要先回房间了，苏晓月和陆清风继续往前走。

山风徐来。苏晓月的栗色长发时而被风拂起，飘在紧靠她身旁的陆清风脸上。陆清风心里爬满了毛毛虫，他快走一步，挡在苏晓月前面：

"别动！你头发上有只虫子！"

苏晓月吓得一动也不敢动，她用眼神乞求陆清风快点帮她弄掉虫子。

陆清风在她头顶小心地拈起一枚枯叶，迅速往地下一扔：

"好啦！扔掉啦！"

"我们回去吧！我最怕蛇了！"苏晓月突然害怕起来。

两人往回走。一只蜥蜴趴在路旁，陆清风一把拉住苏晓月说："小心！"

苏晓月战战兢兢，一步一步往前走。越怕鬼，越有鬼，一条长着白色花纹的青蛇盘在路上，悠然自得地吐着蛇信子。苏晓月叫一声"天哪"，转身躲进了陆清风怀中。陆清风壮起胆子，弯腰捡了块小石头，往青蛇身边一扔。青蛇受了惊，嗖的一下游进了路旁的草丛中，不见了。陆清风拍了拍苏晓月的头：

"别怕，它跑了！有我在，别说是蛇，就算碰到老虎，你也用不着怕！"

如今这老虎可是打着灯笼难找，陆清风当然有胆说这样的大话。即便如此，苏晓月还是为自己的胆小如鼠而羞愧。她不好意思地拢了拢自己的头发。

终于走到了吊脚楼下。苏晓月抚了抚胸口说：

"晚上不会有蛇爬到床上来吧？"

"你忘了，我可是武林高手！"陆清风胸脯拍得震天响。

苏晓月脸庞上隐约浮现两朵桃花。她抿嘴一笑，上了楼。

谢安离和刘莲的房间就在苏晓月和陆清风的隔壁。苏晓月去敲他们的门，没人搭理。苏晓月知道他们是存心的，里面分明传出他们压低了的说笑声。这两个坏蛋！苏晓月一跺脚，回到了自己的房间。陆清风正坐在床上调电视机频道，一边调一边问苏晓月想看什么台，苏晓月说随便吧。陆清风就选了一个正放言情剧的频道。

"你睡哪张床？"苏晓月问陆清风。

"你睡哪张我就睡哪张！"陆清风顺口应道。

"你再不说就算你弃权！还是你睡靠门的那张吧！"

"逗你玩呢！说实话，无论睡哪张床，今夜我肯定一夜无眠。"

"……"

"陪我再聊聊嘛！我就不信我坐在这里你能睡得着！"

"那也不能聊个通宵。"

"能聊多久算多久。"

陆清风说完就坐到了苏晓月床上。苏晓月往里挪了挪。陆清风夸张地拧起眉头："老姐，都什么年代了，还怕我吃了你？"

苏晓月脸上一热。

两人天南海北地一阵胡聊。柔和的灯光下，陆清风脸上的毫毛清晰可见，他那深凹进去的黑眼睛，像一个充满神秘力量的磁场，苏晓月出神地盯着他的眼睛，她发现他的瞳孔像猫一样时大时小变幻无穷。

陆清风感觉到苏晓月在他的眼神里迷了路。他停止说话，不，他换了另一种语言，他用他的眼睛告诉苏晓月，如此良宵，如此洋溢着山茶花香的良宵，实在应该发生点什么。他企图用眼睛说服苏晓月：所有人，不论男女，都不应该拒绝身体对于快乐的渴望。

陆清风很自然地将苏晓月搂进怀中。苏晓月终于明白，许多时候，还有比蛇更可怕的东西，那就是欲望，身体的欲望。你可以赶走无数条蛇，你却很难赶走心中无穷无尽的欲望。山里气候宜人，房间里没有空调，后半夜竟然有些许凉意，而陆清风的怀抱，充满了年轻男性特有的芬芳和温暖。苏晓月恍惚觉得自己就躺在那个男人怀里，那个面容模糊却黑痣清晰的男人。苏晓月睁开眼，她看到她上面那张脸，干净饱满，连痘痘都没有一颗。苏晓月重新闭上眼睛，她宁肯自己闭着眼睛，她不可能拥有那颗黑痣，它永远都是那么可望而不可即。陆清风的身体在颤抖。苏晓月知道那不是冷，那是身体里面的蛇在蠢蠢欲动。苏晓月始终不明白，究竟是因欲生爱，还是因爱生欲。或许，欲，原本与爱无关。或许，许多的爱，原本只是欲的一种借口。

"你爱我吗？"陆清风的身体与苏晓月的身体合二为一，陆清风咻咻地喘着气，陆清风觉得还不够完美，他问苏晓月你爱我吗。

"我喜欢你。"苏晓月偷换了概念，身体的愉悦亦不能令她说出掺半点水分的话。她的爱，是一只倔强的小鸟，什么是拣尽寒枝不肯栖，什么算过尽千帆皆不是，她的爱最明白。可以不要死去活来，却不能不刻骨铭心。陆清风，是的，他够帅气够年轻够可爱够令人心动神迷，但这一切来得太快，太快了的东西不容易把握，太快了的东西不太可能是爱。

可这不是爱，又是什么？不是爱，却让人心甘情愿又欲罢不能的，只能是喜欢了。

"可我爱你！好爱好爱！"陆清风几乎将苏晓月的嘴唇咬破。

苏晓月在心里说："好吧好吧，你爱吧。"

陆清风疯了般，一遍又一遍地爱着苏晓月的时候，于伟军正在床上辗转反侧。他以为自己在挂念刚刚送往上海某电子厂就业的学生。他将所有细节都在脑海里重新过了一遍，没有任何问题啊。为什么还睡不着？于伟军枕旁放着一条簇新的火红色真丝睡裙，这是他在上海亲自挑选的。回到同江市他就打苏晓月的电话，他只想见她一面，将这条睡裙送给她。于伟军还记得，因为他的野蛮，他曾经弄破了苏晓月的一条睡裙，那条睡裙，是火红色的，真丝的。苏晓月的电话一直无法接通，家里也是无人接听，于伟军很想弄明白苏晓月究竟去了哪里。于伟军想着想着，下面就来了反应。于伟军只好将自己的一双手，想象成是苏晓月的。

苏晓月压抑着自己的呻吟，木板屋的隔音效果实在差强人意。

陆清风压抑着自己的呻吟，他不想有第三者分享他的快乐。

于伟军压抑着自己的呻吟，他的想象力再丰富，那双手，毕竟不是苏晓月的。他不能不为此感到痛苦。

于伟军终于打通了苏晓月的手机。这是周日晚上八点，苏晓月刚刚将陆清风送上火车。不知为什么，陆清风突然又从车上跳了下来，跑到苏晓月面前。苏晓月正在说"我不要"，陆清风急急地说：

"我留下来，你要不要？"

"天！火车就要开了！别闹了，快上车！"苏晓月顾不得和于伟军说完话，合上手机盖就去推陆清风。

陆清风将脸贴在车玻璃上，无限依恋地望着站台上的苏晓月。

苏晓月使劲挥手。手机又响了起来。

火车渐渐远去。陆清风渐渐远去。

"我大老远地从上海给你买回来，你就收下吧！你请我喝杯咖啡，咱们就两不相欠了。"于伟军在电话里做苏晓月的思想工作。

"好吧，我现在火车站，你先找个喝咖啡的地方，不说了，公交车来了。"苏晓月匆匆挂了电话，上了公交车。

情缘咖啡屋。缠绵的萨克斯乐。低低的说笑声。苏晓月脸上疲惫的笑容。服务小姐引着苏晓月走向一间小包厢。于伟军抬头，眼前这个女人仿佛从昨夜的梦境中而来，她身上氤氲着一种迷茫的雾气。苏晓月在于伟军对面坐下，山中才半载，人间已千年，苏晓月还沉浸在美女山的茶花香里，第一眼见到于伟军，她以为自己又回到上辈子了。

在于伟军温情脉脉地注视下，苏晓月一寸一寸地活过来了。

"你也该有个小孩了。"

"老婆都没有，哪来的小孩。"

"不要太挑剔，你爸爸妈妈早就盼着抱孙子了。"

"你呢？"

"我喜欢现在的生活，简单而快乐。"

"何老师就你一个女儿，难道她不想抱外孙？"

"对了，这次上海之行怎么样？你那些学生都安置好了吗？"

"都安置好了，他们进的是一家人造宝石加工厂，工作比较轻松，工资也不算低，学生们都还满意。"

"这就好。以后不要再给我带什么东西了。"

"遵命。哟，你的手机在响。"

苏晓月起身去外面接电话。于伟军表情复杂，连着喝了好几口咖啡。

手机里头，陆清风急切地说，他已在火车开后的第一个站下了车，他决定留在同江市实习。

夜已深，苏晓月毫无睡意，她打开手提，那个男人来信了。

尊敬的苏老师：

上回因为出去办事，回来很晚，就没有接着写。对不起。谢谢您给我回信。

我的妻子经常无缘无故地发脾气。她一发脾气，不是摔东西，就是对我又抓又咬。我要带她去看医生，我想她肯定还有其他的病。她不肯去，还用凳子砸我，说我不安好心。我在单位大小还是个头，可一回到家里，我连奴隶都不是。她有一点做得好，她知道我好面子，所以，她从不抓我的脸和手。其他地方，她想抓哪就抓哪。

对不起，我又要出去一趟。

再次表示感谢。

苏晓月攥着鼠标，胡乱点着。这一次，她没有回信。

她的心很乱。

陆清风学的是新闻专业，他坚持要到同江日报社实习。苏晓月禁不住他的软语游说，只好带着他去找冯社长。苏晓月对冯社长说，陆清风是她的远房表弟。报社正好需要记者编辑，陆清风又来自省城名校，冯社长便卖个了顺水人情。

苏晓月没想到冯社长答应得如此痛快，她见陆清风笑眯了眼，便给他泼冷水："你先别得意，有你累的。还有，还有……"

"还有，我不能暴露身份是不？"陆清风鬼精灵般，替苏晓月说出了"难言之隐"。

苏晓月的脸倏地红了，她飞快地向四周瞟了瞟，艰难地解释着："希望你能够理解我的难处。"

"我理解你，我不会给你添麻烦的。但要我装作什么事都没发生过，对不起，我做不到。"

陆清风到记者部报到,杨主任让他先跟苏晓月跑一段时间,学习学习。

第一次带陆清风出门，是跟秦汉明去沙石镇视察，那里有全市的药材示范基地。都说秋老虎厉害，那天一大早，太阳就毒辣辣地爬上了天空。苏晓月提前五分钟赶到市政府门口集合时，陆清风已经站在那里等了。秦汉明的沙漠王子从里面缓缓驶出来，无声停在苏晓月身旁，车玻璃降下去，秦汉明侧过半张脸：

"苏记者，你坐我的车吧。"

苏晓月正在犹豫，秦汉明又说：

"只能加你一个了，后面还有车。"

果然，又有一辆车停在陆清风身旁。

苏晓月上得车来，发现车上除了司机，只有秦汉明。秦汉明说："天气实在太热，我这辆车空调效果要好一些。"

"谢谢秦市长关心。"苏晓月脸上烧烧的，赶紧说，"这天气真的太热！"

一路上，苏晓月都是耳热心跳，她做了好几次深呼吸，依然觉得慌得很。秦汉明不再说话，苏晓月也不知该说什么。幸亏路程不算远，目的地到了。

苏晓月下了车，虽然戴着墨镜，刚开始还是睁不开眼睛。一股股热浪向全身扑来，明晃晃的太阳犹如一枚枚细细的钢钉，密密地撒在水泥路面上，苏晓月分明听到了路面轻轻的呻吟声。陆清风眯缝着眼，朝苏晓月走来。

刚爬山时，秦汉明还和跟班们聊工作上的事儿。苏晓月听到紧要处，赶紧停下来，在笔记本上飞快画几笔。陆清风便凑过来看。苏晓月说：

"回去再看吧，你快走几步，到最前面去拍一张秦市长爬山的镜头。"

陆清风便吭哧吭哧走到了秦汉明前面，举着他刚买几天的数码相机选角度，等候最佳时机。见他咔嚓咔嚓连拍了好几张，避在一旁的苏晓月连忙摇手示意。

路越来越陡，苏晓月穿着平跟鞋都好几次差点跌倒。秦汉明说：

"苏记者，小心点，别摔倒了。"

走在苏晓月身后的镇党委书记随口说了一句："苏记者别担心，你身后有的是护花使者。"

陆清风脚底一滑，好在他眼疾手快，揪住了旁边一根树枝。

苏晓月快走几步，跟上秦汉明。

好容易爬到一大片散布着星星点点绿色的山坡前。镇党委书记指着这片山坡对秦汉明说：

"您瞧，长势还算不错，只是这段时间高温少雨，有极少数树苗出现了黄枯现象。"

秦汉明蹲在一棵小苗旁，仔仔细细地看着。苏晓月轻轻喊了声"小陆"，陆清风蓦然醒悟，连忙端起相机走过去。

都说上山容易下山难。离开药材基地时，大家都没空说话了，一个个认认真真盯着脚下的山路。镇党委书记、镇长在市长前面开路。吴秘书紧跟秦汉明，关键处不失时机地扶上一把。苏晓月落在了最后面，陆清风陪着她走走停停。突然，苏晓月脚下一滑，她一声惊叫，整个身子就要往后倒下去。陆清风一把抓住她的一只手臂。苏晓月站稳了，陆清风的手还紧紧攥着她的手臂。

前面那些人闻声回头看到这一幕，都笑了。只有秦汉明没笑，他的眼神如一支利箭，飞快射向苏晓月。苏晓月浑身一凛，立刻将手臂从陆清风手里挣脱出来。

陆清风赶紧说："对不起！"

苏晓月还是呆呆地站着。陆清风又说：

"对不起，我弄疼你了！"

苏晓月醒悟过来："啊？没什么。"顿了顿，接着说，"走吧，赶上秦市长他们。"

采访一直到下午五点多才结束，苏晓月与陆清风回到报社已是日暮时分。在办公室，苏晓月将自己的笔记本翻开，告诉陆清风今天的采访笔记哪些内容最具新闻性，又告诉他如何组织材料，并让他按倒金字塔结构学着写这篇消息。半个小时后，陆清风交稿。苏晓月帮他提炼了一下标题和导语，又将主体部分删繁就简。陆清风倒还谦虚，嘴里唯唯诺诺地应着。待一切搞定，已是晚上八点，苏晓月早就饥肠辘辘了。陆清风说：

"苏老师，学生请你吃饭如何？"

自从跟着苏晓月实习，陆清风一直恭恭敬敬地喊她老师。其实陆清风根本不想这样喊。他不相信苏晓月能忘了那销魂一夜。但苏晓月总是与他保持距离，从不给他重温旧情的机会。陆清风暂住在报社那间破旧的资料室里，黑夜如此漫长。一个是小姑独处，一个是孤枕难眠，陆清风弄不懂，都已经那样了，苏晓月为何要坚守寂寞。若不是为了她，陆清风也不会留在这个小城。若不是为了她，陆清风也不用一次又一次向班主任老师求情了。

苏晓月说："你请我？"

陆清风有点忸怩："怎么？怕我请不起？"

苏晓月便说："好吧，我们去月满西楼吃煲仔饭。"

月满西楼的生意不是很好，饭菜的味道也很一般。苏晓月之所以看上这里，纯粹是因为李清照的缘故。"此情无计可消除，才下眉头，却上心头"，那种欲说还休的感觉想来一般人都曾经有过。再说，楼里的布置也挺雅致。几张秋千藤椅，一株从屋正中央直伸向天花板的绿意盎然的大榕树，树根旁流水淙淙，五颜六色的小鱼儿穿梭嬉戏。在悠扬的丝竹弦乐中，怡然而坐，心便到了高山旷野之上。

果然，陆清风也被那棵以假弄真的大榕树和那些可爱的小鱼吸引住了。他说：

"苏老师真会挑地方。"

苏晓月说："我们去临窗的那边坐。"

走过一张桌子时，苏晓月不由怔了一下，只见于伟军与三个同事正吃饭。于伟军抬头撞见苏晓月略显惊诧的眼神，眸子里掠过一丝惊喜。于伟军的同事笑着打招呼：

"苏记者，来吃饭啊。"

苏晓月浅浅一笑："这么巧！你们慢用，我们去那边。"

苏晓月听到背后传来了压低嗓子的问话声："于哥，她这么快就另结新欢了？"

于伟军眯着眼皱着眉，他一仰脖子，一杯酒悉数进了他的喉咙，他将空杯往桌上一顿："喝酒喝酒。"

陆清风显然还蒙在鼓里，他傻乎乎地问："朋友啊？"

苏晓月无言，陆清风也不敢多问，只是不停观察苏晓月的表情。他想，这个面容俏丽的小女人，她的心里，究竟在翻腾着什么事呢？

有时候，一天比一个季节还漫长；有时候，一个季节比一天还短暂。忙忙碌碌中，秋去了，冬来了；冬去了，春又来了。

这年的春天，注定会有什么事情发生。

陆清风回家过年去了，他说明年上半年继续来实习。冯社长已经露了点口风，只要陆清风愿意，他毕业后可以与同江日报社正式签订长期聘用合同。苏晓月简简单单，就背了台笔记本电脑回家过年。何美静问苏晓月怎么又瘦成这样了，苏晓月挤出一脸笑来，搂着何美静的肩膀说：

"现在流行骨感美呢老妈，你好像也瘦了。我说了多少次，不要没日没夜地给学生补课，人家都收补课费，你倒好，不仅不收补课费，还将我给你买的营养品都让学生给吃了。"

"那都是些穷孩子，营养不良，学习压力又大，我帮帮他们是应该的。"

"妈，你还是找个老伴吧，你一个人苦了这么久，也该过过好日子了。"

"我习惯了。只要你过得开心……"

"又来了不是？我不是小孩了，老妈，我们这一辈和你们不同，你们知道自己要什么却不敢去追求，我们绝对不会委曲求全的。"

何美静轻轻拧了拧苏晓月的腮："瞧你这张利嘴。做娘的才说一句，你就噼里啪啦放出一长串。"

大年三十晚上，零点钟声敲响时，苏晓月家里的电话响了起来。于伟军给何老师拜年了。他对何老师的敬重，甚至超过对他母亲谭桂花的敬重。或许是爱屋及乌吧，何况，从小学一年级到初中三年级，何美静一直是他的班主任老师，一直都在刻意栽培他。

在中考前填志愿时，于伟军心如乱麻。苏晓月的成绩一直比他好，她最大的愿望就是考上北大或清华。但是，这一次，苏晓月却放弃了上高中考大学的机会，她报考了长源工业学校。长源市到同江市不过一个小时的车程，何美静身体不大好，苏晓月不想离家太远。这是苏晓月对所有人的解释。只有于伟军和何美静知道真正缘由。何美静要苏晓月一心一意报考同江市第一中学，那是省级重点中学，每年都有学生考上北大清华。苏晓月固执己见。在填完志愿的那个晚上，苏晓月躲在被窝里偷偷地流泪，她不敢哭出声来，她怕何美静听见。她何尝不想读高中念大学，如果还有父亲可以依赖。她不想在母亲肩上再压重担，高中三年，大学四年，以母亲微薄的月薪，那要勒紧裤带过上多少年！于伟军算不上非常聪颖，但他舍得用功，他很有希望考上重点高中，然后再向北大清华冲刺。他渴望与苏晓月并肩作战，他已经习惯了每天都能见到苏晓月。于伟军不想报考中专，可苏晓月报了，于伟军该如何选择？于伟军走路时想，睡觉时想，就连吃饭时都在想。他一走神，将自己的筷子伸进了谭桂花的饭碗里。谭桂花将筷子往他手背上一敲，嗔道：

"你咯个鬼伢子，怕是走魂了吧？"

最后，还是何美静坚持让于伟军报考了同江市一中。于伟军的高中阶段，是在对苏晓月的思念中度过的，他后来只考上了长源师专。可惜的是，他到长源读大学时，苏晓月却从长源工业学校毕业了。

于伟军真的认命了，从见到苏晓月的第一面起，他就再也没有逃脱过对她的思念。从童年到少年，从少年到青年。从等待到结婚，从结婚到离婚。如果地可以老。如果天可以荒。为什么这张思念之网，却是怎么挣也挣不脱？

何美静问于伟军在哪里过年。于伟军说他和弟弟都回爸妈家过年了。何美静又问他的父母身体可好，他爸是不是烟抽得挺凶。苏晓月听到母亲问于学文抽烟的事，知道母亲其实和于学文一样，都在相互挂牵着，只是，以母亲的个性，她永远都不会承认自己对于学文的感情。

往事历历在目。苏卫国出事之后，于学文经常出入苏家，为何美静买米，担煤球，修水管，换灯泡。家属区有时停水，人们只好去两三里之外的井里挑水用。于学文总是先将苏晓月家里的水缸挑满了，才会再往自家挑。

有一次，家属区从清早开始停水，直到黄昏还没见来水，储备水已经用完，谭桂花等着于学文挑水来做晚饭。等了半天，不见人影。她开门来看，却见于学文晃悠着两只空桶从楼上下来。谭桂花气不打一处来，她砰的一声将门关上。于学文吱扭吱扭挑着满满一担水回家时，踢了半天门，谭桂花就是不开门。她在门里头大声骂道：

"你死到她家里去吧！"

咚的一声，两桶水倒在了地上，于学文猛地一踹，门锁坏了，门开了。于学文额头上青筋暴跳，他冲到谭桂花面前，指着她的鼻子说：

"有种你就再说一遍！"

谭桂花也是纸糊的老虎，她见于学文真动了气，不敢再让于学文"死到她家里去"。她一屁股坐到了地上，她哗哗地流着泪，边流泪边用拳头砸自己的胸脯：

"你这个没良心的，我帮你养了两个儿子，我每天侍奉你像个老太爷一样，你在我面前摆什么威风！你对外面的野女人那么好，我才是你的老婆啊！老天爷啊，我的命怎么这么苦啊！"

何美静在楼上听得两眼发黑。苏晓月要冲下楼去，为母亲讨个公道。何美静一把拉住她，苏晓月见母亲捂着胸口满脸泪水和汗水，知道她的胃疼病又犯了，连忙打开小药箱为母亲找药。

第二天，何美静经过于学文家门口，正巧谭桂花也出门上班。何美静主动打招呼，谭桂花从鼻孔里哼了一声，总算将那些难听的话沤进了肚里。

从那以后，何美静不肯再要于学文来帮忙。遇上停水，她就自己一次挑小半桶水，一步一摇地往回走。这时候，于伟军就会奇迹般出现，抢过何老师肩上的扁担。何美静说：

"小心你妈骂你。"

"嘿嘿。"于伟军憨笑一声，"是我妈喊我来的，她让我别告诉您。"

何美静心中涌上一股暖流。谭桂花是个粗人，心肠却好。于学文的眼神，何美静其实早就看懂了。她装作不懂，她不能不装。在他们每一次的肌肤接触中，比如为于学文递一个灯泡，或者接过他肩上的扁担，她都能很敏锐地感觉到那种温暖。那时候，她从不敢和于学文对视。她低低地垂下眼帘。她怕自己乱了分寸，她珍惜自己的名誉胜过珍惜自己的生命。谭桂花是个好人，何美静怎么忍心去伤害她？苏晓月年纪虽小，懂事却早。父亲走了三四年时，常有好心人劝母亲再找一个，母亲总是摇头。那时候，苏晓月发现母亲在于学文面前经常红脸，可是，每次上公开课，那么多人坐在台下，母亲却从未慌过张红过脸。苏晓月还发现，干爹虽然疼她爱她，但看她的眼神，与看母亲的眼神相比，是截然不同的。干爹看自己时，是大人疼爱小孩的那种眼神，大大咧咧，干干净净。干爹看母亲时，眼神里却藏着羞怯，藏着期待，甚至藏着热烈。"挑水事件"之后，在何美静的坚持下，于学文后来很少到苏晓月家里来。再后来，于学文当上了矿长，家也搬去了矿部。再后来，于学文当上了市政研室主任，家，就搬去了市政府大院。何美静和于学文极少见面了，倒是于伟军常来，成了何美静和于学文了解对方近况的咨询台。苏晓月曾经恨过谭桂花，恨她诬蔑母亲是"野女人"。何美静说这不能怪谭桂花，换了哪个女人，都会这么怀疑。谭桂花毕竟没有当着她的面说这些。

母亲这半辈子，的确不容易。苏晓月正叹气，何美静喊她去接电话。

祝你新的一年工作顺利，万事如意。于伟军说。

也祝你平安快乐。苏晓月说。

窗外，焰火争奇斗艳。手机响个不停。接收的许多信息中，马青云来一条，苏晓月就删一条。然后，刘莲的电话，陆清风的电话，都是黏黏糊糊一下子扯不清楚。好容易有个空隙，苏晓月脑海中立刻蹦出一个手机号，这个号码，她已在心头默念过无数遍。她迅速发过去三个字：新年好！

立刻有信息回过来：谢谢，也祝你新年快乐！你和妈妈一起过年吗？

是的。您在哪里过年？

我在家里。一个人在书房。

是吗？您家人呢？

她在客厅看电视。我上网查点资料。你还好吧？

我很好。这么多年，我已经习惯和妈妈两个人一起过年。怎么您也只有两个人过年呢？

我从小就是一个人。她因为身体不大好，不想回娘家过年，所以就两个人过了。

您的孩子呢？

我们还没有孩子。

祝您在新的一年万事如意！

也祝你永远开心永远美丽！

苏晓月将手机贴在胸口，她没想到秦汉明会给她回信息，她只是试试而已，根本没抱任何希望。她更没想到，在除夕之夜，在应该乐享天伦之时，秦汉明会一个人，一个人待在书房里。在欢笑四处流淌的夜晚，他竟然一个人在书房。如果她有变身术，她宁肯变成一本书，当秦汉明的手指轻轻掠过，她会一页一页，将自己完完全全呈现在他眼前。只要他需要，只要他不再寂寞。

苏晓月陪着母亲看完春晚，道了晚安，半躺在床上，打开手提。

邮箱里有许多贺年卡，苏晓月来不及看，她先打开了那个男人的两封信：

第一封：

尊敬的苏老师：

您是不是生我的气了？所以您没有回我的信？对不起，都是我不好，连好好写封信的时间都没有。

您知道吗？我妻子脾气不好我还可以忍受，令我无法接受的是，她打从出院以后，再也没有和我行过性事。她说她觉得恶心，她讨厌那种事。我才三十几岁，要我过这种苦行僧般的生活，我真的心有不甘。

哎，或许这些话我不该对您说。可是，我如果不找个人说出来，我会憋死，会疯掉。

谢谢您听我讲这些疯话。

如果您忙的话，您不必回我的信，我现在心情好多了。可我不能不接着给您写信，给您写信，对于我来说，已经是一种快乐。

祝

开心！

第二封只有简单的几句话：

尊敬的苏老师：

您很忙是吧？看来您有许久没上网了！这一段我也非常忙，所以也有好久没给您写信了。

马上就要过年了，祝您在新的一年工作顺利，万事如意，越活越年轻，越活越美丽！

这一次的回信，苏晓月不再是简简单单的几句话：

亲爱的朋友：

对不起，我有好些日子没上网了，所以没有看到您的来信，也就没有给您回信。

今晚是除夕夜，您应该刚陪妻子看完春节联欢晚会吧？我每年都要陪妈妈看春晚。窗外，焰火还在争奇斗艳。在这美好的时刻，我给您拜年了！祝您在新的一年开开心心每一天！

本来，在这新年伊始之际，是不该说这些话的，但我还是想劝您几句。人活在世上，总会有不如意的事。开不开心，快不快乐，全在于自己的心境。如果能够改变现实，您就努力去改变，以让自己过得更开心；如果现实无法改变，您就试着去改变自己的心境，这样才能更加快乐。

春有百花秋有月，夏有凉风冬有雪。若无闲事挂心头，便是人间好时节。

其实，我这样劝你，自己却常常和您一样不开心。我不知道自己究竟想要什么，或许，我知道自己想要什么，却明知那是得不到的，所以常常逃避，所以常常自己对自己说，我不要什么，我什么都不要。

也谢谢您的来信，您同样给了我帮助。我也没有多少朋友的。苏晓月点击发送键后，去看那些贺卡。没过多久，电脑提示有一封新邮件。

亲爱的苏老师：

我可以这样称呼您吗？很感谢您和我说了那么多知心话，我已经把您当成无话不谈的好朋友了。从一开始，我就是对您敞开了自己的心扉。您没有怪我唐突，还和我说心里话，我觉得好幸福。

我刚刚打开电脑，看到了您刚写的信，就赶紧给您回信。

看得出来，您也有许多心事。我和您一样，我也知道自己想要什么。我可能有和您不一样的地方，那就是，如果我努力，我想要的，应该可以得到。

我遇到一个女孩，她彻底打动了我的心。我不知道她爱不爱我，凭我的直觉，她对我还是有好感的。可是，我没有追求她的勇气，我没有资格去追求她。

我不知道您为什么要逃避，那扇门说不定只是虚掩着，您只要轻轻一推，就会找到您想要的一切。

还有，您有什么事，尽管和我说，能帮您的，我一定会帮。

与您倾心而谈，真是一件幸福的事情。

对了，我差点忘了，今天是新年第一天，如果严格按时间来算，现在已经不是除夕夜了（我并没有和妻子一起看春晚，她可能更喜欢一个人看电视）。

我在这里给您拜年了！

祝

新年更有新气象！

正月初八，是同江市大多数单位"开张"的日子，报社也选择了这天派发红包。苏晓月九点钟来到记者部时，办公室里只有陆清风在拖地板，拼在一起的办公桌上摆着一盘瓜子和糖果。陆清风一看见苏晓月就

98

大声喊"新年好"。苏晓月笑着嗔道:"有你这样拜年的吗?吓人一跳!"

陆清风放下拖把,仔细洗了手,剥了一颗糖递给苏晓月:"祝你甜甜蜜蜜每一天!"

"谢谢,也祝你天天开心!"苏晓月接过糖,吃吃地笑起来。陆清风问她笑什么。苏晓月只是笑,不肯说原因。

按常规,正月十五之前,一般的单位都没有正式上班,记者们也就没多少采访任务,苏晓月依然躲在家里守着手提咀嚼寂寞。只是手机不得不终日开着,万一有了紧急任务,要是找不到人的话,挨批就是百分之百。刘莲也一直关机,她与谢安离旅游去了。

只有陆清风,有事没事每天要打好几通电话给苏晓月。二月十四日早上八点,陆清风又打来电话,他说他买了几包板蓝根,要给苏晓月送一点过来。苏晓月也知道邻省的"非典"疫情已越来越严重,但毕竟还没蔓延到同江市附近的地区。她从来没想过去买点什么预防的药来吃。陆清风还说,同江市绝大多数药店里,板蓝根已完全脱销。他跑了十几家药店,排了长队才买到。苏晓月突然想起应该给妈妈送点预防药物回去,便让陆清风到报社等她,她就来拿。

走下楼来,苏晓月正准备招手拦辆的士,一辆黑色的桑塔纳"吱"的一声停在她面前,前排的玻璃窗摇了下来,马青云伸出头来,微笑着对苏晓月说:

"去哪里,我送你。"

苏晓月没理她,边往前走边等的士。马青云开着车一直跟着她,他说:

"市里已没有板蓝根,我特意开车到长源市买了一大箱,给你送点来。我问了防疫站的医生,他们说吃板蓝根对预防'非典'确实有一定作用。"

苏晓月冷冷地说:"谢谢,我已买了许多。"

马青云叹了口气:好吧,祝你节日快乐。他拐了好几道弯,才打听到苏晓月住的这栋楼。在等了两个小时之后，总算看到了苏晓月一面，听她说了去年从同江宾馆302房出去后的第一句话。

苏晓月上了的士，才明白马青云为什么祝她节日快乐。她差点把情人节给忘了。去年的情人节，她和于伟军、刘莲、马青云四人在同江市街心公园里开卡丁车、划敞篷船、吃烧烤，玩得天昏地暗，没想到如今一个个劳燕分飞。手机响起来，是于伟军。他说他买了板蓝根，问苏晓月在哪里，他给她送过来。苏晓月道声谢，说她已买了许多。

从来没有哪个情人节，人们会以几包板蓝根来代替玫瑰花与巧克力。这个春天，这个情人节，因为非典的缘故，竟四处弥漫着板蓝根的气息。

刚到报社楼下，手机又唱起歌来。竟然，是秦汉明。他问苏晓月那里还有他的照片吗？他现在就要那些照片。苏晓月说，好吧，我正好去办公室，抽屉里有好多。

到了办公室，苏晓月发现她的茶杯在桌上冒着热气。陆清风说，你来得正好，刚泡上不久，快喝了吧，板蓝根很甜的。苏晓月说，没这么夸张吧，端起杯子咕咚咕咚就喝，她正好口渴了。陆清风在一旁背解说词，以后每天吃三包，早、中、晚各一次。

他将双手藏在身后，变戏法似的，先伸出来一只左手，手里是一大袋板蓝根；又伸出来一只右手，是一捧玫瑰，应该是九支或十一支吧，正含苞欲放，被包在一张透明塑料纸里，犹抱琵琶半遮面的，看起来挺诱人。

苏晓月双手接过，闻了闻玫瑰的香味，又道声谢，才将花和板蓝根都放在桌上。她打开抽屉，拿出一沓照片。那都是平时跟着秦汉明采访时拍下的，苏晓月每次都会多拍几张，没事时就看看。她把照片放进包里，对陆清风扬扬手，走了。陆清风追着她问去哪里，苏晓月只笑。陆清风在她背后大声说：一起吃中饭，我等你！

吴秘书看到苏晓月来了，笑着说：苏记者来啦！秦市长在里面等你。

秦汉明一般在里面那间房办公，吴秘书就在外面那间。吴秘书敲敲门，又为苏晓月轻轻推开，再轻轻带上，出去了。

秦汉明正在批阅文件，他抬起头来，微微一笑，伸手指了指他对面那张真皮沙发，示意苏晓月坐下。苏晓月先将一个牛皮信封递给秦汉明，然后才端端正正坐下来。

这么多？嗬，拍得不错。

我自己还留了两张。

是吗？

嗯。

谢谢你特意给我送照片过来。这里有一袋药，板蓝根之类的，据说对非典有一定的预防作用，市里的药店可能没货了。秦汉明从办公桌下拎出一个大塑料袋：你拿去吧。

谢谢。

别客气。今天好像是情人节，没和男朋友一起吗？

我……

苏晓月欲言又止。

秦汉明又微微一笑。

苏晓月嗫嚅着：如果没有其他事……

你可以走了，记得每天吃点板蓝根。

苏晓月起身道别，一边往外走一边在心里头骂自己：笨死了！笨死了！明明可以多待一会儿，偏要自己赶自己！苏晓月你怎么搞的嘛，平时你不是挺伶牙俐齿的吗？关键时候偏偏什么话都不会说了！真是笨死了！

和陆清风一起吃中饭时，苏晓月有点魂不守舍，她用筷子拨拉着饭粒，几乎没吃进去几口。

你怎么了？陆清风盯着苏晓月。苏晓月说有点头疼。陆清风放下筷子就要来帮她按摩，她推开他的手：谢谢，你吃饭吧，过一会儿就没事了。她没胃口，他也不想再吃，他说，要不，我现在送你回去休息。她摇头，我自己回去就行了。

苏晓月坚持不让陆清风送她回家，陆清风只好作罢。他越来越琢磨不透她了。为什么，她宁愿一个人关在家里，也不愿意和他一起过这个情人节呢？

苏晓月并没有说谎。自从走出秦汉明办公室，她的脑袋里，就钻进了一个人。那个人，绷着一只长弓，嘣嘣地，弹着棉花，不知疲倦，无休无止。那个人，他哪里是在弹棉花，他分明是要把苏晓月那颗脑袋弹成一堆碎絮。苏晓月索性俯卧在床上，任凭脑海里乱絮飞舞，轰轰作响。她想那个人总要有歇口气的时候吧？可那个人仿佛越弹越起劲，苏晓月感觉自己快要爆炸了，她爬起来，从床头柜里翻出一粒去痛片，喝口水，吞下去。

渐渐地，头不疼了。苏晓月从枕畔拿过手提，打开。第一件事，还是看邮箱。

亲爱的苏老师：

今天是情人节，请允许我以一个朋友的身份，献上一支火红的玫瑰，祝您爱情甜甜蜜蜜，事业顺顺利利，生活开开心心！

这个情人节，您一定是和心爱之人一起度过吧？

我呢，形单影只，就像一座孤岛，泊在无涯的寂寞之海。我好想和那个女孩一起过节啊！不知为什么，当我看到她的时候，我满肚子的话，又一句都说不出来了。

我知道自己越不过心里那道坎。

102

我不知道自己还能撑多久。

唯一让我觉得安慰的是，我常常在梦里见到她。现实中我不能做的一切，在梦里，都可以一一实现。我可以牵住她的手，可以搂着她的腰，甚至还能闻到她身上的薰衣草香……

真心祝愿您能够爱您所爱，无怨无悔！

还有，我差点忘了，您买了板蓝根吗？广东那边的非典好像越闹越凶了。听说板蓝根可以预防非典，管它是真是假，反正板蓝根又毒不死人，您最好多买点放在家里，每天吃一点。万一非典传过来，只怕到时候想买都没地方买了。

苏晓月正憋得难受。有些话，她若不说出来，她就真的会爆炸了。

亲爱的朋友：

谢谢你的祝福，也祝你情人节快乐！虽然这声祝福可能晚了点，这一天，都已经过去一大半了。

这个情人节，我也差不多是一个人度过的。爱我的人，我不爱他；我爱的人，我又不能爱他。真正是情何以堪啊！

今天上午，我见到了那个我一直暗恋的男人。他给我买了一大袋板蓝根，说真的，我好感动。哎，我也和你一样，有一肚子的话要和他说，可一旦面对他，却又不知从何说起……人说幸福都是一样，而痛苦却各有不同。我俩真是有缘啊，连痛苦都是一样的。你心里有道坎，我心里又何尝没有一道坎呢？

我却没有你幸福，你还可以在梦里牵住她的手，搂着她的腰，而我，每次梦到他，都是很模糊的影子。明明知道就是他，可我就是看不清楚，抓不住他。还有一次，我梦见他死了，我当时就哭醒过来了。为什么，就连我的梦，都会如此地苦不堪言呢？

我这辈子，可能永远都逃不脱噩梦的纠缠了！

幸亏还有你可以听我倾诉。连我最亲的母亲，连我最好的朋友，我都从不敢和她们说这些。

你是同江人吧？或者你就在同江上班？非典的确可怕，你也要多多保重！

随着"非典"疫情在全国越来越多的地区出现，同江市民们又开始疯狂采购白醋、食盐、抗病毒药、口罩、消毒剂。许多人诚惶诚恐，若在街上发现有人咳嗽，路人马上会保持距离侧目而视。其实，同江所在的这个省连疑似病例都没有，除了不能去疫区旅游出差，人们依然可以照常生活，照常工作。

不巧的是，苏晓月不识时务，又感冒了，她一感冒便咳嗽，这是她的"感冒特色"。同事说，你这"非典"不轻啊！说归说，没人真拿她当非典。大家都知道她经常咳嗽，没什么奇怪的。可出去采访时，别人一听她咳嗽，就马上离她远远的，弄得苏晓月哭笑不得。

这天早晨醒来，苏晓月感觉浑身疼痛，连骨头都变得绵软无力，她挣扎着，从床头柜上摸到手机，拨通了陆清风的电话。陆清风帮她和自己都请了假，急急忙忙打的赶到苏晓月家里。门铃按了半天，门才打开。门一打开，苏晓月就软在了陆清风怀里。

他背着她，往楼下跑。的士还在等，司机已将车后门打开，车窗玻璃也全都摇下来了。

高烧三十九度。她闭着眼躺在病床上，冰凉的药液，从点滴管中，缓缓流入她的身体。

中午，他从医院食堂买来一份白米粥。她不肯吃，他哄了半天，又将病床摇高些，再塞个枕头到她背后，让她半躺半坐着。她说，我自己能吃。他连忙说，不行，你在打点滴，不方便，还是我喂你。他先噘起嘴，对着碗吹了吹，然后用汤勺挖了一小勺，尝了尝，再吹了吹，又尝了尝，这才开始喂她。他一小口一小口地喂，生怕汤水溢出她嘴角。她有洁癖，他知道。她的办公桌总是一尘不染，和她身上所有的衣物一样。他喂几口，就用纸巾为她印一印嘴角。

他喂了小半碗，她终于不肯再多吃一口。他便放下碗，为她擦擦嘴，又喂她喝了两口水，让她漱口，然后用纸巾印一印她的唇。他们以前一起吃饭，每次饭后，她都要喝水漱口。这些，他都记住了。

她在医院住了两晚。他一直守在她身边。第三天凌晨，她醒来，看到他趴在床沿上，应该是睡着了。他的头，正好挨着她的手。她不由自主，摩挲着他的头发。她生病了，谁都没有告诉，只告诉了他。她不想告诉母亲，是不想让母亲担心。她不想告诉刘莲，是因为刘莲太忙。她不想告诉于伟军，是不想再对他有所亏欠。她没有告诉那个她最希望看到的人，不是她不想，而是她不能。

然而，她还是做错了。她告诉了陆清风，而他现在为她所做的一切，并不是他应该做的。从美女山下来，她就要求他当作什么事都没有发生过，她还要求他在同事面前隐藏他的感情。他从来没有强迫过她什么，他始终都在默默关心她。他没有做错什么，他其实算得上优秀，她更不想对他有所亏欠。可现在，她欠他的情，却越积越深。

她摩挲着他的头发，这个男孩，其实值得她去爱。既然她渴望的，也许永远都只能停留在渴望，她为什么不尝试着去接受这段感情？都说被人爱着是幸福的。如果她接受他，回报他，这种幸福就接近完美了。难道唾手可得的幸福，就不是幸福吗？难道接近完美的幸福，就应该拒绝吗？

一股咸与涩，从她心头涌上喉头，又涌出眼眶，流过嘴角。

他醒了。其实他并未睡着。他愿意一辈子这样假寐，如果她抚摸着他，永远。在无限享受中，他捕捉到了一丝异样。他抬起头来，果然，他看到了两条小溪。

你怎么了？哪里又不舒服了？他惊慌失措。

她摇头，泪水更加恣意。

他忍不住站起来，俯下身，抱紧她。他忍不住，去吻她的泪水。他忍不住，吻到了她的唇。

两人终于都渐渐平静。她说，你今天还不去上班吗？你别傻了，我又没什么大病。回去上班吧，别让大伙儿笑话你。

我不管，你也别管！你一个女孩子家，生了病总得有人照顾。再说咱俩一个未娶，一个未嫁，怕什么？未必你还要我继续演戏？反正已经穿了帮！我真的受不了了！我喜欢你，我装不了若无其事！

他一口气说完。他早就知道她离了婚。他决定不再戴着面具。

她可以出院了。他送她回家，坚持背她上楼。她懒得抗议，任由他背了自己。他的背，不算宽厚，不算温暖。他的背，却能让她觉得踏实，觉得有所依靠。

他拿她钥匙，出去买菜。一条鲈鱼、两斤排骨、一个大香芋、一把四季豆。她躺在床上看一会儿书，睡一会儿觉。他在厨房里，叮叮当当，边做事，边哼着阿杜的歌。

当他大声喊着"开餐喽"，她微微打着鼾，睡得正香。他擦干净手，走进卧室。他看到她手中的小说掉在地板上，身上的被子也掉下了大半边。他看到她秀挺的鼻子旁，浓密的睫毛遮住了平时那两汪秋水。他看到她紧闭的双唇鲜红欲滴，宛若一枚微翘着的花骨朵。他看到她的两座小山峰并没有因为躺着的缘故而变得低矮。他看到她两只白嫩的光脚丫偶尔会动一两下。他看到……看到自己的休闲裤上赫然撑起了一把小阳伞！他就这样傻傻地，站在她床前。他情不自禁弯下腰，飞快地在她额头上匆匆一吻。她蓦地睁开眼睛，他吓了一跳，脸一红，赶紧说，起来吃饭吧。

她一脸妩媚，笑了笑，半闭着眼睛，这么快？我还没睡够呢。

他受到鼓舞，坐到她身旁，还用手指去刮她的脸：小懒虫！快起床！

他本来比她小两岁，现在却充起了老大。她的笑容更灿烂，她说，我是小懒虫，未必你是大懒虫？

他也笑了，只要你高兴，我变什么虫子都可以。

两条虫子相拥着来到餐厅。但见一只鱼形碟上躺着一条撒了葱末和姜丝的清蒸鲈鱼，洁白的大汤碗里是香喷喷的香芋炖排骨，再加上一碟翡翠般的清煮四季豆，她忍不住"哇"了一声，她真的没想到，他还有这一手。他不时为她夹菜，直到她表示抗议，这满满一大碗，我无从下手啊。

他这才自己夹了一小块鱼肉，放进嘴里，边吃边对她说，慢点吃，小心鱼刺。

话还没落音，他就放下筷子，皱着眉咳了几声。

她立刻紧张，怎么啦？是不是卡了鱼刺？

他点头。她说，我帮你看看。

他张开嘴，她凑近，仔细看了看最里面，说，看不清楚，去窗子旁光线好一点。

他们来到窗前，她只差没将眼睛伸进他喉咙里去。终于，她找到了。那根小小的鱼刺，就立在她目光所及的最深处，怎么办？她眉头一皱，计上心来，她说，你站着别动，我去拿样工具。

他不知她葫芦里卖的什么药，不一会儿，她手里拿着一把小镊子走过来，她抽出一根棉签，蘸了络合典，将镊子擦了几遍，然后以命令的口气说，把嘴张开点！

他看她煞有介事的，挺可爱，想笑又不敢笑，便张大嘴巴。她用镊子在里面左探右试，她的额头上沁出细细的汗珠。终于，鱼刺被夹出来。

她一脸得意，将鱼刺伸到陆清风眼皮底下。

他笑着问：这是什么，月月？

鱼刺呗，难道还是鲸鱼骨？第一次听到他喊着自己的小名，她愣了一愣，有点答非所问。

他睁大眼，指了指那把镊子。

她扬扬眉：这可是我的宝贝，专门对付不听话的眉毛！

他作苦笑状：天，是你的眉夹！

他收拾残局，桌上的，厨房的。她继续回床上躺着。碗筷放进了消毒柜，地也拖了。他洗了手，擦干，倒杯水，拿着几板药，走到她床前，该吃药了。

他坐到她身边。他们说着话，有一搭，没一搭。她按了按太阳穴。他没有经过她同意，就将她的头扶到他的双腿上。他先用手指，轻轻地，从她前额发际处往后脑梳了十来遍，又用指腹拍打着整个头部……她似乎很惬意，微闭着双眼。她偶尔睁眼看看他，他本来正在偷看她，两人眼神一对接，他的呼吸立刻急促起来，她甚至能听到他的心，在薄薄的毛衣里面，怦怦地响着。

他已经半压着她的身子，她特有的体香，她那种衣物隔阻不了的、充满弹性的柔软，他无法控制血脉的偾张。他的激动感染了她，好久未有过这种肌肤之亲了，他的压迫唤醒了一直自我封闭的她，她没有做任何抵抗。他一把将她搂入怀中，他的双唇，如饥似渴，深深吻住了她……

连着打了三天点滴，苏晓月的感冒尚未完全痊愈，却已不再咳嗽。随着国家计委委派的有关领导及专家抵达同江市，记者们又开始忙碌起来。苏晓月和陆清风双双回去上班时，同事们有的冲着他俩挤眉弄眼，有的干脆问他俩是不是度蜜月去了。苏晓月只笑不答。陆清风也是幸福着一脸笑。

国家矿区采矿沉陷综合治理评估专家组将对同江市矿区采矿沉陷区综合治理方案进行为期一周的考察和评估。在欢迎会上，秦汉明用他那口略带口音的普通话做开场白，苏晓月则埋头速记：

"同江市是一座资源型城市。当一系列深层次矛盾纷纷显山露水、市域经济多年持续低迷时，拼资源的增长方式与求发展的美好愿望之间，形成了巨大的反差。实施经济转型，成了同江人民的共同愿望。当得知党中央和国务院支持资源型城市发展接续替代产业的政策出台，同江人民无不欢欣鼓舞。各位领导和专家们的到来，给了同江人民一次重要的历史机遇。这次机遇，将成为同江人民奋发向上的动力。可以预见，这次评估一旦顺利通过，同江人民必定会空前积极地全面建设小康社会，必定会掀起同江市新一轮快速发展的热潮。"

正因为这次评估工作的重大意义，同江电视台和同江日报社几乎派出了所有的得力记者跟随采访。专家组分成八个组到伏林镇等八个乡镇办勘察采矿沉陷区受损情况，并对水利设施、边坡不稳定、规划小区进行现场考察。苏晓月和陆清风分在不同的两个组，陆清风再次尝到了一日不见如隔三秋的相思之苦。苏晓月所在的那个组要去的地方是伏林镇，而陆清风所在的组要去的则是与伏林镇方向相反的尖沙乡。

第一天与专家组下乡，没想到姜寒林也在里面，苏晓月手里有份分组名单，同江电视台派在这个组的两名记者里明明没有他嘛。姜寒林找了个机会得意扬扬地对苏晓月说：

"怎么样？没想到吧？为了你，我特意亲自前来采访。"

看到苏晓月一脸不屑的神色，姜寒林马上反守为攻：

"哎，我问你，你之所以离婚，该不是为了我吧？"

苏晓月咬牙一笑："是啊，美得你心疼。"

姜寒林半眯着眼睛说："别这样嘛。我是钻石王老五，许多女孩子送上门来我还不要。"

苏晓月知道姜寒林这阵子正风光得很，他开了一家按摩店，生意火爆得不得了，他最近还升任同江市电视台记者部主任。苏晓月挑了挑眉，调侃道：

"姜主任，姜老板，怎么还要和我们一样日晒雨淋？"

姜寒林涎着一脸笑："不出来采访怎么看得到你？！"

在历时三天的勘察中，苏晓月发现了伏林镇繁华中潜伏的危机。在伏林镇工作那几年，苏晓月每次下乡都是走马观花来去匆匆。因此，当她发现位于采空区上那摇摇欲坠的民房时，她倒抽了一口冷气。有不少刚建没几年的民房，看起来簇新，墙上却爬满了又深又长的裂缝，在那些裂缝最多的墙下面，主人就用好几根高大的杉木支撑着，看起来真是令人触目惊心。这样的危房里，竟然还住着人。那些住户苦笑着说：

"不住这里又住哪里？这个村子里再新的房子都裂了缝。"

听说专家组就是为这事而来，住户们又惊又喜，他们有的拿出家里好不容易才攒下的一脸盆土鸡蛋，有的端出了藏在石灰坛子里的瓜子花生，硬要专家们带到路上或者回家去吃。他们把专家们当成救苦救难的观世音菩萨了。他们紧紧握住专家的手说：

"领导同志，请您再去看看我们的那些井，我们要喝口水好不容易啊！"

苏晓月的眼睛湿湿的，她不是矫情。当她看到那些村民跪在井口，用一根长长的吊绳，晃悠半天后才能吊上小半桶水时；当她听说村民们用淘米的水洗菜，用洗菜的水洗衣，用洗衣的水洗抹布，用洗抹布的水拖地板时，她就像儿时在家属区听到救护车的尖叫声一样，那把仿佛缺了齿的钝刀开始在她心里一上一下地来回割着。姜寒林的脸上也呈现出少有的凝重，他认真地摄下每一个有价值的镜头，他和苏晓月一样，敏锐地记录下了村民眼中闪烁的泪光。苏晓月第一次发现沉醉于工作中的姜寒林其实也不是那么令人讨厌。

专家组离开同江市的前夜，正是周五，同江市政府特意组织了一场舞会，还从城区一些单位挑了十来位综合素质出众的年轻姑娘。这种差使苏晓月不便推辞，陆清风更不好反对，因为宣传部李部长亲自打电话要苏晓月"无论如何抽空前往"，因为这是一项"政治任务"。

舞会设在同江宾馆歌舞厅。晚上八点整，苏晓月准时出现在舞厅门口。她上穿一件白色的 V 领紧身毛衫，一条长长的火红色真丝纱巾在她修长的脖子上绕一圈后，又从后背垂至腰际；那条上小下大的火红色羊绒大摆裙，使得苏晓月的瘦腰看起来盈盈不足一握，她那一米六几的身材也更加显得凹凸有致。当她款款步进舞池，当她轻盈地旋转时，大摆裙仿佛要飞了起来，栗色的长发与火红的长纱巾柔柔地飘来荡去，让人疑心是不是敦煌石窟的飞天仙女在翩翩起舞。舞池里的人们神情各异地打量着苏晓月，男人们的眼里盛满了毫不掩饰地欣赏——若在白天是断然不敢如此直视的；女人们则大多含着嫉妒与挑剔的目光，即便是装作不屑一顾的，也要趁着距离近的时候悄悄对苏晓月瞥上几眼。

与苏晓月跳第一支舞的是一位银发红面的老专家，他的步履矫健有力，他挺着胸，昂着头，进退之间与苏晓月配合得天衣无缝，毕竟是来自天子脚下，那一举手，一抬足，的确很有大家风范。老专家对小小的同江市也能养育像苏晓月这样气质高雅秀外慧中的女孩深感惊奇，他认为苏晓月应该去大城市发展，同江市毕竟是小地方。苏晓月说：

"我母亲身体不好，她只有我这么一个女儿。"

蓝色多瑙河响起来。秦汉明微笑着走到苏晓月面前，请她跳这曲华尔兹。苏晓月一阵晕眩，任由秦汉明将她牵进舞池。专家组中有位五十来岁的女教授，秦汉明一直很有绅士风度地陪着她跳舞。苏晓月没想到秦汉明的舞跳得这么好，她更没想到秦汉明会主动约她跳舞。

天气原本不热，但苏晓月的手心里全都是汗。秦汉明的额上也已渗出了细密的汗珠。两人都不说话，仿佛彼此都已非常熟悉。

地板滑得很，苏晓月穿着一双棕褐色尖头皮鞋，鞋跟又细又高，在大幅度的旋转中，时不时会来几个"惊险动作"。本来，苏晓月是能转圈的，不过要左转几圈后，再右转几圈。两人刚开始时，由于是第一次合作，秦汉明试探着加大转圈的幅度，见苏晓月配合默契，便像风儿般刮过来刮过去。当他又一次从舞池的最左端，一口气转到最右端时，苏晓月眼前一黑，不由自主抓紧了秦汉明的手，秦汉明感觉到苏晓月突然乱了方寸，为了防止她跌倒，他毫不犹豫地将苏晓月往怀中紧紧一搂，借着惯性，慢慢转到舞池边沿人少的地方。一阵潮水向苏晓月袭来。苏晓月忘了今夕何年。秦汉明的怀抱是如此宽厚。这个怀抱，如此陌生，又如此熟悉。这个怀抱，是苏晓月无数次梦到的那个怀抱吗？

两人散步似的跳了一会儿，直到苏晓月脚步稳下来，秦汉明才带着她继续转圈，并且几乎是左三圈右三圈了，苏晓月的步伐重新流畅起来，秦汉明还是不放心，他紧紧搂住她的细腰，苏晓月握在他左手里的右手，也一直乖乖地紧贴着他的手掌心。每当苏晓月的一丝长发不小心拂过他的下巴，每当从苏晓月身上散发出来的淡淡花香味一阵阵钻进他的鼻孔，每当苏晓月高耸的丰胸偶尔碰在他的前胸上，秦汉明就忍不住在手上加了把劲，苏晓月甚至能隔着好几层衣服感觉到某种东西的硬度了，它的主人总是矛盾地在让它接近苏晓月身体的一刹那，又快速地逃开了。

整场舞会，苏晓月再没有机会与秦汉明共舞，他们共同的任务就是让专家们玩得开心，而不是自己如何享受。为了能顺利通过这次矿区采矿沉陷综合治理评估，争取到上拨专项资金，给同江市的经济转型打下坚实的经济基础，市里已经花了不少的钱，这些努力会不会功亏一篑，专家们起着举足轻重的作用。因此，同江市从上到下都是不遗余力地热情招待这群贵客。从这点来说，秦汉明与苏晓月都是主人，哪有主人自得其乐而丢下贵宾不管的呢？即便如此，他们的视线还是不由自主地穿越音乐与人群，在某一点相互拥抱。

眼神相交的那一刻，苏晓月感觉自己一脚踏进了沼泽地，而且，越陷越深。秦汉明眉心那颗黑痣宛如一粒黑宝石，一直嵌在苏晓月的眼眸里，闪闪发光。

舞会结束，灰姑娘提着她的水晶鞋回家了，苏晓月蹬着她的高跟鞋回家了。

洗完澡，苏晓月仍然毫无睡意。她打开手提，打开QQ，打开信箱，一大堆新邮件乱七八糟。苏晓月将那些垃圾邮件做了永久性删除。然后，挑了神秘男人的信来看。

亲爱的苏老师：

从你信中所写来看，你暗恋的那个男人，应该也是爱着你的。否则，他不会选择在情人节这一天送板蓝根给你。

你为什么不能爱他呢？你从来没有对他表白过，你怎么知道他不爱你，他不能爱你呢？有时候，我们心里的坎，是我们自己凭空添上的。

你说你这辈子，可能永远都逃不脱噩梦的纠缠。呵呵，这让我想起了你以前劝我的那些话。是梦，总有醒来的时候。不管是什么噩梦，当你醒来时，当你的窗前洒满了艳阳，你会觉得，生活是如此美好！

我们不用彼此道谢。或许，上苍在造你造我的时候，就注定了我们要惺惺相惜。不管我是不是同江人，是不是在同江工作，我们都是无话不谈的好朋友，你说是吗？

我们互相给予力量吧！让我们都去积极争取我们想要得到的幸福！

读完信，苏晓月就关了邮箱，关了手提，她决定明天再回信。她现在有点心烦意乱，她拿出手机，打刘莲电话，刘莲说她刚刚回到家里。苏晓月说，我睡不着，我来你家，咱们聊天行吗？

第二天，陆清风一大早打苏晓月手机，没开机，陆清风以为她还没起床，便兴冲冲地买了早点来到苏晓月的蜗居。按了半天门铃，没人答应。陆清风站在门口，一遍又一遍，拨打那个熟悉的手机号，一次次，手机都明白无误地告诉他：

"对不起，您拨打的电话已关机。"

陆清风恨不得将那该死的手机一把掼到地上。他想苏晓月会去哪里呢？苏晓月一年到头连自己就在近郊的娘家都没住过几晚，她又会到哪里去过夜？陆清风垂着头漫无目的在街上闲逛，一边在心里猜测苏晓月不在家里的种种可能，难道她会住宾馆？她怎么会一个人住宾馆？那么她一定有人相陪了！那个人肯定不是女性，那么，那个男人会是谁？莫非是于伟军？如果是他，两人也没必要去住宾馆，一个未娶，一个没嫁，回到原来的家不就得了。除了于伟军，还会是谁呢……陆清风胡思乱想着，那剪不断理还乱的思绪令他烦躁不已，看到人行道旁有一颗小石子，他飞起一脚就踢得老远，没想到石子飞到了前方一位挑着菜担子的阿嫂腿上，阿嫂先是粗声粗气地"哎哟"一声，接着骂道：

"是哪个短命猪仔？"

陆清风抬头一看是自己闯的祸，面红耳赤地说：

"对不起，大姐！我不是故意的！没伤着您吧？"

阿嫂见陆清风文文弱弱的，态度也诚恳，便皱着眉说：

114

"算了算了，清早碰到个背时鬼。"

本来就是自己不对，听阿嫂骂了"短命猪仔"又骂"背时鬼"，陆清风只好忍气吞声地继续往前走。

时值早晨七点多钟，环卫处的清洁工人们戴着口罩，面无表情地在大街小巷挥动着又大又长的竹扫把。满腹心事的陆清风时不时要被"没长眼睛"的竹扫把逼得改道而行，以免脏物飞到自己身上。这个时候正是人们上班出门的高峰期，竹扫把扬起的垃圾和灰尘已令市民们忍无可忍，加上来不及躲避时还会被洒水车溅湿了衣裳鞋袜，大家对此更是怨声载道。同江电视台和同江报社也曾就此事做过报道，但同江市建设局和市环卫处声称"没有办法"，用他们的话来说，同江市民素质太低，随地吐痰乱扔垃圾的恶习积重难返，环卫工人已经非常辛苦了，他们晚上累到半夜好容易将满街垃圾清扫干净，但到第二天早晨，光是喜欢熬夜的市民们吃夜宵时所留下的遗弃物，什么唆螺壳、龙虾壳、烟蒂、餐巾纸以及满地流淌的废水污油，就令清洁工们累得够呛。他们也是牢骚满腹。大家都把自己排除在那群素质低下的同江市民之外，即使他们也经常在吃夜宵时制造了一地的垃圾，在大街上若无其事随手扔下嚼过的甘蔗皮或嗑过的瓜子壳。许多人也试图将果壳扔进垃圾箱，可是找了半天也没找到垃圾箱，就算有一个也是已经开膛破肚烂得不成样子。同江市建设局在这一点上还是做了不少努力，然而，花了不少钱所添置的那些漂亮的不锈钢果皮箱，几天之内几乎被人偷光，剩下那些丑陋的铁皮箱，也在还未燃尽的煤球中暗自垂泪。总之，这座小城的人们已习惯将责任推卸到所谓的"素质低下的同江人"身上，却不懂得他们就是同江人，而且从某种角度来说，其实自己也属于那群"素质低下的同江人"。

当陆清风走到被称为"夜宵一条街"的同江市教育路时，他看到街道两旁虽然已被打扫干净，但地面上留下的难以消除的污渍非常惹眼。

115

陆清风想起了他的家乡，那也只是一座小城市，但比同江市要干净许多。本就心情不好的陆清风似乎更加讨厌眼前这座脏兮兮的城市了，他想，不久的将来，他可能会远远地离开这座城市。如果这里没有了值得自己留恋的人，如果这里注定要成为自己的伤心地，他不选择离去又能选择什么？

晚上八点钟，陆清风再次打的来到苏晓月家门口，按了两次门铃后，门总算开了。苏晓月穿着白底碎花纯棉睡衣，跋着布拖鞋。她半眯着眼睛说：

"你怎么来了？我困死了！你自己玩电脑吧。"

边说边径直进了卧室，陆清风平静了一下自己的心情，跟在后面轻言细语地问：

"今天怎么关了一天机？"

苏晓月闭着眼睛答："没电了。"说完就用被子半蒙着脸。陆清风将被子往下一拉：

"告诉我，这一整天你去了哪里？"

苏晓月睡意正浓，不耐烦地说："你别问了行不行，我困得要命！"

陆清风顿了顿，忍不住又问："昨天晚上你在哪里睡？"

苏晓月心中腾起一股怒火："你有完没完？你管得着吗？"

陆清风也提高了声调："我就是要管！昨晚上你一直关机！我以为你睡得早，就没来打扰你。今天早晨六点半我就来给你送早餐，结果你不在。你应该说清楚这件事情。"

苏晓月的犟脾气来了，她拧着双眉说："你是我什么人？你凭什么要我说清楚？"

陆清风脸都气绿了，他几乎是在咬牙切齿了："你——你说我是你什么人？难道你可以随随便便就和一个不是你什么人的人上床吗？"

苏晓月也开始较真。她圆睁着双眼，瞪着陆清风，一个字一个字地说："如果你认为我和你上了床，你就是我的什么人，你就可以限制我的人身自由的话，告诉你，没门！"

陆清风太阳穴上的青筋突突地暴跳着，他也气得口不择言了："没想到你是这样一个女人！我真是错看了你！"

苏晓月冷笑一声，指着门口说："你走，你以后不要再看错人！我也不要再被人错看！"

陆清风心中正后悔一时失言，将自己逼得没了退路，又见苏晓月如此绝情，更是又急又气，脸上白一阵紫一阵的，胸腔里的血液仿佛在拼命起舞，他张着口，想说什么又说不出来，苏晓月又恨恨地砸来一句：

"你要是个男子汉你就立刻走！"

陆清风脸上的五官都移了位，他扭头就冲了出去。

苏晓月回到家中，第一件事就是写信。

亲爱的朋友：

谢谢你的关心。说来真是不好意思，本来是你要我帮的，现在几乎全变成你帮我了。

你说你要积极争取你想得到的幸福，我衷心祝福你。希望我能给你力量。

可惜，我没有勇气去追求想要得到的幸福。我觉得，爱情，在许多时候，带来的痛苦远远多于快乐。

我可能还没有告诉你，我是一个离了婚的女人。

说实话，我现在都不敢谈感情了。我觉得爱一个人好累，被一个人爱更累。

希望您早日拥有您想要得到的东西。

周一上班时，陆清风明显憔悴了许多，眼圈都是黑的。苏晓月看起来却若无其事。陆清风心中很不是滋味。他想主动向苏晓月低头，苏晓月却看都不看他一眼，签完到就跟着省煤矿安全监督局的领导检查煤矿安全生产去了。陆清风跟着市政协潘主席去同江钢材厂调查环保措施的落实情况，一整天都精神恍惚。晚上，同江钢材厂夏厂长在厂招待所设宴款待潘主席一行，陆清风连饭也顾不得吃，找个借口先溜了。他只想快点找到苏晓月，向她解释自己并没有看轻她的意思。从上午到下午，一有机会他就打苏晓月的手机，苏晓月不是不接就是立即挂断。陆清风仍不死心地拨了一次又一次。他相信精诚所至金石为开，他不相信苏晓月有这样的好耐性，即使有这样的好耐性，也应当不至于这样无情无义。陆清风不是不明白，苏晓月对他的爱是很有限的。也许，她随时都可以在这场恋爱中抽身而出全身而退；陆清风却是一心一意爱着她。他弄不懂自己为何意乱情迷。

或许，在两人的相处中，正是苏晓月那近乎冷漠的冷静，激发了陆清风的执着。

有人说，恋爱是一场拔河赛，当双方都全力以赴的时候，那是一场精彩的游戏；当其中一方因疲惫或厌倦而终于松手时，另一方就只有跌倒的份了。也有人套用能量守恒定律来解释爱情：你在乎他多一点，他在乎你就会少一点。苏晓月对于陆清风的态度，在陆清风看来，不仅仅是单纯的感情问题，还关系到他的男子汉尊严。他的痛苦，既在于爱情的若即若离，也因为他的自信与自尊严重受损的缘故。

在整整一天马不停蹄的采访中，苏晓月强迫自己不去想那些不愉快的事。她一直跟在秦汉明的身边，秦汉明与省煤矿安全监督局领导的对话，她都摘要记录下来，秦汉明偶尔特意交代苏晓月与电视台的记者，哪一点必须要强调，哪一点必须要做到。苏晓月一边嗯嗯地应着，一边飞快地在采访本上做记号。当她抬头时，秦汉明的视线与她的视线直直相撞的一刹那，立刻从她脸上跳到了别处。

这一天来，秦汉明几乎没单独和苏晓月说过话，他的眉头一直拧着。苏晓月当然知道，同江市煤矿安全生产的严峻形势，是秦汉明的心头大患。非法小煤窑一查再查，一封再封，可同江市十二个产煤乡镇办竟有十个不同程度地出现了非法煤矿反弹。煤价一涨再涨，高额利润的巨大诱惑使得不少人铤而走险。人为财死，鸟为食亡，人性的贪欲不是哪一位领导哪一条法规哪一项行动所能遏止的。大家都抱着侥幸心理，不是每个煤矿都会出事，再说，现在的煤矿只要有煤出，就稳赚不赔。说句不中听的话，即使死那么一两个人，也整不垮一个正在出煤的小煤窑。又不能说煤窑主草菅人命，打工仔们从下井的第一天起，就知道自己所从事的职业有多危险，他们一方面也抱着侥幸心理，希望菩萨保佑他们平安无事；另一方面，他们的确找不到比这来钱更快的谋生方式。而作为乡镇办一级的领导，为了地方利益，除非上面逼得太紧，否则他们对非法小煤窑都会睁一只眼闭一只眼，从而网开一面。几乎所有的乡干部或明或暗在煤窑里入股，整顿矿业秩序谈何容易！

按规定，乡干部是禁止在煤窑里入股的，可有些乡镇连续几个月发不出工资，乡干部也是人，也得穿衣吃饭，有机会去小煤窑入点股，赚些养家糊口的钱，又何乐而不为？话得说回来，并不是说所有的乡干部都是为生计所迫而去入股小煤窑，钱这东西当然是多多益善，它又不会咬人！连一些市领导都掩人耳目地用其他人的名义去一些乡镇办煤矿入股。当然，大多数领导入股是不用出钱的，煤矿老板们无偿送给他们一些股份，这叫入干股。

每当秦汉明蹙紧眉头，苏晓月的双眉也会不由自主地往下一拧，虽然她猜不透他的心里究竟在想些什么。同江市的市领导可不是那么好当的，这座工业型小城再不走出"吃子孙饭"的发展模式，它将前途渺茫。

只有走上一条全新的科学的可持续发展道路，同江市才会有更加美好的明天。在苏晓月心里，同江市再差再脏，也是生她养她的故乡，儿不嫌母丑，苏晓月是打心眼里爱着这座小城的，她由衷地希望同江市能插上腾飞的翅膀，她愿意为此贡献自己微薄的一分力量。

同江煤矿是该次检查的最后一站，苏晓月没有跟着秦汉明的车回市区。从正月初七离家至今，她还没回去过。那晚睡在刘莲家时，苏晓月还在检讨自己对母亲不够孝顺，在朋友家里说住就住，在自己家里说走就走，这样的宝贝女儿养着也没多大用处。刘莲笑苏晓月"良心未泯"，苏晓月就笑刘莲"儿女情长"，外面那么多地方闹"非典"，刘莲跟着情哥哥在海南一待就是个把月，幸亏海南一直未发现"非典病例"，同江市也只对从疫区回来的人提高警惕，刘莲回来才未"遭人白眼"。

苏晓月的突然回来让何美静又惊又喜。女儿隔得不远，平时却很少回家，电话倒是几乎每天一个。有一次，电话坏了，苏晓月打了无数遍都是无人接听，吓得她下了班就打的赶回家里，何美静又好气又好笑：

"我真希望电话机每周坏上一次两次，这样就能看到你几次了。"

苏晓月搂着她妈妈的脖子说："老妈这么说就太委屈女儿了。每天一个电话还不行吗？非得见面不可？"

她妈妈叹口气："是啊，女大不由娘。只要你过得好，做娘的就高兴。"

晚上十点钟，苏晓月正边看电视边与母亲拉家常，手机又响了起来，苏晓月以为还是陆清风打来的，皱着眉很不耐烦地去翻看号码。不是陆清风，是秦汉明！秦汉明问她还在同江煤矿吗，苏晓月高兴地说还在。秦汉明说：

"你想回市里吗？我来接你。"

苏晓月只迟疑了几秒钟，马上说："行！"

何美静心情复杂地注视着女儿，她很想让苏晓月留下来，又担心这样会影响苏晓月的"感情生活"，看女儿兴高采烈的样子，打电话的人可能就是她的男朋友。她也该重新组建一个家庭了。

只过了几分钟，秦汉明的车就开到了家属区。苏晓月钻进车内，见秦汉明坐在司机位上，为了缓解自己的紧张，她开玩笑地说：

"您没带司机啊！秦市长亲自驾车接苏记者，这是记者地位的提高吗？"

秦汉明笑着说："你本来就是无冕之王嘛。"

苏晓月有点不自然，她反守为攻："您不要应酬那些下来检查的领导吗？"

秦汉明说："他们在玩，我出来透透气，想找个人说说话。"

苏晓月没有再问。秦汉明一边开车一边接着说："烦心的事实在太多。我们今晚不提工作上的事情行不行？"

苏晓月几乎要语无伦次了："那——当然可以。"

苏晓月实在不知自己应该说什么话。还是秦汉明先提问："你平时下班回家，都干些什么？"

苏晓月说："上网呗。"

秦汉明的手机响起来。匆匆几句后，他挂断电话，对苏晓月说："对不起，我得去陪他们了。你住在哪里？我送你回家。"

车子开到楼下时，苏晓月很自然地对秦汉明说："慢点开，注意安全。"

秦汉明问："你住几楼，一个人上楼，不怕吗？"

苏晓月连忙说："不怕不怕，我就住二楼，喏，左边没亮灯的那间。"

车子掉过头后，鸣了两声喇叭，消失在拐角处。苏晓月转身上楼，刚走进楼梯口，身后传来一声喊叫：

"苏晓月！"

苏晓月一看，只见陆清风不知从哪里冒了出来，头发乱七八糟横一根竖一根的，衬得那张毫无血色的白脸更显憔悴。苏晓月吓了一大跳，她捂着胸口说：

"你想吓死我啊你？"

陆清风冲到她前面，逼视着苏晓月的眼睛："做贼心虚了是吧？没想到这个时候还会碰到不想见的人，是吧？"

苏晓月也盯牢陆清风的眼睛。两人的眼神仿佛是针尖对麦芒。良久，苏晓月声音很轻却很坚定地说：

"随你怎么说，我要上楼，请你让开。"

陆清风突然抱住苏晓月，用自己火热的唇死死堵住她那冰一般的双唇。苏晓月越要挣脱，陆清风吻得越深。终于，陆清风松开了她，陆清风红着双眼，盯住苏晓月，颤抖着说：

"晓月，你，你真的不后悔？"

苏晓月犹豫了一下，垂下了眼帘。陆清风一句话也不说，侧身从苏晓月身边走过，头也不回地走了。

回到家里，苏晓月坐在沙发上发呆。她突然想起了什么，赤着脚奔到卧室，打开电脑。果然有回信：

亲爱的苏老师：

我觉得咱俩早就是老朋友了，谢谢之类的客套话就免了吧，您觉得呢？

您说被人爱更累，也许吧。我喜欢的那个女孩，也有男朋友了。我以前说如果我努力就会得到，那是我在自欺欺人，我和她，实在是隔着一条不可逾越的鸿沟。可我又无法停止对她的思念。

说实话，我的婚姻早就名存实亡。那一次，我妻子用凳子砸伤我的腿后，她哭着说要跟我离婚，她说她实在无法再面对我。我知道她是自卑，她说的并不是心里话。我之所以不同意离婚，还有一个理由，告诉您也没关系，当时，我正面临升职，所以，我坚决不同意离婚。

唉，说这些有什么用呢？

还是说说您的事吧。您说被人爱更累。是不是因为您离过婚，心理上有阴影呢？是不是您心里还有前夫？是不是您并不爱现在的男朋友？

这些问题我本来不该问的，您可以当我没说过。

只要您开心就好。

苏晓月飞快地敲打着键盘。

亲爱的朋友：

我今天的心情一点都不好，我和男朋友吵架了，我们之间完了，也许我本来就不够爱他，我只是想躲进他对我的爱里，来逃避自己对另一个男人的思念。我错了！我不该给他机会，他是无辜的，他因为我而痛苦，我却不能多爱他一点。在我心里，他根本就不可能替代那个男人！

我的前夫，我偶然也会想起，但与他，已是什么都不可能了。在我遇到我真正喜欢的那个男人之前，我一直认为自己是爱他的。我俩从小一起长大，他一直把我当亲妹妹看，我也一直把他当亲哥哥看。不管是我们的亲人，还是我们的朋友，都把我俩看成是青梅竹马的恋人。我无法拒绝他的求婚。没想到，在我们结婚后，他完全变成了另一个人，狭隘、自私、暴躁……唉，说这些有什么用呢？反正已经离了。现在冷静一想，其实我对他的感情，更像是一个妹妹对一个哥哥的感情。

直到遇见那个男人，我才明白什么才是真正的爱情。

我身边不乏追求者。可我不知道为什么，对他们没有一点感觉。因为我真正爱的那个男人，他非常优秀。因为他的优秀，令许多原本也算得上优秀的男人黯然失色。

我想告诉您的是，如果离婚能让您觉得解脱，为什么您不考虑一下？

陆清风不辞而别已有一个星期，他只给杨主任打了个电话，说是感谢杨主任以前对他的关照，他已在省城应聘上《安全生产报》的编辑，不打算再回《同江日报》了。报社的人对此议论纷纷，有人说陆清风冒傻气，铁饭碗不要，去打什么工；有人说陆清风待在同江市再变也是条蛇，到了省城说不定就要进化成龙了；也有人说陆清风的出走纯粹是受了刺激。大家便将话头集中到了苏晓月身上。在公开场合，苏晓月与陆清风从未有过亲密举动，但这些新闻工作者一个个鬼精灵的，大伙儿早就看出了这两个人之间的秘密。只是，苏晓月给人的感觉有点恃才傲物难以接近，并且还离过婚，因此大家很少当面开他们的玩笑。如果那两人都不在场，其他没事做的人就要凑在一起低声说上几句：

"陆清风真没出息，苏晓月再怎么样也是个二锅头，犯得着吗？"

"说不定苏晓月还瞧不上陆清风呢，她一向很自负。"

"哼，女人再自负也自负不了几年，等到人老珠黄时谁还稀罕？"

……

如今陆清风走了，大伙儿想看看苏晓月到底有什么反应，结果令他们很是失望，苏晓月还是老样子，匆匆而来，匆匆而去，苍白的脸上既没有喜，更没有悲，仿佛什么事都不曾发生过。

又过了一个星期。刚上班，刘莲就打苏晓月手机，问她是不是认识电视台的姜寒林，苏晓月问怎么了。刘莲就说：

"你帮我约一下他和你们报社的彭大鸣，我有事请你们帮忙，中午请你们吃饭。"

苏晓月不明白："你有什么事不可以先和我说吗？"

刘莲说："总之一言难尽。你早点过来，见面再说。"

苏晓月说："如果一定要请，就改请晚餐好了。中午我们一般都有采访单位安排饭局。再说也太匆忙，大家都要午休。"

下午五点，苏晓月来到新月娱乐城，在二楼一间KTV包厢里，刘莲和谢安离同时起身欢迎她的到来。刘莲拉着苏晓月的手亲昵地说："咱们的美女记者果然说话算话。"

苏晓月想起两天前姜寒林曾约她一起去收容所暗访，他说在同江市收容所里也可能发生过类似孙志刚事件的悲剧，问苏晓月有没有胆量和他一起"深入虎穴"。苏晓月因有另外的采访任务没有去，姜寒林便约了彭大鸣同去。

谢安离礼节性地握了一下苏晓月的手，笑着说："苏记者可是个了不起的才女。"

刘莲白了一眼谢安离，娇嗔地说："这样的话晓月早就听腻了。你还是开门见山吧。"

苏晓月隐隐猜到了什么，她说："谢所长别客气，有事就直说吧。"

谢安离便收了脸上的笑意："事情是这样的，昨天下午，电视台的姜记者和你们报社的彭记者找到我，就我们收容所以前的工作提出了不少批评意见，他们声称手里掌握了足够的材料，要揭开所谓的同江市收容所的黑幕。你知道的，三月十九日发生了孙志刚事件，这些日子来全国的各种媒体关于收容的负面报道可说是铺天盖地，我们的工作已经因此受到了不少影响，如果记者们再落井下石，我们的工作就真的开展不下去了。"

苏晓月迟疑了片刻，用试探的口气说："那，你们所里没什么大问题吧？"

谢安离严肃地说："你说能有大问题吗？若有大问题我今天也就不在这里了。"

停顿了一下，谢安离又说："当然，收容所的工作性质有它的特殊性，有时候免不了要打点擦边球。"

苏晓月心想，若只是乱抓人乱收费，或者将被收容的人送去做苦力以赚昧心钱而没有闹出什么致残致死的人命案来，对于收容所来说当然只能算作"擦边球"。她认真地说：

"既然没什么大事，等姜记者和彭记者来了，再一起商量商量，负面报道换个角度就成了正面报道。"

刘莲搂着苏晓月的肩说："我知道你一向讲原则，你以前说的什么'新闻良知'我不懂，也不想去懂，我们也不是怕什么，总之，多一事不如少一事。我相信你的魅力，那两个男记者你一定可以摆平的。他们张口就要五千块，否则就将所谓的内幕曝光。安离他们单位又不是印钞票的，就算要点辛苦费也不用这么狮子大张口吧？"

苏晓月听刘莲一口一个"安离"的，就取笑道："我知道你们安离不是个坏家伙，不然你也不会这么帮他说话。"

刘莲在她背上轻轻擂了一拳，骂道："死月月。"

苏晓月贴着刘莲的耳朵说："重色轻友啊你！"

谢安离载着刘莲和苏晓月直奔大富豪海鲜楼，一直等到中央电视台开始新闻联播时，姜寒林和彭大鸣才姗姗来迟。苏晓月一见他们就来气：

"我还没来得及雇顶轿子来抬你们。彭大哥也真是的，我头发都等白了。"

姜寒林和彭大鸣是商量好了故意在街上闲逛了好一会儿才到这里来，他们想杀杀谢安离的锐气，并没有要怠慢苏晓月的意思。姜寒林便赔着笑脸对苏晓月说：

"苏妹妹别生气。我们刚刚结束采访就忙着打的赶过来，你这么说我们就得到地板上找个洞了。"

谢安离怕闹僵了气氛，急着打圆场："两位大记者肯赏脸是我们的荣幸，快快请坐，小姐点菜。"

刘莲也忙着给他们让座。姜寒林和彭大鸣毫不客气地一人点了两三道海鲜，什么澳洲大龙虾、嫩滑芙蓉翅、三文鱼刺身、干煎臭糟银鳕鱼之类的，谢安离又点了一瓶五粮液，苏晓月说：

"不要太铺张了。"

谢安离笑了："苏记者别担心，这点单我还是买得起的。"

觥筹交错中，姜寒林和彭大鸣兴致被提了起来，两人与谢安离开始称兄道弟，你敬我一杯，我敬你一杯，喝得不亦乐乎。苏晓月与刘莲每人喝了一杯酒后，都不肯再喝。两人一边说着悄悄话，一边监督男人们喝酒是否使诈。大家仿佛都忘了请吃饭的初衷。酒足饭饱后，谢安离提议去新月娱乐城放松放松，姜寒林与彭大鸣假意一番推辞后，也钻进了谢安离的车中。

五人来到新月娱乐城，谢安离陪着姜寒林与彭大鸣去洗盐浴，苏晓月只想和刘莲说说体己话，两人躲进一间小包厢，刘莲先拿出三个牛皮纸信封硬塞给苏晓月说：

"他们两个的由你负责拿去，没达到他们的要求，你给解释解释。你的也不用推辞，不要白不要，谢安离虽然小气，但花起公款来还是挺大方。如今这世道，你用不着逼自己高尚。"

话说到这份上，苏晓月再推辞就有点做作了，她将信封放进坤包里，对刘莲说：

"你不会是真的喜欢上这个谢安离了吧？"

刘莲点了点头，苦笑着说："喜欢怎样？不喜欢又怎样？他是个独身主义者。一个四十岁了还不肯结婚的男人，我能对他怎样？"

苏晓月眉头一锁："你难道也想陪他一起独身下去？他耗得起，你可耗不起！再说，他值得你这样吗？"

刘莲说："今朝有酒今朝醉，这世上本来就没有永恒的东西。"

苏晓月又问："他对你好吗？"

刘莲说："在海南的那二十多天我真的玩得很开心。风景如画不说，谢安离对我更是没得说。你知道我有脚气，治了无数次都是老样子，我都不抱希望了，可现在我的脚完全好了。"

说到这里，刘莲脱了一只袜子，露出一只白里透红光滑的脚丫："你看，这都是谢安离的功劳。前些日子在海南玩时，他每天晚上都用白醋为我泡脚，为我搓掉死皮，为我涂药膏，还按摩了又按摩。哎，不知是我前世欠他的还是他前世欠我的。"

苏晓月叹了口气："他真的这么完美无缺？"

刘莲也叹了口气："人无完人，他有时太小家子气。按理说，他的经济条件还不错，虽说收容所所长不算个什么官，却很实惠。我最受不了他的就是每次离开宾馆他都要将那些没用完的洗漱用品统统带走，说都说不听。就连在餐馆里吃完饭后剩下的半包餐巾纸他也不忘塞进口袋里，真不知他是不是在收容所里养成的坏习惯。"

说到这里，刘莲自己也笑了起来。

姜寒林原想今晚可以和苏晓月多待一会儿，哪想苏晓月一到新月娱乐城就没了踪影。三个男人一同来到洗浴中心，眼看着谢安离和彭大鸣各自进了一个包间，姜寒林只得进了留给自己的那个包间。

姜寒林洗完盐浴，穿好衣服到休息室，看了好一会儿电视，谢安离

128

和彭大鸣才慢吞吞地走过来。姜寒林说："走吧。"

彼此心照不宣。谢安离对着两人笑了笑："是有点累，那我送你们回去休息。"

姜寒林说："不必了，不知道苏晓月走了没有？"

谢安离便拨通了刘莲的手机。刘莲说她在"万泉河"包厢里，宁副市长带着一帮人在那里唱歌，苏晓月已经回去了。听说苏晓月已经回去，姜寒林脸上立刻写满了失望。

第二天上班在办公室签到时，苏晓月对彭大鸣使了个眼色，他心领神会地跟了出来。瞅着没人时，苏晓月将那个信封递给彭大鸣：

"喏，谢所长给的，你自己看着办吧。"

彭大鸣犹豫一下还是接了过去："好吧，不看僧面看佛面，谁叫你长得那么迷人，何况咱俩还是一个战壕里的战友。"

苏晓月笑着说："谢谢夸奖，我可没逼你什么。"

正说着，苏晓月的手机响了起来，她一边往外走一边接电话，姜寒林的声音飘飘悠悠传过来：

"你昨晚溜哪儿去了，还关什么手机？别太伤我的心了，多一个追求者总不是坏事。"

苏晓月说："昨晚有点头疼，撑不住，就先回去了。对了，我正要找你，你有个东西在我这里，你什么时候来拿一下。"

姜寒林说："好啦，你们那点小伎俩我还不知道？这次放他们一马，只要你高兴，一切听你吩咐，东西就送给你去换另外的东西。"

苏晓月回道："我才不稀罕！"

姜寒林呵呵地笑了两声："还真有见钱眼不开的人。这样吧，下次一起采访时你再给我。"

第 四 章

陆清风出走已有月余，当苏晓月知道省城出现了三例"非典"病人时，她突然很想知道陆清风的近况，分手以来，她还是第一次主动向杨主任打听陆清风的联系电话。杨主任不相信地说：

"你真的不知道他的新号码？"

苏晓月耸了耸肩。杨主任半信半疑，给了苏晓月一个手机号。苏晓月拨了前三位数字又合上手机，想了想还是重新拨完。"嘀"，刚响一声，陆清风便接通了电话。他的声音仿佛远在天边又似乎近在眼前。他激动地说：

"是你吗？晓月？"

苏晓月沉默了片刻，轻轻地说："你还好吗？"

陆清风说："谢谢你还记得我，我没病没痛健康得很，你怎么样？"

苏晓月说："没事就好。"

她挂断电话。陆清风马上又打了过来，苏晓月没去接，手机响了三声就没响了。

从新闻联播中，苏晓月知道省城的非典病例已增至五例，要说她完全不担心陆清风，那是假话，可她不想再打电话。同江市虽说没发现疑似病例，街上还是有人戴起了口罩。

市里早已成立了"非典"防治领导小组，并开通了疫情热线。《同江日报》上还刊登了《非典型肺炎中医药防治技术方案》，公布了四种中药处方，苏晓月已在两天前与刘莲一起各买了几服回来，苏晓月自己一服都没吃，全送到了何美静那里，何美静问她吃没吃，苏晓月说办公室每天都免费发放。

的确，同江市有不少单位每天由办公室免费发放煎好的中药水，但报社没有。

"非典"风声日紧时，省里下来了"非典"防治督查组。这天上午，苏晓月跟随省委督查组对同江市的"非典"防治工作进行了检查。下午，她又跟着秦汉明下乡检查"非典"的防治情况，电视台派来的记者，"正好"又是姜寒林。

在尖沙乡，苏晓月看到有些人家门上挂着醒目的木牌，上书"从某地返乡"，便笑着问秦汉明：

"秦市长，从外地返乡的民工都要待在自己家里，门上都要挂着警示牌吗？"

秦汉明说："民工返乡后，先要到市卫生防疫站接受检查，体温正常的民工才能回到家中。每个村的卫生防治室还会派人上门给他们检测体温，连续检测两个星期都是正常才解除警报"。

姜寒林说："这木牌可能比法律法规还灵验。"

秦汉明说："确实不能小看这样的小木牌，还真有用处。一般的人都不敢踏进这些门。如果你们要近距离采访返乡民工，一定记得先戴个口罩。"

在与邻县接壤的金沙镇，秦汉明一行正好碰上了一宗"发烧病人逃跑案"。金沙镇一位从广东返乡的名叫段云从的民工，上午在同江市火车站下车后，接受体温检查时为高烧，车站当即将他送进了临时隔离室，

131

等待送往市卫生防疫站做进一步检查。谁知段云从趁工作人员一时疏忽，竟擅自逃了出来，车站马上报告了市卫生防疫站。

要知道，省委督查组刚从同江市火车站检查出来，如果这个发烧病人是"非典"患者，这个责任谁负得起？市卫生防疫站在请示主管科教文卫的市委副书记也就是"非典防治领导小组"组长后，立即组织人马分成五个组下乡寻找。

为了尽快找到段云从，同江市公安局派来了五个干警，每个搜寻小组分一名干警进行"业务指导"，其中一组已经在秦市长到达之前开进了金沙镇。秦汉明正好坐镇指挥。金沙镇镇政府只留了三个人值班，其余的人都分成小组，跟随市里下去的人，分赴金沙镇每一个角落，仔细搜寻段云从的下落。

从未见过这种场面的苏晓月既激动又疑惑，她想：一个手无寸铁的发烧病人，若不是因为"非典"肆虐的缘故，他的失踪又怎会受到如此"礼遇"？

苏晓月和姜寒林跟着秦市长在镇政府附近转悠了一会儿，大家在分析段云从最有可能躲在哪里。金沙镇一位镇干部说：

"段云从的家就在离这不远的毛竹村，他爷老倌早死了，他的两个姐姐都嫁在外乡，现在他家里只有他娘老子一个人，段云从还算孝顺，他可能会回来看他娘老子。"

秦汉明想了想，说："他应该不会回家，他一定担心传染他的家人。"

秦汉明电话联系了其他几个小组的搜寻情况，都没有发现有价值的线索。

天快黑了，镇政府的留守干部给秦汉明一行送来了盒饭。干部们没想到秦汉明这个堂堂大市长会亲自坐镇指挥，还和众人一起蹲在马路旁边吃饭边观察过往行人，大家都很兴奋。

这条路是段云从回家的必经之道，大家在做了种种分析后，一致认为段云从虽然不会到家里去，却极有可能到家门口来看看，毕竟他离家已近一年。果不其然，当一切都将沉入夜幕的时候，大家听到了一种略带嘶哑的喊叫声：

"娘，我回不来了。"

一名镇干部一下跳了起来，他说："是段云从！一定是他！"

秦汉明赶紧说："大家别慌张，先弄清楚他的具体位置，别靠他太近，都戴好口罩。"

姜寒林有点着急："天太黑了，我不好摄像。"

苏晓月连忙说："不行！这样会吓跑段云从。"

姜寒林拍了一下脑袋说："对！"

段云从还在那里喊："娘，我就在这里看看你老人家了，我不能害你们啊。"

秦汉明他们悄悄走近，在离声源十来米的附近形成一个半包围的圈，姜寒林举起了摄像机，试探着想靠近段云从，旁边的人立刻阻止了他：

"太危险！"

一位镇干部大声向段云从喊话："段云从，你别怕，我们送你去卫生防疫站治病，治好了病你就可以回家了。"

段云从一下瘫坐在地上，他说："你们别过来，我有非典，我反正活不成了。我刚刚从我爸的坟上睡一觉醒来，我想通了，我不能再去害别人。你们都走吧，我就去我爸的坟上。"

秦汉明大声说："段云从，你的病一定能治好。相信我们，跟我们走吧。你去你爸的坟上也会害了乡亲们，还会害了你娘。"

段云从没有再说话，秦汉明立即电话通知市卫生防疫站。这时，一

133

位远远围观的村民朝段云从扔了一颗小石头，另外有几位村民也跟着边扔小石子边叽叽喳喳地喊：

"打死他算了，免得他害人。"

秦汉明一个箭步冲上去，吼了一声："不要打他！"

苏晓月跑过去，对这些村民说："快别扔了，他毕竟是你们的同乡。得了病也不是他的错。"

"你离这里远一点！"秦汉明扭头对苏晓月说，他的声音低沉而有力，"退到安全一点的地方。"

苏晓月应声"嗯"，后退了几步，她奇怪自己怎么这样听秦汉明的话。她好想要他也退到安全一点的地方，可她说不出口，她站在后面，只能暗自担心。

村民们没有再扔石子，却骂骂咧咧的，说段云从是个害人精。段云从坐在地上，用双手捧着脑袋一言不发。十分钟后，戴着口罩穿着防护服的医生赶了过来，将已经有气无力的段云从扶进了急救车。

车子开到市区时，苏晓月准备在旺旺超市前下车，家里没水果了。姜寒林也要跟着下车，他说他正好要去买一箱啤酒。秦汉明回过头来，苏晓月眼神有点慌乱，她不敢直接看他的眼睛，低着头说：秦市长，我们先下车了。秦汉明说：

"小心非典。"

秦汉明的车开远了，姜寒林对苏晓月说："为感谢你今天给我带来的红包，我请你洗脚如何？"

苏晓月说："谢所长给你的，你用不着感谢我。"

姜寒林说："那好吧，不算感谢，就算你赐给我一次献殷勤的机会，行不行，大小姐？"

苏晓月忍不住笑了起来："男人有时还真有点贱。"

姜寒林认真地说："那要看在什么人面前了。比如说，姜寒林遇到苏晓月，就心甘情愿犯贱。"

苏晓月想想反正回去也不好玩，不如去洗脚，何况自己的脚板底下有点脱皮。她想起谢安离曾帮刘莲治好了脚气，不知有没有能为自己治好"脱皮"的男人，想到这里，她不禁叹了口气。

姜寒林说："别这样嘛，月月，怎么跟我在一起这么长吁短叹的？难道我就这么令你讨厌？"

苏晓月说："既不喜欢，也不讨厌。"

姜寒林着急地说："你怎么可以对我没感觉！不行，我得加把劲。"

苏晓月却说："你准备去哪里放血？快走吧！"

两人打的来到城东的杨师傅复式足浴中心，这是一家新开不久的店子，店门口竖着一块醒目的广告牌，上书两行大字："本店已经消毒，请顾客放心消费"。苏晓月听说过复式教学复式楼，至于复式足浴，还是第一次听说。两人进入同一间房，只见里面并排放着两张按摩床。姜寒林看到苏晓月选择中药浴，他也要洗中药浴。两名女服务生各端了一盆黑乎乎的药水放在床头。苏晓月自己脱了丝袜躺下去。姜寒林则舒适地躺在床上，任服务生为他脱袜泡脚。两名服务生边为姜寒林和苏晓月洗脚，边用四川话小声地聊着天。姜寒林问服务生：

"你们都是四川人吧？"

两位小姑娘吓了一跳，齐齐发问："您怎么知道？"

姜寒林只笑不答。小姑娘还要问，苏晓月说：

"他开的按摩店里就有你们的老乡，你们小心说话，别让他听走了你们的秘密。"

小姑娘伸伸舌头，果然不做声了。姜寒林不满地对苏晓月说："你也真是的，吓人家小姑娘干吗？"

135

苏晓月回道："是你先吓她们的。对了，肥水不流外人田，你要请客干吗跑外头来？"

姜寒林含情脉脉地说："我怕你说我心不诚。我的店门随时向你敞开，只要你高兴，连人都可以送给你，别说请客了。"

小姑娘们哧哧地笑出了声。苏晓月绷起了小脸："我要你这个人干吗？累赘！"

姜寒林大笑起来："第一次听人说我是个累赘！我这个累赘有许多不便言明的好处，你知道吗？"

苏晓月不加理睬。

在做足部按摩时，苏晓月突然"哎哟"了一声。姜寒林马上坐起来，连声问：

"怎么了怎么了？"

苏晓月皱着眉说："左脚踝关节突然好痛。"

姜寒林便交代服务生去拿点红花油来，他自己跳下床去看苏晓月的脚，果然有点红肿。姜寒林问："是不是今天下乡扭了一下？"苏晓月说"没有"。服务生拿着红花油走了进来，姜寒林接过红花油，亲自为苏晓月轻轻按摩疼痛的关节。两位小姑娘在一旁无言观看。几分钟后，苏晓月舒展开眉头说：

"好多了，谢谢。别揉了。"

姜寒林这才回到床上，其实他还想再为她按摩按摩。之前，从来都是千娇百媚的女孩子帮他按摩，刚才，是他第一次将别人的脚抱在怀里，就因为那个人，是他心仪已久的女人。

两人几乎是同时洗完脚做完全身按摩，往往是这边噼里啪啦地响起来，那边马上会有同样的声音响起；当这边的声音一停，那边的也立马停了。一位服务生说：

"稍等一下，我去拿热石子给您烫背。"

另一位服务生也马上说："稍等一下，我去拿热石子给您烫背。"

两人一前一后地离开小包厢，姜寒林马上抓住这难得的机会问苏晓月：

"晓月，我有一个请求。请你把我添加到你的男朋友候选梯队里行不？不管是第一梯队还是第二梯队！"

苏晓月被逗乐了："你不是钻石王老五吗？这会子怎么这样可怜兮兮的？"

姜寒林正色道："我承认，我很在乎你。可是，你不能拿我对你的喜欢做武器，你总想伤害我！"

苏晓月大笑："天！我手无缚鸡之力！"

姜寒林认真地说："我了解你胜过你自己。因为你心里没有我，所以你感觉不到我所承受的痛苦。"

苏晓月收了笑："如此说来，苏晓月是姜寒林的痛苦之源？苏晓月会有这样的魅力，能令姜大记者费力伤神？"

姜寒林欲再辩解，两位服务生依次推门而进，他只好说：

"总有一天你会明白的，日久见人心。"

服务生用来给苏晓月烫背的是一个灰色长布袋，里面装着大半袋滚烫的小鹅卵石。服务生拿着布袋的手伸进苏晓月的衣服里面，一股热气扑到背上，热布袋在苏晓月的背上轻轻一搓，苏晓月立刻叫了起来：

"烫死我啦！"

姜寒林说："和我的换一下，我正嫌它不够烫。"

两位服务生互换了布袋。姜寒林又问："好点了吗？"

苏晓月说："舒服多了，怎么你不怕烫？"

姜寒林一语双关地说："我的皮厚呗，受得了强刺激。"

两位小姑娘抿着嘴偷笑。姜寒林心里却在想象着与苏晓月肌肤相亲的奇妙感觉。是的，这些石子刚才还在那个应该很白皙很光滑的背上来回运动，它们还带着苏晓月的体温与香泽。

从足浴中心出来，姜寒林坚持打的送苏晓月回家。到了楼下，姜寒林欲跟着下车送苏晓月上楼，苏晓月连忙推辞：

"真的不用了，我就住二楼。"

姜寒林故意说："怎么，怕引狼入室？你迟早要再引一只的嘛。"

苏晓月忍着笑说："你总算说了一句实话。太晚了，下次再说。"

姜寒林心有不甘："你真狠心，晓月。你是刀子嘴刀子心。"

苏晓月扬扬手："晚安。"

苏晓月洗漱完正欲上床，包里的手机响了起来。苏晓月心想肯定是姜寒林，他应该早到家了。一听，果然是。

"晓月，你真的忍心将我拒之门外？"

苏晓月不解地问："你在哪里？"

"我就在你楼下，不信你伸出头来瞧瞧。"

苏晓月硬着心肠说："我已经睡了，你走吧。"

姜寒林沉默了片刻，无奈地说："好吧，我希望能在'下次'以前先融化你那颗比冰还冷的心。"

姜寒林一个电话，苏晓月睡意全无。她爬起来，又有好多天没去看信箱了，不知那个人回了信没有。

亲爱的苏老师：

非典越来越厉害了，您千万要注意自己的安全。如果没有必要，最好不要出门。如果要去医院采访，最好戴上口罩。

您最近过得怎样？和男朋友和好了吗？

我这些日子特别忙。出了一些事，但处理好了。

138

您的建议我会考虑。但这段时间，我忙得没空去胡思乱想了。

祝

平安快乐！

苏晓月简单回复了一下。

亲爱的朋友：

您自己也要多加小心，非典的确很厉害，幸亏我们省里还没有发现疑似病例。我明天还得去市人民医院采访。应该没有必要戴口罩吧？呵呵，我最怕麻烦了。

我现在没有男朋友，没有男朋友的日子，我反而觉得轻松。

再忙您也要保重身体，身体是革命的本钱呢。您的爱情还在前方等着您，您可不能累趴了哦！

祝

快乐平安！

为了写好关于防治非典的连续报道，苏晓月专程赶去同江市人民医院，那是本次"非典"防治的定点医院之一，段云从已在那里做完有关检查，在隔离病室边治疗边等待上级部门的诊断结果。

除了段云从，同江市另有三例发烧留观病人在等待诊断结果。长源市已经派了两名专家到同江市指导非典的防治工作。

苏晓月采访了同江市人民医院的陈院长，陈院长先是介绍了医院的各项准备工作，因与苏晓月比较熟，最后他竟诉起了苦：

"哎，我的神经高度紧张。累倒不怕，我担心我市若真出现非典病例，那可就麻烦了。我们医院就那两台呼吸机，到时候，那些病人谁上谁不上呢？虽然市政府拨了一点钱给我们，我们自己也垫了一部分钱，想要尽快再购回一台呼吸机，但起码要半个月以后才能到位。"

苏晓月了解到，同江市三家"非典"防治定点医院总共只有四台呼吸机，而且，合乎标准的隔离病室也不多，她在心里暗暗祈求：望苍天保佑同江市躲过这一劫。否则，老百姓可得遭殃了。

从同江市人民医院出来，苏晓月又去了同江市卫生防疫站。潘站长一见到苏晓月就吐苦水：

"苏记者，你来得正好，我们正想找你说件事。我们的应急小分队现在是疲于奔命，分身无术。"

同江市卫生防疫站的突发性公共卫生事件应急小分队，在半个月前接过了搜寻"非典"可疑线索的重任，一些市民草木皆兵，举报时又不愿提供自己的电话和真实姓名，给小分队的搜索工作带来了很大的困难。

还有那些谎报军情的骚扰电话，常常搞得小分队东奔西跑劳而无获。

要知道，应急小分队的那身行头，一般的人可受不了：厚厚的防护衣裤，厚厚的几层口罩，从头到脚蒙得严严实实，天气又渐渐转暖，有时气温高达三十摄氏度，队员们的难受可想而知。

苏晓月回到办公室后，当即写了一篇千把字的通讯稿，将同江市防治非典的情况做了大致介绍，并呼吁市民在提高自我保护意识的同时，理解支持医护人员和应急小分队的工作。

当然，她没敢告诉大家全市三家"非典"防治定点医院总共只有四台呼吸机，她只说在市委市政府的大力支持下，这几所医院都在不断地完善配套措施。

稿子刊发后，报社办公室接到不少市民的电话，有的说这篇稿子无疑是及时雨，有的不放心地问"我市究竟有没有'非典'"，还有的发牢骚说应急小分队"乱抓人"。

没过几天，同江市的四例留观病人都排除了"非典"嫌疑。让许多人心惊肉跳的段云从原来患的是肺炎。更可笑的是，痊愈之后，段云从不想出院了。在他看来，住在医院里不仅能免费看病，还有吃有喝的，当然舍不得了。

很快就到了"五一"长假。在"非典"的阴影笼罩下，这次假期浪得黄金周虚名。人们都待在自己家里，除了和知根知底的朋友在家里玩玩牌，其他的朋友聚会一概都免了。宾馆、饭店、娱乐等服务性行业大多门可罗雀，生意一落千丈。有些店子干脆只留了几个服务员看店，其他的都放假回家。最倒霉的是旅行社，它们早在上级有关部门的"禁令"中暂时"歇菜"了。

苏晓月也开始休假，不过，正处"非典"时期，同江日报社对记者们的休假有两个条件：不能出市，不能关手机。苏晓月干脆回了同江煤矿。她的回家令何美静欢欣不已。

以前的黄金周，苏晓月总是天南地北到处飞，她喜欢旅游，她的所有收入，除了日常开支，其余的都花在了旅途上。苏晓月特喜欢那种漂泊的感觉。一年就那么三次长假，春节照例是要在家陪陪母亲的，剩下的就只有五一和十一了。

该死的"非典"，令这一次的五一节少了许多乐趣。

然而，如果不闹"非典"，苏晓月就没多少可能留在家里陪母亲过五一了。

苏晓月也是真心想在家里过完五一，她连笔记本电脑都带回来了。苏晓月和母亲聊了几句，便躲进了自己的卧室，关上房门，打开手提。别问我是谁来信了。

亲爱的苏老师：

马上就是"五一"了，您如何安排这个假期呢？还是在家好好休息吧，外面到处闹"非典"。

我可能要抽空回家一趟。我家离这里有好几百公里。我妻子以前在那里的一家税务部门上班，得病后就长期休病假。她将自己整天关在家里看电视，哪里都不肯去。她总是这样封闭自己，我对她毫无办法，我已经有好几个月没回家了，实在太忙，那天她打电话给我，说，你还记得你有一个家，还有一个形同虚设的老婆吗？

唉，我的那个家，我的那个妻子，早已是形同虚设了。

我喜欢工作，越忙越好，只有这样，我才没有时间去胡思乱想。

因为工作的关系，我经常有机会见到那个女孩。她每一次出现在我的身边，我都当作是上苍对我的一种恩赐。现在，要放假了，我可能要七天后，甚至七天后都不一定能见到她。

为什么要放假呢？我宁愿我们都像一只不停旋转的陀螺。

您最近过得还好吧？我想您应该过得很好，如果您不开心，您就会给我写信，对不对？

祝

永远快乐！

苏晓月正要回信，刚刚写下"亲爱的朋友"，响起了敲门声，是何美静，她在外面喊：

"月月，你出来看看，市里来了一帮子人，说我们对门的邻居可能有'非典'。"

苏晓月吓了一跳，连忙跑出去看，何美静紧拉着她，不让她离开家门口。果然，对面二楼门外站着两三个穿着防护服的人，苏晓月一看就知道是市卫生防疫站应急小分队的人。邻居宁阿姨用她那瘦瘦的身躯拦住门口，一见苏晓月，宁阿姨就哭了起来：

"晓月你给评评理，你陈叔叔得了胃病，在广东做了个胃切除手术，回来已经两个月了。有人乱嚼舌头，硬说他得了'非典'。"

何美静拉了拉苏晓月的衣角，轻声说："万一是'非典'可不得了，你别去管。"

以前，何美静和宁阿姨你来我往颇为亲密，自从宁阿姨陪陈叔叔去广东小儿子那里治病后，两人生疏了许多。加之"非典"是从广东那里最先闹起来的，陈叔叔他们回来后，除了宁阿姨偶尔出来买买菜，大多数的时候，两人都是闭门不出，唯恐别人说三道四。何美静本就身体不好，从此两家也就基本上断了来往。

小分队中较高的那位回过头来对苏晓月说：

"苏记者也在这里啊！"

苏晓月猜不出他是谁，那人又说：

"我是单医生啊。"

苏晓月连忙笑着说："对不起了，你这身打扮还真认不出。这是怎么一回事？"

单医生说："你们矿里有人打电话给我们，说这里有个姓陈的病人肯定是'非典'。这不就来了。"

宁阿姨依旧堵着门，苏晓月对她说：

"宁阿姨，你就让他们进去看看，他们都是医生，不会乱抓人的，他们也是对你对我们大家负责任。"

宁阿姨流着泪让出了半条道。苏晓月想跟进去看看，何美静死死拉住了她。不一会儿，单医生他们就走了出来，对苏晓月打了声招呼：

"放心吧，不是的。我们走了。"

苏晓月客气地笑着说："你们真辛苦，节假日都没得休息。"

白色的救护车很快驶离了矿区，楼下看热闹的人群也慢慢散去。何美静将苏晓月拉进家里，关上门对她说：

"不怕一万，只怕万一，这些天你得老老实实待在家里，千万别出去乱跑。我们矿里回来了好多在广东打工的人。"

过了一会儿，何美静又擦了擦眼角说："对门宁阿姨也真够可怜的，前些年她得了乳腺癌，动手术花了几万块。你也知道，他的大儿子五年前死在井下，还有一个小儿子在广东一家电子厂打工，工资又不高。老陈那一点退休工资要想还清三四万块钱的债，难哪。他就到矿里好说歹说，报名参加扫矿车。"

苏晓月插了一句："扫矿车多少钱一个月？"

何美静叹口气说："多少钱一个月？一百五十块！还要三班倒。窝在车厢里扫余煤那才叫辛苦，我们矿里却有好多退休工人争着去扫。都是没办法啊。"

苏晓月难过地说："现在怎么还会有这么低的工资？他们随便去做点什么都不止挣这么一点点钱。"

何美静说："傻孩子，你懂什么。不是万不得已，哪个愿意吃那种苦？我们矿里好多苦命人呢。他们将一家子'农转非'弄到矿里，全家老小就靠一个人的工资。前几年，那一点点工资都还不能按时弄到手，过年时连块肉都买不起。现在煤好销了，许多人的日子好过些了，他们却只能拿那一点退休工资，儿女们没有固定工作，再回老家又没有田上耕种……像刘莲她们一家，若不是刘莲挣了点钱，她家还不一样穷？"

苏晓月说："年轻的不做，还要年老的去背犁吗？"

何美静便说："有什么办法呢？年轻的不去吸毒打抢，能做点事保住自己的嘴巴就很不错了。你没听说十五栋那户姓廖的，连油都吃不起，每天下午去菜市场捡烂菜叶，每个月还要讲好话赊米吃吗？住我们楼上的汪伯伯，两年前他办了内退后，就到伏林镇一个私人小煤窑里去打工。要是他老婆孩子有工作，他一个快六十岁的人，还会继续吃那碗沙子饭吗？"

苏晓月心里堵得慌，她清楚地知道，矿里生活条件好点的人家，无外乎是有个一官半职的，或是双职工，或是儿女们有份稳定收入的。当

144

然，矿区也有极少数漂亮女孩子在外面吃青春饭，其中不乏卖身给人做二奶的。她们大多是家里的经济支柱。

许多通过"农转非"进入矿里的家庭，都曾有过最艰难的日子，不少到现在都还在贫困线上挣扎。每当农忙季节，便有许多矿里的退休职工或家属去农民家里打工，帮他们割禾插田收麦，挣点可怜的血汗钱。也有不少在建筑工地上卖苦力的。他们往往是凌晨四点多就起床，走一两个小时的路到打工地点，晚上走路回到家中时常常已是夜深⋯⋯

"老天不帮苦命人。老陈的旧债没还清，他又病倒了，听说是胃癌。他们去广东治病，小儿子在身边有个照应。哪想小儿子的厂里管得很紧，经常加班，还不准出来。那边医药费又贵得很。老陈就住在一位赤脚医生家里，每天吃点草药。根本就没做什么手术。他们死要面子，还说在那边动了手术。那边一闹'非典'，他们就回来了。老陈可能已经快不行了。"

苏晓月问："您怎么知道？"

何美静说："有天买菜碰到你宁阿姨，她一路上告诉我的。我也是手长衣袖短，我借了两千块钱给他们，也没盼着他们还。再多的钱也没有了。"

母女俩拉家常拉到半夜，苏晓月累了，就去关了手提睡觉。刚睡下没多久，何美静推开她的卧室门，轻轻喊了声：

"月月，月月。"

苏晓月拧亮台灯。何美静端着一只汤碗坐在床前。苏晓月揉着眼睛说：

"干吗呢？妈。你怎么还不睡，深更半夜的，我什么都不想吃。"

何美静柔声说："快起来喝掉，这是一碗鸡蛋绿豆汤，预防'非典'的。我们矿里好多人都开始吃了。"

145

苏晓月知道如果她不喝，她肯定睡不了觉，便端过去慢慢地喝着。何美静又絮絮叨叨地说：

"我昨天在菜市场听人说的。一个四十多岁生下来就不会讲话的哑巴，前几天突然能开口说话了。他说的第一句话就是告诉他老婆，用绿豆熬汤煮鸡蛋，在晚上一点钟吃下去就能够预防'非典'。"

苏晓月差点将刚喝到嘴里的汤一口喷出来。何美静连忙说：

"我知道你又笑我糊涂。反正吃了也没害处，你怕什么？"

苏晓月拿出放在枕边的手机一看，果然是凌晨一点过几分。苏晓月说：

"亏您教了几十年书！还信这个。那哑巴也真是的，干吗一定要这个时候喝？您身体不好，以后别这样熬夜了。"

喝完绿豆汤，苏晓月睡不着了，她爬起来，写那封没有写完的信。

亲爱的朋友：

　　我在妈妈家里，五一节，我就在这里过了。刚才，我还喝了我妈给我煮的鸡蛋绿豆汤，她说能预防"非典"。真是好笑，我妈还是人民教师呢。

　　那个家，即便是形同虚设，毕竟也是你的家啊。你当然应该要回去看看。你的妻子，她肯定非常想念你，就算她没有说出来，她也一定非常想念你。你说你舍不得离开那个女孩，哪怕只有七天，可是，你有没有想过你和她的未来呢？难道你不想和她有个美好的未来吗？就这样拖下去，对于你，对于你的妻子，甚至对于你喜欢的那个女孩，都不公平。

　　我现在也常常有机会和我心仪已久的人在一起，虽然每次在一起的时间都不长，许多时候，我甚至连和他讲一句话的机会都没有，但我已经很满足了。我不能不满足，因为我除了远远地看着他，别无他法。我是自由身，他是有妻人。世事，从来就是难两全。

你自己也要多保重身体。

祝

一路顺风！

二〇〇三年的夏天，仿佛来得比以往更晚一些。温度一天天升高，"非典"的阴霾终于渐渐散去，同江市有惊无险地度过了"消毒期"。许多从事服务性行业的店铺停业两个月后，终于能够重新开张了。同江市如一位大病初愈的壮汉，在短短的时间内，迅速恢复了原有的生机与活力。

刘莲约苏晓月去她店里喝咖啡。

"停业的日子总算熬到头了！"刘莲端起手中的咖啡，喝了一小口，"但生意明显没有以前好了。"

"不用着急，刚开始这几天属于恢复期。"苏晓月安慰刘莲，"反正你又不缺钱花。"

"你是站着说话不腰疼。哪个开店的不盼着生意好？钱又没长牙齿。"刘莲伸出一根纤细的手指，在苏晓月的额头上轻戳一下，话锋一转，"有新欢了吗？"

苏晓月作微笑状。

刘莲剜她一眼："没良心的，连我也瞒！"

苏晓月仍作微笑状。刘莲经不起逗，有点气急败坏："哼！不说拉倒！我还没时间陪你瞎聊呢。"

苏晓月知道再不开口刘莲真要生气了："好姐姐，我要有了新欢，还敢不告诉你？真的没有啊。"

"是不是想和于伟军破镜重圆？"刘莲故意激苏晓月。

"破就破了呗，还圆什么圆？"苏晓月一脸无所谓。

"我知道你肯定忘不了他，他毕竟是你的第一任老公嘛。"刘莲存心要气苏晓月。

"我呸!"苏晓月笑骂道,"真是狗嘴里吐不出象牙来!你和你的第一任老公第二任准老公什么的,都不是好家伙!"

两人正斗笑来着,一位服务员紧紧张张地跑过来:"莲姐,有人昏倒了!"

刘莲急了:"谁昏倒了?你把话说清楚行不行?"

服务员结结巴巴地说:"一位男顾客,在,在干蒸时,昏,昏倒了。"

服务员是一位十七八岁的小姑娘,一看就知道刚入行不久。苏晓月对刘莲说:

"你先别急,我陪你上去看看。"

刘莲说:"可能是脱水引起的。走,一起去看看。"

浴场外的休息室。一群穿着白浴衣的人围在一组沙发旁。刘莲和苏晓月走过去,异口同声地问:

"没事吧?"

最中间的那名男子揉着太阳穴抬起头来:"没事没事。"

"怎么是你!"刘莲和苏晓月又是异口同声。

苏晓月冲过去扶住那人的一只手臂:"天哪,眼睛流血了!"

"于校长昏倒时,眼镜摔坏了,玻璃碎片划破了皮,幸好只伤着周围的表皮,眼睛没事儿。"旁边一位年轻的小伙子忙着解释。

这时,服务员小跑着拿来了一包棉签和一瓶络合碘。

两名教师模样的男子伸手去接。苏晓月说:"我来吧。"

"我儿子考上大学,想感谢感谢,请几位领导和老师来这里洗个澡,谁知……"一位四十多岁的男人在一旁埋怨自己,"这事都怪我。"

"我真的没事,对不起,扫了你们的兴。你们继续玩吧,晓月在这里就行了。"于伟军几乎忘记了苏晓月已经是自己的"前妻",此时此刻,苏晓月温柔地为他擦着药，一股久违的体香阵阵传来，于伟军有种恍然如梦的感觉。

"既然没事，那我就不在这里碍手碍脚了。"刘莲扮个鬼脸，走了。

"去医院看看吧。"苏晓月仔细检查着于伟军的伤口。

"一点皮外伤，过几天就好了。"于伟军说，"你还好吧？"

苏晓月吸吸鼻子："我还可以。你怎么瘦成这样了？"

"最近学校事情挺多的。正好减肥，免得又是脂肪肝又是高血压。"于伟军故作轻松。

"你以前没这些毛病的。"苏晓月好像急了。

"我开玩笑的。我的意思是再像以前那样继续胖下去，那些富贵病都会找上门来。"于伟军笑着说，"你还好吧？"

苏晓月将络合碘拧好盖子，淡淡地说："我还可以，你自己要多保重身体，工作别太拼命。"

于伟军说："我正好有件事想找你帮忙。我们学校马上又要开始秋季招生了，你能不能抽空来技校一趟，找点由头写篇新闻稿，这种宣传方法比单纯做广告有用得多。"

苏晓月笑道："你想做软广告？没有事实没有新闻性我可不能瞎编！"

"这半年来，我们学校为改善办学条件，简直做到了不惜血本，你去看看，一定会找到合适的新闻由头。"于伟军诚恳地说。

苏晓月准备对同江市技校来个"突然袭击"。

一年前，苏晓月去这所学校做过采访。那一次，没有任何人约她。因为于伟军经常在家里说工作上的事情，什么招生形势火爆，什么教室越来越少，什么沿海的厂子慕名前来招工，苏晓月觉得这是一条好新闻，就在几年前，同江市技校门可罗雀，在校学生最少时，一共只有三十几个，是教职员工人数的三分之一。大家开玩笑说，同江市技校的老师都是"带研究生"的。苏晓月那次果真抓到了一条好鱼，她写的那篇调查手记《技工学校为何火爆》获得了省级优秀新闻奖。

下了公交车，又走了几百米，苏晓月觉得全身燥热。还是上午九点多，太阳已经威风凛凛地升到高空了。

同江市技校门口，一大群人围在一起，七嘴八舌吵吵嚷嚷的。苏晓月小跑着过去，一问，原来是一些学生家长在找学校要人。

"有学生失踪了吗？"苏晓月不解地问。

"我女儿进了黑厂，每天要上一二十个小时的班，又没有休息日，累死累活的，一个月还只有三四百块钱的工资。她要回来，厂里收了她的身份证，大门都不准出。"

"我儿子也进了黑厂，他吃不了那种苦，想逃回家，结果被厂里的保安打了一顿。"

"我女儿说她的眼睛都快看不见了……"

家长们你一言，我一语地围着苏晓月。苏晓月肩上背着一个相机，手里拿着同江市报社的采访本，让人一看就知道是干什么的。家长们正想找记者反映，苏晓月来得还真是时候。

于伟军来得也正是时候，他的双眼外侧，被眼镜碎片划伤的地方已经结了黑色的痂。

"苏记者好！"于伟军握住了苏晓月的一只手。

"于校长，这是怎么回事？"苏晓月公事公办。

"各位家长，大家听我说几句，大家都不用着急，你们的子女现在广东安然无恙，我们学校明天就派人接他们回来，我代表学校向你们承诺：学校一定会给他们重新推荐工作，决不会再出现类似进黑厂的情况。我对我们的工作不力，向各位表示歉意。"于伟军暂时将苏晓月晾到一旁，先给家长们吃颗定心丸。

"谁知道会不会再进黑厂？"

"先把孩子们接回来再说！"

"不能就这么算了！"

家长们对于伟军的承诺表示质疑。

"大家冷静一点。"苏晓月看到于伟军急得一脸的汗，不由帮他说起话来，"于校长决不会言而无信，我们新闻媒体也会进行跟踪报道，大家放心吧，学校会给大家一个交代的。"

家长们嘟嘟囔囔的，陆陆续续散去了。

"唉，只怪我们工作没到位。"于伟军边走边擦汗，"去办公室我再详细给你说明白。"

"这就是你给我的由头吗？"苏晓月开了句玩笑，她想缓解缓解于伟军的紧张。

"这个千万不能写，晓月！"于伟军当了真。

"换个角度就是正面报道。说明你们学校对毕业生负责任，不好吗？"苏晓月半真半假地说。

"这个，还是不好。希望你能理解，支持支持我的工作。"于伟军一副可怜兮兮的神态。

苏晓月扑哧一声笑了："如果你们学校不能处理好这件事情，我怎么对得起我刚才做出的承诺？"

"我们一定会处理好的。"于伟军再次举手擦汗。

三天之后，晚上八点。于伟军给苏晓月打来电话，说是"汇报工作"。苏晓月正在家里上网，她手里移动着鼠标，将 QQ 设置成隐身状态。

苏晓月问道："是好消息吧？"

"那当然，没有好消息我哪敢打你电话。"于伟军说话的语气似乎有了与苏晓月谈恋爱时的活泼。

苏晓月想，如果于伟军不是一个钻死胡同的人，如果于伟军多一点生活情趣，他们的婚姻又能走多远呢？

"怎么，苏记者不想搞跟踪报道了？"于伟军半天没听到苏晓月吭声，有点奇怪。

"我向来说话算数。"苏晓月回过神来，"否则我怎么向那些家长交代？"

"应该是我们学校给他们一个交代。"于伟军说，"学生已经接回来了，明天统一送去市人民医院体检。争取在一个月之内对他们进行第二次就业推荐。"

"明天几点去体检？我抽空过来看看。"苏晓月说。

"欢迎苏记者前来监督我们的工作。"于伟军半开玩笑地说，"现在有空吗？我请你喝茶行不？正好当面向你做个详细汇报。"

"对不起，我已答应一个朋友去唱歌，下次吧。"苏晓月艰难地编出一个理由。

"那好，你忙吧，多注意身体。再见。"于伟军挂断了电话。

同江市人民医院候诊大厅，同江市技校二十余名返校毕业生正陆续进行体检，苏晓月采访了几位学生，又找医生了解情况。

"没什么大毛病。"一位内科医生说，"营养不良，因长期体力透支，身体已处于亚健康状态。"

苏晓月特意跑到五官科，于伟军正好在那里，他也担心是不是真有学生"眼睛都快看不见了"。

"你好。"苏晓月刚走进医生办公室，她的手机响了，"什么？工人闹事？好，我就过来。"

"什么工人闹事？"于伟军问道。

"具体情况我也不清楚，说是一两百名工人堵住了市政府的大门。杨主任让我去那边看看，眼睛没事吧？"苏晓月问一位刚为学生测完视力的医生。

"有点近视，还算好。"医生一边填体检表一边说。

"我先走了，再联系。"苏晓月对于伟军挥了挥手。

同江市政府位于繁华的市中心地段，政府大门正对着同江市最美的同江中路。离政府大门还有近两百米时，苏晓月乘坐的出租车"吱"的一声停住了。

大马路旁的非机动车道站满了人，同江市政府门口挤满了人。人群上空，横着一条条标语：

"我们要吃饭！"

"我们要生存！"

"还我工作！"

"还我玻璃厂！"

"揪出蛀虫！"

"打倒贪官！"

······

苏晓月挤进人群，发现一些政府工作人员正面红耳赤地大声做着解释。人群吵吵嚷嚷中，他们的声音完全被淹没了。

同江市玻璃厂有近千名职工，原本是同江市的纳税大户。近几年来，厂里效益越来越差，近半数工人下岗，拿着两三百块钱一个月的下岗工资。继续上班的，月工资也不过五六百块钱，还常常拖欠。厂子早已资不抵债。在今年年初宣布的破产改制企业名单上，该厂位列第一。同江市委市政府为了确保该厂改制的顺利完成，由秦汉明亲自担任同江市玻璃厂破产改制领导小组的组长。

自己挂点的企业出现工人群体上访事件，秦汉明如何平息这场风波？苏晓月正担心，人群突然骚动起来。

一辆黑色的沙漠王子停在了人群的最外面。秦汉明从车里钻出，急匆匆地穿过人群，走到政府大楼的台阶上。吴秘书不知从哪里弄来个无线话筒，他伸手接过，大声喊道：

"工人朋友们，我是秦汉明，对不起，我昨天晚上赶到长源市参加紧急会议，刚刚才回到同江。"

人群像被惊扰的鸽群，在短暂的沉寂之后，立刻又叽叽喳喳起来。

"大家安静一点，听我说几句。"秦汉明接着喊道，"我是同江市玻璃厂破产改制领导小组的组长，你们的事就是我的事。"

人群如一锅刚开的水，在离开火源后，渐渐平静下来。

"大家作为同江市玻璃厂的一员，为同江市的经济发展做出了自己的贡献。现在，企业要破产了，大家的心情我非常理解。"秦汉明说，"同江市玻璃厂的现状，大家可能比我还要清楚，如果不尽快进行破产改制，就只有死路一条。"

人群重新沸腾起来。

"破产不也是死路一条吗？"

"连饭碗都砸了，还有什么好说的！"

"改了制，玻璃厂就是厂长私人的了，我们都成砧板上的肉了。"

"我们现在每个月还能领到几个钱，破了产，我们就一无所有了。"

秦汉明停顿片刻，接着说道："大家冷静点。改制不是要砸大家的饭碗……"

秦汉明在那里抑扬顿挫地解释为什么要进行企业改制。苏晓月傻傻地望着他，秦汉明说了些什么，苏晓月根本没听进去。秦汉明不时抬手去擦额头上的汗珠子，苏晓月好想自己就是一缕凉爽的清风，哪怕只能为那位擦汗的人儿带来片刻的舒适。她甚至愿意自己就是他眉心那粒黑痣，那么，他的冷暖，她就无所不知。那么，他与她，就能永不分离。

秦汉明说了大半天，人群还没有离开的意思。秦汉明最后说："明天上午，市政府的办公会议就在玻璃厂召开，专门研究玻璃厂的破产改制问题。大家放心，市委市政府一定会给你们一个最满意的答复。另外，我还要告诉大家一个好消息，玻璃厂的招商引资又有了新的进展，玻璃厂改制成功后，将会迎来崭新的发展机遇。"

苏晓月许多话没听见，偏偏"玻璃厂的招商引资又有了新的进展"这一句闯进了她的脑海。眼见秦汉明转身往市政府办公大楼里面走，苏晓月来不及多想，赶紧追上去，大声喊道：

"秦市长！秦市长！"

秦汉明停下脚步，回头看见苏晓月跑过来，有点意外。他眉头一松，一点笑意刚要从他的眼角露出来，立刻又被他生生地摁回去了：

"什么事？"

"刚才我听您说玻璃厂的招商引资又有了新的进展，我能问问具体的情况吗？"见吴秘书用诧异的眼神盯着她，苏晓月感觉到了自己的冒失，她硬着头皮问了一句。

"对不起。"秦汉明匆匆走了，留给苏晓月一个汗津津的背影。

天亮了，手机准点闹时。苏晓月匆匆起床，匆匆洗漱。

苏晓月匆匆地往同江日报社走去。

有三四个年轻小伙子从苏晓月身旁跑过。一个说，肯定杀死了！另一个说，我们快点跑去看！苏晓月连忙追上去问出什么事了，一个小伙子回头大声说：

雪莉网吧里面杀死人了！

雪莉网吧？好像在同江中路。苏晓月略一犹豫，招手拦了辆出租车。

雪莉网吧外面站满了人。苏晓月挤进去，只见网吧门口的地板上汪着一大摊紫红色的血，周围用白线圈着，圈外面，两个警察在维持现场秩序，以免推推搡搡的围观者破坏了现场。苏晓月在人群中发现了马青云，他在安慰身边一个愁眉苦脸的女人，看样子，那女人是这家网吧的老板。人群中不时有人向她问东问西，女人显得极不耐烦。

苏晓月向其中一个警察打听事情的原委，同江技校一位男学生通宵上网，凌晨，两个醉鬼来网吧时找不到空位，便一把拎开这名男学生，男学生反抗时，被两人用匕首捅伤，现已送往同江市人民医院。苏晓月连忙钻出人群。

同江市人民医院抢救室外。苏晓月果然在一群人中间看到了个子高大的于伟军。同江技校实行封闭式管理，不知这名男学生是怎么溜出来的。

"怎么样？"苏晓月问于伟军。

于伟军满脸凝重的神色，缓缓摇头。

姜寒林背着摄像包跑过来。

于伟军扭过身去，苏晓月明白于伟军对姜寒林至今耿耿于怀。她对姜寒林说：

"姜记者来啦。"

姜寒林点点头，又冷眼瞅了瞅于伟军的背。

抢救室的门开了。同江技校的几位老师立刻围上去。医生边摘口罩边摇头。于伟军倒吸一口冷气，戳在那里半天没反应。老师们焦急地议论着，不管案子的结果如何，学生家长这一关是躲都躲不过的。

姜寒林一直没有拿出他的摄像机。

苏晓月如一截枯木呆立着。

姜寒林拉拉苏晓月的手：走吧，我们去雪莉网吧问问情况。

雪莉网吧杀人案在同江市掀起轩然大波。《同江日报》第二天便在头版发了一篇言论：《救救孩子》，那是苏晓月马不停蹄整整跑了一天，从同江市公安局到同江市文化局，再暗访了十几家网吧，然后连夜赶写出来的。苏晓月将这篇言论发到了"马兰花开"的论坛里。她的个人文学网站在同江市已小有名气。许多人喜欢到那个论坛里看看新闻，听听音乐，拍砖灌水。

两天后，同江市开始了轰轰烈烈的网吧整治活动，严禁网吧业主接纳未成年人上网，违者一经发现，立即吊销营业执照。而在"马兰花开"里《救救孩子》的点击率和回帖率直线飙升。痛骂网吧主黑心的、大吐自家苦水的、驳斥楼主有失偏颇的、指责有关部门监管不力的……意见不合的人好一阵唇枪舌剑，你来我往，直斗得难解难分。许多网吧主闻讯而来，在论坛里大发牢骚。

晚上十点多，苏晓月走进雪莉网吧。网吧的进口处赫然立着一块告示牌，上面写着："禁止未成年人上网，请自觉出示身份证。"网吧内冷冷清清，四十几个机位，只稀稀拉拉坐了十几个人。苏晓月飞快地扫了一眼全场，没看到中小学生模样的人。一名服务员热情地迎上来：

"你好，十八号机怎么样，带视频的。"

苏晓月摇摇头："对不起，我找个朋友。"

塑料门帘子一掀，一男一女一前一后走了进来，正欲外出的苏晓月差点撞进男人的怀里。

"对不起！"

苏晓月与那人几乎同时说了声"对不起"。一听声音似曾相识，抬头

157

一看，原来是马青云。苏晓月客气地说了声"马局长好"，然后急急忙忙地往外走。马青云追着她喊：

"晓——苏记者！"

苏晓月头也不回，径直走了。

"你们认识？"

"她是《同江日报》的记者苏晓月。"

"我知道，那天她在网吧里对着那两个警察问东问西的。我问你和她是什么关系？"

"认识而已。"

"真的吗？我怎么觉得你们俩的眼神有点不对劲？"

"你太敏感了。"

马青云坐在一台电脑旁，玩起了传奇。网吧主康雪莉望着他的后背，好一阵发呆。

苏晓月走在人行道上。虽未到酷暑时节，同江市的夜晚已经开始涌动热浪。苏晓月缩起肩。她穿着一条粉紫色的无袖连衣裙。她突然觉得冷。她抬头望去，四处都是街灯，冷冷的，那种光芒，像是冰柜里飘出的寒雾。她想起了那个男学生，她没有见过他，她却觉得满街的路灯都像他的眼睛。

同江宾馆的钟楼上，大钟连续敲了十二下。苏晓月走进沿江路的一家大网吧。她决定在这一家结束今晚的暗访。

姜寒林举着一台摄像机，网吧老板赔着笑跟在他身旁。姜寒林一转身，看到苏晓月走了进来，他惊喜地说：

"是你！"

苏晓月没想到这个时候还会碰到姜寒林，她笑着说："想不到姜记者还如此敬业！"

"彼此彼此！你今晚上有收获吗？"

"一切正常。我正准备回去。"

"别急着回去，我请你吃夜宵，赏个脸吧。"

"行，我再喊个朋友，人多些才热闹。"

"我还不晓得你那点板眼，怕孤男寡女的惹人说闲话吧？你未嫁，我未娶，大不了说我俩谈恋爱，有什么好怕的！"

"你要是舍不得请就算了！"

"你还倒打一耙！你想喊谁，快打电话啊！"

刘莲手机关着。苏晓月不甘心，打电话到她店里。服务员说莲总回家了。再打家里电话，却无人接听。

"这家伙，又跑哪里疯去了。"苏晓月不知是自言自语，还是故意说给姜寒林听。姜寒林要苏晓月另外找一个，苏晓月摇摇头："不好意思，我只有她这么一个好朋友。"

"这怎么可能！"姜寒林说，"像你这样的名记，朋友应该多过同江河里的沙子。"

"我何苦要骗你！难不成你还要我叫上男朋友一块儿来？"

"你是唯恐天下不乱！"

"狐狸尾巴露出来了吧？要不这样，等我和刘莲先约好，你再请客行不？"

"别这样嘛晓月，只要你不打我的主意，我保证不打你的主意。再说，这些日子不知怎么搞的，我身上最关键的那个零件出了点小故障。晓月你一百个放心，我是心有余而力不足！"

"真是狗嘴里吐不出象牙来！"

"只要你高兴，我愿意变成一条小狗。汪，汪汪，汪汪汪！"

"我怕得狂犬病！"

"就算我身带狂犬病毒，我现在也牙疼得很，咬不了你，放心吧你！"

姜寒林开着一辆红色的捷达车，车玻璃上喷着同江电视台的台徽，旁边还喷了"新闻采访"四个白字，这是年初台里专为他们新闻部配置的。苏晓月第一次坐他的车，总觉得车厢里有股异味。

"男人的坐骑嘛，免不了有点男人味！"姜寒林在反光镜里暧昧地笑。

苏晓月装作没听见。

同江河水吞红吐绿。靠着岸的游船上，摆着十来张坐满客人的小圆桌，船的一侧放着几台电视机。客人们唱歌的唱歌，喝酒的喝酒，服务员鱼一般穿梭其中。歌声、划拳声、说笑声，星星们都嫌吵，一颗颗躲了起来。

姜寒林要喝酒，苏晓月只肯喝酸奶。姜寒林便要了一打啤酒，大杯大杯地喝。一个人喝酒的确无趣。作为补偿，苏晓月陪他唱了一首《敖包相会》。

姜寒林说："咱俩真是珠联璧合！没想到你的歌唱得和我一样好！来，为我们的旗鼓相当干一杯！"

苏晓月端起装满牛奶的杯子，姜寒林伸过手来，在她的杯上"当"的一下，牛奶溅了出来。苏晓月"哎呀"一声。姜寒林连忙放下杯子去拿餐巾纸。苏晓月低头一看，她的裙子上斑斑点点，湿了好几处。姜寒林递过一小叠纸巾，又说了声"对不起"。

姜寒林很快喝完了一打啤酒。他唱《单身情歌》时，苏晓月在他眼中看到了啤酒花。他好像醉了。

苏晓月让姜寒林看看手机，几点钟了。他摇摇头说："没电了。"

苏晓月从包里掏出自己的。凌晨一点。

姜寒林对着服务员招手："小姐，再来瓶半斤装的糊涂仙。"

看样子，他存心要将自己灌醉。苏晓月心想，他将车子停在临江宾馆，原来是有预谋。

"你要是喝醉了，我就打110，让他们送你回家。"苏晓月威胁姜寒林。

"说真的，110里面我有好几个哥们。不过，我还是希望你送我回家。"姜寒林毫不掩饰。

轮到苏晓月唱歌了。

《爱与痛的边缘》。掌声四起。姜寒林噘起嘴唇，用两根手指按住，吹出两声尖锐的口哨。

姜寒林换了小一点的酒杯，杯中的液体空气般透明。

"管它是爱还是痛。来，晓月，我敬你一杯。"

苏晓月喝茶。她不想成为糊涂仙。

"难得糊、糊涂呢，晓月。"

苏晓月唱了一曲又一曲，姜寒林喝了一杯又一杯。

一打啤酒，一瓶白酒，几斤龙虾。姜寒林的胃，比主人还敬业。

姜寒林舌头有点打卷，两脚节奏不稳。他说他还能喝，这话苏晓月相信。他能扶着桌沿站起来，说明还有潜力可挖。

苏晓月不会游泳。她小心翼翼扶着姜寒林下船。姜寒林仍然嘴硬，说他一点都没醉。他知道她是《同江日报》的记者，名字叫作苏晓月。

"你、你不是，苏、苏晓月？你敢说、敢说你，不、不是苏晓月？"

"你说得对极了，我就是苏晓月。你还记得你住在哪里吗？"

"那，那当然。"

苏晓月总算松了口气。

姜寒林住在江滨小区，离这不远。刚进小区，碰到一个巡逻的保安。苏晓月如遇救星。

一百多平方米的房子，装修简单而雅致。客厅的沙发，卧室的床，零零碎碎堆着书和衣服。保安站在门口，苏晓月叫他进来帮忙，将姜寒林弄到床上。姜寒林咂巴着嘴，沾床就睡。应该没什么大问题，苏晓月犹豫片刻，将钥匙放在床头柜上，和保安一起离开了姜寒林家。

坐在的士后座，苏晓月昏昏欲睡。

"小姐，到了。"

苏晓月摇晃着下得车来，随手带门。车门没关紧。重新拉开，再使劲。砰的一声。苏晓月将自己吓了一跳。车子很快开走。苏晓月揉揉眼睛，走进最后一个单元。

楼梯口的灯又坏了。苏晓月叹口气，那声音竟像是别人的。

苏晓月懒得再借手机那点光亮，摇摇晃晃的，正欲上楼。黑暗中，一只大手突然捂住了她的嘴，另一只大手从后面将她紧紧箍住。

"不许叫！叫就杀了你！"

一个中年男子的声音，有点虚，有点飘。

苏晓月手脚一凉。夜，静得可怕。陌生人的心脏，以咚咚的声音为矛，穿透苏晓月的脊背，直抵她的心脏。

苏晓月想质问他，声音被他的双手过滤，只剩下唔唔和咿咿。

有车子开进来，倒车时，灯光照亮墙上，一个近乎重叠的影子。他的双手，粗糙而有力。苏晓月的挣扎，如此苍白。一个年轻男子跑过来，他们将她塞进车时，那只大手，依然捂在她嘴上。

"嗒"的一声，车门被锁上。年轻男子将车开得飞快。中年男子松开他的手。

"你们想干什么？"苏晓月无法掩饰自己的害怕，声音有点嘶哑。

"你不是挺厉害的嘛，苏记者。你也会有害怕的时候？我等了你好几个晚上，总算等到了。"

"你是谁？"

"我是谁你没有必要弄清楚。你只要知道你是谁就行。"

"我和你无冤无仇。"

"你和我无冤无仇。我和你有冤有仇。"

"我并不认识你。"

"你化成灰我也认得你。你拿着个破本子采访网吧老板，你问得他们哑口无言。你很威风的嘛。"

"我没有采访过你。"

"你没有采访过我。那天，秦汉明在市政府门口拿着话筒做思想工作，你混在我们中间，你后来追着秦汉明的屁股问什么问。你还跟着秦汉明来我们厂搞什么现场办公。别人告诉我你叫苏晓月。雪莉网吧杀人案，你赚了不少稿费吧？你倒是风光，你这个害人精！"

"你是玻璃厂的？"

"算你厉害。老子也不怕你，老子就是玻璃厂的。老子四十多岁还要下他妈的岗。老子夫妻俩一起下岗。加起来还没有两万块！哼哼，只够我儿子交一年学费。老子七拼八凑，想开个网吧糊口。你这个害人精！"

......

"老子到处求人，脚都跑断，结果还是个黑网吧。黑网吧就黑网吧，只要老子的心没黑。老子没那么多钱，买不起那么多机子，黑网吧就黑网吧。"

"黑网吧本来就应该被取缔。"

"你干脆就说穷人该死。没人管我们的死活，我们好容易才自己找条活路。你们要把穷人都逼死！我的网吧开业才十多天，我现在欠一屁股债，你说你是不是个害人精！"

"我很抱歉。但我并没有做错什么。"

"你堂堂一个大记者，你哪里会错！你们只晓得跟在市领导后面，像一条哈巴狗！他们放个屁你们就当个宝！你们的报纸简直就是黑白颠倒！我们那么多人吃饭都成问题，到了你们那个狗屁报纸上，就什么都增长了，我们老百姓比小康还小康了！真是他妈的放屁！学生进网吧，你们不怪老师没教好，不怪家长没管好。年轻的杀了人，你们不怪电视里天天打打杀杀，不怪学校教育的失败，不怪做父母的教子无方。你们除了将一切责任推给网吧，你们还能干什么！"

车子驶离城区。路的两旁，一片黑暗。

"他妈的什么 GDP！他妈的什么老百姓日子越来越好！你们当记者的眼都瞎了！一出门尽是灰尘泥巴，同江河里连一只虾米都活不了！那么多人得了癌症！那个鬼医院谁住得起！穷人得了癌就只能等死！同江市迟早会烂掉！到时候，你们远走高飞，穷人死路一条！"

苏晓月不想跟他理论环境污染与经济发展的辩证关系，在这一点上，她与他同是受害者。同江市要是真的烂了，苏晓月也无处可以远走，可以高飞。如何解释，苏晓月的确不知。但那一刻，她已没那么害怕。良知未泯，所谓的穷人，他应该不会太为难她。

"你们要把我带到哪里去？"

"放心吧，我们不会强奸你。我侄儿只晓得开车，他一家几口全靠他养活。我饭都吃不饱，没那个力气。"

"我要回家！如果你们再不放我回去，我就报警！"

"哈哈！真是幼稚！你以为你报得了警！我一没嫖二没赌，从我身上榨不出一点油，有哪个警察瞎了眼会来抓我！"

"有事好商量。要不我明天帮你去找一下有关部门，看事情有没有回旋的余地？"

"网吧我迟早会开张。没有我们这些黑网吧，那些'有关部门'去哪里捞外快！我只想警告你。你太自以为是了。你要为你的破文章付出代价。"

"叔叔，前面就是鸭嘴塘了。"年轻一点的男子突然冒出一句。

天哪！鸭嘴塘，那不是枪决死刑犯的地方吗？一支看不见的枪，立刻抵住了苏晓月的后脑勺。

"停车！苏记者，今晚你就在这里睡吧。"

中年男子打开车门，将苏晓月推下去。

车子幽灵般离去。

苏晓月瘫坐在地。

这是一片荒郊，离城十几公里。没有车辆经过。没有一丝光亮。没有天地之分。除了黑暗，还是黑暗。

黑暗中，苏晓月看到了蠕动着的一团红。一个犯人，呻吟着，躺在她的眼皮底下。鲜红的血，汩汩流淌。他的身后，又一个犯人，双手抱头，在地上打着滚。他们的身子，突然消失，只剩下两个血糊糊的头颅，像水上漂着的两颗红葫芦，慢慢地、慢慢地，向苏晓月逼近……

啊……苏晓月双手抱头，瘫倒在地。

幻影没了。黑色。深的，浅的，高的，矮的。声音。喊喊，噎噎，呼呼，呜呜。绝望中，苏晓月掏出手机。

刘莲关机。家里无人接听。姜寒林无法接通。于伟军关机，家里无人接听。苏晓月抖着手。再怎么样，她也不能将母亲吵醒，她不可以让母亲为她担惊受怕。

天蓝色的手机屏幕。从她脸上滑落的液体，盛开成绝望的花朵。

她想她唯一还能拨的，就是他的电话。她想即便是死，她也要死在他的怀抱。

秦汉明的手机一拨就通。他以为自己听错了，苏晓月从未在晚上打过他电话。

苏晓月在那头嘤嘤地哭。秦汉明好容易才问清楚她在哪里哭。他简直就不敢相信，苏晓月竟然半夜遭人绑架，还被扔在枪决死刑犯的地方！是谁那么猖狂，敢如此对待党报记者？

秦汉明几乎将油门一踩到底。他戴着耳机，她还在那里嘤嘤地哭。他要她别着急，别害怕，他立刻就到。苏晓月第一次在夜里给他打电话，却是泣不成声。秦汉明恨不得肋下立刻长出一对翅子。

"你慢点开。路不好跑。"

这个小傻瓜，秦汉明在心里说，这种时候，还要牵挂别人的安全。

终于到了。秦汉明一个急刹。苏晓月在车灯的雪亮里，红着双眼。秦汉明打开车门，屈膝跨出。苏晓月飞身过来，扑进秦汉明怀里。

他使劲搂住她。

她将头埋在他胸前，放声大哭。

他抚摸着她的头发。在他的怀抱，她可以尽情去哭。

在这一刻，秦汉明终于懂得了什么才是真正的幸福。

在第一次看到苏晓月时，他就被她的眼神所震撼。他从没见过哪个女人，会拥有如此清澈的眼睛，那里面，除了纯黑，除了纯白，就再也找不到其他颜色。那是一双婴儿般的眼睛，似乎从未被尘世所玷污。从那双眼睛里所透出的光芒，是如此明亮，如此迷人。就算天使，也未必能拥有这样的眼神。

就连她此刻的眼泪，似乎都散发着一股清香。

苏晓月的哭声渐渐小下去。秦汉明扶着她，与她一起坐进车后座。

秦汉明锁上车门。车未熄火，微微地发着抖，如同他怀里的身躯。

那么多投来的怀，送来的抱。她们如花似玉。她们温柔多情。她们的脸上，堆满笑容。她们假装陶醉，那么夸张。秦汉明从来不为所动。而这个女人，第一次扑进他怀里，却是一把鼻涕一把泪。这个女人的眼泪，让秦汉明心如刀割。

秦汉明又从纸盒里抽出几张纸巾，为苏晓月擦去脸上的泪水。

"告诉我，是谁干的？"

苏晓月的头，缩在秦汉明胸前，轻轻摇了摇头。

"你看清车牌号了吗？"

她的头，缩在他胸前，还是摇啊摇。

"告诉我！"

"我们回去吧。"

她竟然当作什么事都没发生过。

"你真的不想告诉我？你不怕再被人抛在荒郊野岭？"

"我写的稿子，是不是有点片面？"

"今晚的事与这有关？"

"你告诉我，是或者不是。"

"在我心里，没有比你更优秀的记者。"

"你知道同江河里为什么连虾米都没有了吗？"

"你怎么突然问起这个？"

"你知不知道，在省城的肿瘤医院，同江市的癌症病人最多？"

"你不是吓傻了吧？"

"你知不知道玻璃厂的下岗工人怎么过日子？"

"你怎么啦？"

"你知不知道黑网吧为什么这么多？"

167

"你没事吧？"

"我没事。"

这个傻丫头。八成是被人报复。报复她的人，八成与这次网吧整治有关。秦汉明在心底轻叹：她提的这一个又一个问题，要他怎么回答？

巴掌大的同江市区，分布着大大小小几十家企业。煤矿、钢铁厂、造纸厂、耐火材料厂、水泥厂、锑品生产厂、火力发电厂……再干净的同江河，再清新的好空气，也经不起这么多折腾。秦汉明纵有三头六臂，也回天无力。污染越大的企业，越是地方财政的经济命脉。上面只看经济指标，更重要的，还有那么多人等着他按月发工资。从上到下，都是稳定压倒一切。如果市财政连工资都难以保障，秦汉明又如何去保稳定？秦汉明只手难以擎天。为了挽救这座城市，他已经竭尽所能，从国家计委争取到国家矿区采矿沉陷综合治理的政策和经济扶持。如果经济成功转型，同江市还是大有发展前途的。至于网吧整治，又不是第一次。黑网吧简直就是一种病毒，如果删除它们，连带着会失去许多东西；如果不删除它们，各种问题又会层出不穷。如今都闹出了凶杀案，秦汉明还能再睁只眼闭只眼吗？

秦汉明一口气说完这些，见苏晓月毫无反应，以为她睡着了，便在她额头上，轻轻一吻。苏晓月突然伸出双手搂住秦汉明的脖子，将自己的唇压向秦汉明的唇。秦汉明猛地抱紧苏晓月，并且，深深吻住了她。刹那间，天在旋，地在转。他们宛如一对溺水的恋人，要将今生今世所有的热烈，统统燃烧在那一刻。

两人在车内，如阴阳两极，紧紧相拥，直到天亮。

在一个偏僻的拐角处，苏晓月匆匆下车。秦汉明赶着去办公楼开会，他也不可能送她到报社门口。临下车时，苏晓月说，你慢点开，还早。

秦汉明深深看她一眼：你自己小心点，下班后早点回家休息。

苏晓月刚走进办公室，彭大鸣一见她开口就问："你知道了吗？"

"什么事？"苏晓月面无表情。

"县级报真的要一刀切了！昨天上面来了通知，停止《同江日报》二〇〇四年度的征订工作，报纸暂时办到年底。你怎么还在做梦似的？"彭大鸣盯着苏晓月左瞧右瞧。

"报纸不办了，晓月正好可以换一家更好的单位。像晓月这样的人，好多单位抢着要。"陈子昆半开玩笑地说。

"晓月当然是个香饽饽。可怜我们这些老家伙，无人问津喽。"方志宇摸了摸他的大肚腩，表情夸张。

杨主任走进来："哟，你们在讨论什么？这么热闹！晓月，你那个暗访网吧的后续报道写好了吗？"

"这两天我身体不大好。对不起。"苏晓月早就想好了这句话。什么劳什子铁肩担道义，她开始怀疑自己所做的一切。

"你自己看着办吧。"杨主任边说边往外走。

苏晓月伏在桌上，她没有力气说更多的话。她早在网上看到过关于县级报要撤办的消息。当时，她挺担心的，她还想多当几天记者。而现在，她觉得一切都无所谓了。

"看来我们的爆米花真的病了。"彭大鸣像是调侃又像是关心。原本是报社一枝花，一过他们的嘴，就变成了爆米花。

"你这样子还不如干脆回家休息。有事弟兄们担着。"还是陈子昆比较怜香惜玉。

苏晓月换好睡裙刚刚躺下，手机却响了起来。是于伟军，他问苏晓月的"跟踪报道"还搞不搞？上次接回来的那批学生已经全部重新推荐就业。苏晓月打了个呵欠，说，只要家长和学生满意就行。于伟军说，你病了吗？苏晓月说是昨晚赶一个稿子，没休息好。于伟军便让她好好睡一觉，挂了电话。

刚合上手机盖又来了电话，是陆清风。他告诉苏晓月，由于扩版，他们那里还需要采编人员。

"我不想背井离乡。"苏晓月懒懒地说。

"县级报反正要撤了，迟走不如早走，机不可失啊。"陆清风的消息果然灵通。

"我不想再搞新闻了，没意思。"苏晓月打了个呵欠。

"这话不像是从你口里说出来的。你到报社才多久，不至于就开始厌倦了吧？是不是工作上不开心？"陆清风记忆中的苏晓月，从未如此消沉。

苏晓月又打了个呵欠。陆清风以为她不耐烦，也没再多问。

水流得好急。苏晓月怎么站也站不稳，一个大浪冲过来，苏晓月完全被淹没。她拼命地游啊游。她怎么突然会游泳了。水流如此湍急。苏晓月企图逆流而上。她使尽了全身力气，却被水流越冲越远。在即将沉入水中时，苏晓月抓住了一个圆圆的东西，上面好像缠满了水草。苏晓月紧紧揪住那些水草，重新浮出水面。

眼前白得晃眼。苏晓月终于能够睁开双眼。她发现自己揪住的不是水草。

那是一缕头发！一缕死人头颅上的头发！这些洪水，原来都是红色的血！从头颅上的枪眼里哗哗地流啊流。那么小的枪眼，那么多的血！苏晓月如遭电击，她的手一松，那颗头颅对着她粲然一笑！苏晓月双眼一黑，她的身体，骨碌碌直往水里沉去……

苏晓月从床上一坐而起。她的鼻翼发红，不停地一张一合。苏晓月抚着胸口，喘着粗气。从窗口溜进来一抹光亮，不知是路灯还是月华。

枕头下突然响起音乐声。苏晓月猛地掀开枕头。原来是手机在响。

"晓月，求你来劝劝刘莲吧！"

这个谢安离，硬要苏晓月去做他的说客。苏晓月头疼得不知南北，他却说刘莲要寻死觅活。苏晓月有什么理由，可以见死不救？

晚上九点，月亮代替了太阳，继续炙烤着大地。街上热浪滚滚。的士司机敞开着车上所有的窗户，他说空调坏了。

苏晓月上气不接下气，来到刘莲家门口。谢安离脸上被抓了好几道血印子，正站在那里按门铃，他说他都按了几百遍了。他可真是好性子。

苏晓月打刘莲手机，关机。打她家里电话，无人接听。

"她一定是把电话线给拔了。她一和我怄气，就关机，就拔电话线。"

谢安离看来真的犯了错，他说话的底气都不足。

苏晓月不按门铃，她在门外伸着脖子喊：

"刘莲，我热晕了，你快点开门。"

刘莲可能在猫眼里偷看。她将防盗门上的小窗打开，送出话来：

"你让谢安离滚得远远的！"

苏晓月使个眼色给谢安离，他悻悻地下楼去了。

刘莲开了门。

"你们两个真是一对冤家！"苏晓月一屁股坐在刘莲的红木沙发上，先声夺人。

"我真是瞎了眼！"

"你的眼睛好好的嘛。"

"谢安离这个骗子！"

"他怎么啦？"

"他竟然背着我和别人乱搞。"

"你看见了？"

"他的车上面竟然藏着避孕套！"

"你怎么知道？"

"我坐在副驾驶座上，他打开操纵台上的一个小工具箱，说是找一个什么文件。结果掉出来两个避孕套，就掉在我的眼皮子底下。"

"是和你用的吧？"

"我几时要他用过那个鬼东西！"

"可能是他的司机备用的。"

"这辆车一直是他自己开。"

"也有可能是别人借车时留下的。"

"你不要为他开脱了！他就是个这样的人！吃着碗里的，看着锅里的。我总算看透他了！"

"我早就劝你正正经经找一个。他四十岁了都不肯结婚，你能拿他怎样？这可是你自己说过的话。"

"这些，我都不在乎。结不结婚无所谓。我还没告诉你，他说戴套不舒服。我已经为他打过两次胎！"

"你这是何苦！"

"他说结婚证书不过是一张纸，除了我，他这一辈子决不会再爱其他女人！"

"你也信？"

"我是猪油蒙了心！其实我早就发现他偷偷摸摸和其他女人来往！"

"那你还不趁早和他了断！"

"我实在是不甘心！我为他付出那么多！"

"现在后悔还有得救。"

"我以为他是真心喜欢我，他装得那么像！"

"他喜欢你可能是真心的，他喜欢另外的女人也可能是真心的啊。"

"为什么女人总这么命苦？"

"别说傻话了。是你对男人的期望值过高。什么命苦不命苦的。离开男人，我们不照样活得好好的。"

"晓月你知不知道，马青云背叛我，谢安离也背叛我，我一无所有！我简直就是一个笑话！"

"你还有我，还有亲人，还有朋友，还有你的新月娱乐城。"

……

"别哭了。来，擦干眼泪。好好睡一觉，一切都会成为过去。"

苏晓月真想对刘莲说，这个世界，本来就很荒谬。难道不是吗？她一直暗恋的男人，她原以为永远都是可望而不可即。可就在昨天晚上，她却切切实实与他相拥相吻。而创造这种机会的，却是一场无辜的绑架，一片阴森的刑场。

苏晓月真想告诉刘莲她昨晚所经历的一切。可她不能说。如果她将昨晚描绘成痛苦，刘莲已经够伤心了，她不能雪上加霜。如果她将昨晚描绘成幸福，她又不忍心，她的幸福，此刻的刘莲，并不需要。当别人的幸福成为参照物时，自己的痛苦只会变本加厉。

或许，这些话，可以对另一个人说。那个人说了，如果她有心事，可以对他倾诉。

打开邮箱，又有他的来信。

第一封：

亲爱的苏老师：

　　我五一节回了一趟家，那个家，现在真的像坟墓一样了。妻子对我的回家并没有流露出丝毫的高兴。我们还是分居三四年了，我们就这样过着，我有时候都不敢相信时间会过得这样快。

173

世上哪有什么绝对的公平！我觉得上苍已经很厚待我了，他让那个女孩出现在我的视野中，我感觉得到，那个女孩也是喜欢我的。这让我既幸福又痛苦。面对妻子的憔悴，那两个字我怎么说得出口！她是无辜的，凭什么要她为了我的幸福而付出她本来不该付出的代价。她已经够可怜的了！如果我再和她离婚，她就是一无所有了。

每当想到这一切，我就心烦意乱。

你心仪的那个人，他知不知道你爱着他呢？他爱你吗？如果他也爱你，他能为你离婚吗？你为什么不去主动争取自己的幸福呢？

祝

心想事成！

第二封：

亲爱的苏老师：

我上封信你没有回，你很忙吗？

我好想让你分享我的幸福。前不久，我和那个女孩约会了，是她主动打我的电话。我好高兴。我第一次吻了她。那是我平生第一次那么疯狂，我从未吻过妻子之外的任何一个女人。真的，别人都觉得我这人有点怪。凭我的条件，喜欢我的女人的确很多，但我对她们毫无兴趣。有时候，连我自己都怀疑我是不是有病。

啊！我真的好幸福！如果时间永远定格在那一刻，那该有多好！

对不起，我光顾着要你分享我的快乐了。

说说你的事，你和那个人，有新的进展吗？好希望你也和我一样的快乐！

祝

早日拥有你想拥有的一切！

苏晓月微笑着看完来信，噼里啪啦的，立刻开始回信：

亲爱的朋友：

对不起，前些日子忙了点，没有及时给你回信。

恭喜你，相思之苦终于有了回报。你们一定会有一个美好的未来，我衷心地祝福你们。只要彼此相爱，还有什么能够阻挡你们前进的脚步呢？既然那个家已经是个坟墓，你就应该勇敢地走出来。你向妻子坦白一切吧，我想她会放你走的。

或许我们俩真的有缘分呢。我和那个人，也约会了。呵呵，说起来我还有点不好意思，幸亏你现在不能看到我，不然，我会更加脸红的。是我主动吻的他。那时候，我都已经无法控制自己了。我从来没有主动吻过人，就算是对我前夫，我也从来没有主动吻过他。我想，我是无法自拔了。我想他也爱着我，从他看我的眼神，从他搂我的双臂，从他吻我的嘴唇，我都能感觉得到。

但我从来没有想过要他离婚。我不会让他为难。说句很老套的话，那就是，两情若是长久时，又岂在朝朝暮暮。何况，经历过一次失败的婚姻，我还没有信心走进第二次。

苏晓月正写得起劲，手机响了起来。

还没睡吧？

嗯，我给朋友回封信。

你还不困？

我等会就睡。你还在忙吗？

是的，抽空给你打个电话。

下个月我要出去考察，你愿意和我一起去吗？

考察？我能去吗？方便吗？

当然方便。傻瓜，你不想出去玩一玩，散散心吗？

这个——不太好吧？我是说对你不太好。

没关系的，你做好思想准备，单位上你要先请好假。

去哪？

到时你就知道了。

好吧，你忙完了早点休息。

晚安。

晚安。

飞机开始滑翔。洁净的跑道。加速。腾空而起。失重的感觉。秦汉明紧握着的苏晓月的手。她望着窗外。第一次和他旅游。晴空万里，阳光如此灿烂。

飞机攀上了高空，离地有多远，苏晓月不知。如一枚利箭，飞机在无边云海里穿越。大片大片的白云，一团团一簇簇，浮在视野的上方。那种白，一尘不染，雪一般耀眼。大块大块的白云，悬在视野的下方。那种白，掺和着浅黑与浅灰。忽如一夜春风来，千树万树梨花开。无根无叶。无凭无据。如此的不可思议。一种无法想象的美丽。

秦汉明吻着苏晓月。他说：

"你好美。"

这是他爱她的理由。就算这是唯一的理由，她依然感动。漆黑的鸭嘴塘，它让他的怀抱成为她唯一的温暖。她卸下所有的坚强，在他怀里。她的眼泪，其实是另一种宣言。他或许不懂，但他应该知道。

苏晓月心如白云翻滚，她将视线依然投向窗外。

一条狭长的带状白云悬在半空，白云之外，除了碧蓝，还是碧蓝。那是一片平静的大海。云儿在海的上空，时卷时舒。海鸥在欢歌，浪花在低吟。秦汉明怀中的苏晓月，在倾听。

她以为，这就是天堂。他的，她的，他们的。

飞机突然颠簸。天堂里有高速公路，天堂里也有坎坷小径。她担心和他分离，她怕失去他，她紧紧抓住他的手。如果注定要粉身碎骨，她也要他们的血流在一起。

他搂住她，紧紧地。他说："没事没事，乖，好好睡。"

她就像是他的孩子。她宁愿是他的孩子。她的血管里，永远流着他的血。他永远不能否认，她是他的亲人，无法拒绝，无法抛弃。

"旅客朋友们，飞机遇到了气流，所以有轻微的颠簸。请大家系好安全带，暂时不要走动，并将小桌板放回原位。谢谢。"

空中小姐柔美的声音。

她多么希望，他也是她的孩子。她温暖的子宫，可以为他遮挡所有的风雨。他们血脉相连。他的快乐，就是她的快乐。她的痛苦，他却感觉不到。她甘心给他所有的养分。为他，她宁愿放弃她的美丽。

只有对孩子，人们才是真正地无怨无悔。即便他辜负，他还是她的孩子。她不能不继续爱他。

秦汉明以为苏晓月还在害怕。他笑着说："小傻瓜，真的没事。飞机是最安全的交通工具，遇到气流是很正常的事，你不要胡思乱想了。有我在，你什么都不用怕。"

"要是飞机真的掉下去了，你能变成马兰花吗？"

"什么马兰花？"

"很久以前，一部电影的名字。马兰花是一种很神奇的花，勤劳善良的人，念上那句话，她就能有求必应逢凶化吉。"

"念什么话？"

"马兰花，马兰花，风吹雨打都不怕。勤劳的人儿在说话，请你马上就开花。"

"哈哈，有意思。你相信我是你的马兰花？"

"我相信。飞机掉下去，你变成马兰花，我们像两只鸟儿，在空中飞啊飞。"

"傻孩子。"

秦汉明抚摸着苏晓月的头发。

飞机降落在乌鲁木齐机场。一名当地的汉族导游，开着车前来接人。

夕阳西下。高楼大厦。车如龙，人如潮。秦汉明突然问："为什么新疆的水果格外甜？"

苏晓月摇头。

"因为日照时间长。"秦汉明说，"你看，已经晚上九点钟了，太阳还没完全落下去。要是在我们南方，这个季节不到七点钟天就黑了。在这里，早上六点钟天就亮了，要到晚上十点才天黑。"

"天哪！"苏晓月嘟起嘴唇，"那一晚上能睡几个小时？"

他在她手心轻轻一拍："你可是个'勤劳'的人儿！你要是睡懒觉，我这朵马兰花就不灵了！"

苏晓月作晕倒状。秦汉明顺势将她抱到怀里。

宾馆大厅。秦汉明背着硕大的旅行包，从导游手里领过钥匙。他拉着苏晓月的手，走进了一间单人房。

单人房。双人床。

苏晓月甩掉她的高跟鞋。

秦汉明说："后悔了吧？"

"才不。"苏晓月说，"爬黄山，上张家界，我都是穿的高跟鞋。我只喜欢高跟鞋。没有理由。"

"我不是说这个。"秦汉明从背后取下旅行包，放在沙发上，望着苏晓月。

她知道他不是说这个。她不想说不后悔。她不习惯赤裸裸地表白。

像她这般伶牙俐齿，在他面前，竟然说不出那个字。爱，如此简单。她却羞于用声音表达出来。

他一口气能做三四个小时的报告，他却从未说过那三个字，我爱你。他和她一样骄傲。他和她一样自私。怕那句话出了口，被人拒绝后，覆水难收。他不知道，在她的梦里，他说得最多的就是那三个字。

秦汉明懂得苏晓月的沉默。他轻轻地将苏晓月抱进怀里。他亲了亲她的额头，说："你想好了吗？"

苏晓月依然沉默，只是仰起头，闭上眼。秦汉明慢慢地，慢慢贴近她的唇。苏晓月一个战栗。秦汉明连忙将嘴移开。一看苏晓月，两腮晕着两朵桃花，还是闭着眼。秦汉明又慢慢，慢慢地，用自己的唇，轻轻碰了碰苏晓月的双唇。苏晓月又是一阵战栗，那双手，却抱紧了秦汉明的腰。

秦汉明不再犹豫，苏晓月的唇，被他完完全全含进了嘴中。秦汉明紧紧搂着苏晓月，一边深吻一边往床边挪。然后，两人抱成一团倒在床上。然后，他把自己当成被子，将她完完全全地覆盖。

她摸着他的头发。粗粗的，滑滑的，一根根直立的头发，被她的手指收割，拢在掌心后仍不肯趴下。这种异样的感觉，她仿佛只在前生有过。他带给她的感觉，是从未有过的，从未有过的幸福。秦汉明，这个眉心有着一颗黑痣的男人，苏晓月愿意为他奉献一切。即使这份感情，犹如一件精美绝伦的华裳，而苏晓月，注定只能锦衣夜行。

有谁知道，在众生面前，掩饰幸福，比掩饰痛苦，更令人难以忍受。

苏晓月的痛苦，又何尝不是秦汉明的痛苦！他不是不爱苏晓月，他的爱，却不能给苏晓月任何承诺。他与她的爱情，甚至不能让第三个人知道。在他的妻子没有同意离婚之前，他无法给苏晓月任何承诺。

可是，有谁能阻挡岩浆的喷发！岩浆喷发的那一刻，秦汉明在心底暗吼，什么前途什么命运，通通见鬼去吧！秦汉明犹如烈火，焚烧着苏晓月，更焚烧着自己。他甚至听到了自己的每一处肌肤，都在哔剥哔剥地响。秦汉明极力控制着自己，不让动作过于猛烈。秦汉明怕苏晓月疼。秦汉明不知道，他已经点燃了苏晓月，苏晓月和他一样渴望燃烧，痛痛快快地燃烧，无所顾忌地燃烧，化成灰烬地燃烧。

秦汉明如一张紧绷的弓，箭，就在弦上。苏晓月温柔的靶心，正等待着箭的全力穿透。没想到秦汉明会叫暂停，他咬着苏晓月的耳垂说：

"宝贝，你上来试试。你来了我再来。"

苏晓月竟然一点都不觉得难为情。她在骨子里头是传统的，她从未在性事上要求过哪个男人，无论是于伟军，还是陆清风。他们也从未问过她快不快乐。秦汉明却要她上去试试。苏晓月觉得自己就是一枚贝壳，一枚沙滩上的贝壳，这枚贝壳，正被一浪高过一浪的晕眩感层层淹没。秦汉明火热的唇，秦汉明宽大的手，秦汉明喃喃的情话，秦汉明的低吼与呻吟。哪儿是上，哪儿是下，苏晓月已经分不清楚了。她在舞蹈，凌波而舞；她在歌唱，随风而飘。突然，一股来自地心的震颤，颠覆了整个世界。秦汉明感觉到了那种震颤，是的，箭在弦上，此时不发，更待何时？

《我的太阳》，激情的歌声，仿佛从另一个世界里冲了出来。苏晓月清醒过来，她仍然闭着眼睛，梦呓一般，咬着秦汉明的唇：

"你的电话！"

秦汉明一翻身，将苏晓月重新压在身下。胜利就在眼前，秦汉明正纵马狂奔，没有人能够挡住他前进的脚步。秦汉明气喘吁吁地说：

"哪怕天塌了！"

是的，天哪会塌。天只是昏了，地只是暗了，河不再流了，风不再走了，随着秦汉明的一声啊呀，一切的一切，仿佛定格在刹那之间。

苏晓月蜷缩在秦汉明怀中。秦汉明吻了吻她湿漉漉的额头,苏晓月说:

"快看看手机,都响了好几次,别误了正事儿。"

"刚才的事就是最重要的正事儿。"秦汉明笑笑,伸手拿过手机,一看,立刻紧张起来,他说:

"你别出声,是长源市龙书记的电话。"

同江市隶属于长源市,龙书记是长源市的党群副书记,秦汉明自然得罪不起。秦汉明连忙回拨过去,解释说刚才上洗手间去了。苏晓月捂着嘴偷笑。原来是为一家名叫青岗煤矿的事,证照还未办全,想先生产。秦汉明爽快地一口答应了:

"行,龙书记的指示,我一定照办。"

合上手机,秦汉明坐着发了一阵呆。苏晓月枕着他的大腿,没有多问。

"哎,做人难,做官更难!"秦汉明摩挲着苏晓月的脸庞,"有时真想和你找个清静的地方,好好过日子。"

一夜销魂。

早上七点钟,叫早的铃声准时响起。正好是苏晓月睡在电话机旁。她闭着眼睛接了电话,又闭着眼睛去放话筒。

苏晓月从脖子下面,将秦汉明的一只手臂拿出来。秦汉明翻个身,又发出轻微的鼾声。

苏晓月睁开眼。淡黄的窗帘虽厚,仍有阳光悄悄钻进来,一闪一闪的。一尾尾极细的金色羽毛,在她的视线里微微颤动。苏晓月坐起来,端详着熟睡中的秦汉明。

高挺的鹰钩鼻,鼻翼一歙一合。

"长鹰钩鼻的人不可靠。"这是何美静的观点。何美静认为长鹰钩鼻的人不可靠,尤其是长着鹰钩鼻的男人。她还认为高颧骨的女人通常都命苦。何美静常常满意地打量苏晓月。苏晓月的颧骨不高,额头饱满,

181

鼻子秀挺，脸形尖而略圆。何美静说，她的晓月会终生幸福。

苏晓月亲了亲那个鹰钩鼻。长着鹰钩鼻的男人，无论他是否可靠。没有什么永远可靠。河流会枯涸，玫瑰会凋谢，彩虹会消失，容颜会老去。曾经美丽，曾经爱过，这就足够。苏晓月在心里笑话母亲的固执。

苏晓月忍不住，又在那鹰钩鼻上亲了一下。

秦汉明突然伸手一拽。苏晓月猝不及防，倒在他怀里。

"笨蛋！等了你半天，你怎么只会吻鼻子！"秦汉明表示抗议，一翻身，压住了苏晓月。

"原来你早就醒了！"苏晓月被压得喘不过气来，她的双手挣扎着，伸进了秦汉明的腋窝下面。

"哎呀！"秦汉明被苏晓月"暗算"，大叫一声，从她身上滚落一旁。

苏晓月坐起来，捧着肚子笑。

"好，我叫你使坏！"秦汉明翻身扑了过来，伸出双手来挠苏晓月的胳肢窝。

"我再也不敢了！"苏晓月一边躲一边笑着求饶。

他的手端起她的下巴，极温柔地将嘴贴向她。

导游电话催两遍了。秦汉明和苏晓月匆匆洗漱，匆匆跑到餐厅。

先去天池玩了半天。从天池下来，汽车驶进了一片草原。苏晓月坐在窗前，秦汉明顺着她的手指，欣赏外面的风景。秦汉明又要接电话。这一路，不知他接了多少电话。他是出来开会的，他只能这么说。就算开会，他也不得不接听电话。

白色的绵羊，黑色的山羊，红衣的牧羊女，绿油油的草，蓝的花，黄的花，紫的花……

五彩斑斓的画卷背面，横陈着戈壁滩决绝的模样。高速公路刺进戈壁深处，如一柄黑色的利剑，毫不犹豫。到处是黑色的石头，到处寸草不生。偶尔见到几棵棘棘草，自信地吐着绿。在人们惊讶的表情中，棘棘草一晃而过。

临近克拉玛依的戈壁滩，马儿一样的磕头机星罗棋布。这些采油机，不停地磕头，不停地作揖，像一个个高而瘦的男子。苏晓月对秦汉明说：

"要惩罚一个人，可以让他变成一座磕头机。"

"如果那样，地底下的岩浆都会被抽空。"秦汉明表示反对。

"要是磕头机能够采煤就好了。"

她这句话，与他们的缠绵格格不入。

他便重重地叹了一口气。

苏晓月不是不知道，关于煤矿，关于安全生产，是秦汉明心中无法消除的块垒。她连忙转移话题：

"你说，喀纳斯湖真的有湖怪吗？"

"你是新闻记者，这种事情你应该比我清楚。"秦汉明习惯回避问题的实质。

"是啊，说这种踢皮球的话，我肯定比不上你。"她调侃他，"别忘了，你现在的身份是我男朋友。"

秦汉明哈哈地笑："一针见血，不愧是名记。"

在喀纳斯湖，秦汉明与苏晓月携手登上观鱼亭。他们租了一架望远镜，寻找鱼怪的踪迹。看了半天，没看出什么名堂。苏晓月问望远镜的主人：

"真的有喀纳斯湖怪吗？"

那人神秘地笑笑："当然有啦！不过，它神出鬼没的，很难看得到。"

"是不是真的？你这里有什么资料？"苏晓月就喜欢刨根究底，这是她的职业病。

"小姐，实话告诉你，什么湖怪不湖怪，不过是一种大红鱼！"那人一脸诚恳。

"这样啊。"苏晓月有点失望。

"人家说有湖怪，你不相信；现在人家说没有，你又不高兴。"秦汉明拉起苏晓月的手说，"走，咱们下去吧。"

喀纳斯河与喀纳斯湖是何关系，苏晓月不知。但喀纳斯河更加迷人。喀纳斯河的水会变颜色，有时是淡淡的粉红，有时是浅浅的灰白。河畔，高大的树儿临水照影，在微风中枝叶婆娑；小小的鸟儿自由来去，与泠泠的流水声一唱一和。威猛的哈萨克少年，骑着马儿穿过林子，看到漂流船上的观光客，他哦嗬哦嗬地打着招呼。

秦汉明和苏晓月去漂流。穿上黑色的漂流服，与另外四名游客一起，爬上一只橡皮筏子。两名船夫一前一后，掌握着筏子的方向和速度。

太阳有点烈，苏晓月半眯着双眼。河水泛着金色的浪花，像一串串跳跃的快乐小精灵。苏晓月弯腰，将一只手伸入河水中。河水好凉。那群小精灵，就在她的指缝和掌心来回穿梭。她的手一动不动。它们逆流而上，在这里，守候她的到来。或许，是她在前生许下诺言，要在今生，要在此时，与它们相约。

抑或，它们是另一个秦汉明。

"别这样坐着，不安全。"秦汉明唤醒苏晓月。

"啊！"只听见几声尖叫。后面的船夫使坏，横起一根桨片，往河中猛地一拍，一股水流被高高激起，打在了游客们身上。水湿了苏晓月的脸，又顺着脖颈打湿她的身体。秦汉明也是一头一脸的水。他看着她笑，伸过手，为她揩去脸上的水珠。苏晓月傻傻地看着秦汉明。那四位游客用手往后击水，他和她也加入复仇的队伍。船夫引火烧身，左躲右闪的，很快就成了落汤鸡。

"大家注意啦，小心点，双脚勾好，双手抓好，身子尽量后靠，要过险滩了！"掌舵的船夫大声喊。

水战告一段落，大家老老实实坐好。筏子冲进激流之中，先被浪花高高托起，又突然被重重摔落，一股强大的水流扑向筏子。又是几声尖叫，掺着裂帛般的笑声。

筏子冲出了险滩。

每个人都像刚从水里头拎出来。苏晓月的心怦怦乱跳。她的脸色一定很吓人。秦汉明很紧张，拍拍她的手，问："你没事吧？"

"没事。"苏晓月说，"真的好刺激！"

"我都有点紧张。"秦汉明笑自己，"我不会游泳，要是落水了，我怕自己变不了马兰花来救你。"

"我们都穿着救生衣啊。"苏晓月扮个鬼脸，"聪明一世糊涂一时！"

一条漂流船尾随而至。两船并行时，对面船上一位小伙子挑起新的战事。他拿着一只大水瓢，向秦汉明他们的这条船连泼两瓢河水。这条船上只有两根木桨，被一前一后两名船夫拿在手中。这两根桨，立刻被两名男游客抢在手中。秦汉明和苏晓月并肩作战。他们以双手为瓢，向"敌人"发起反攻。

混乱中，漂流船像一只无头苍蝇，在波涛起伏的河面上，时左时右，时东时西。

"危险！"船夫的警告还未落音，漂流船撞向一块大礁石。一位游客将手中的木桨使劲往礁石上一顶，漂流船呼啦一下旋开了。苏晓月一慌神，将秦汉明的手臂当作了安全绳。她抓住他的一只胳膊。漂流船呼啦啦地转着圈。她整个身子都倒在他身上。他伸出双手扶住她。一个大浪打来，他将她往船中间猛地一推。

185

苏晓月倒在船中央。出于本能，她顺手抓住了一个用来勾脚的绳套。

船夫们及时抢过木桨，将失去控制的漂流船划出漩涡。

"有人落水了！"

"快停下来！"

苏晓月惊魂未定，听到有人喊落水，才发现秦汉明不在船上。她爬起来，冲向船沿。她尖叫着，要船夫停下来去救人。船夫说：

"你看这船怎么停？不用急，他穿了救生衣，没事！后面马上就有漂流船过来，他爬上后面的船就行！"

果然，有一条漂流船向秦汉明驶去。他在水中时浮时沉，挥着双手求救。船儿慢慢地靠近他。船夫伸出双手，将秦汉明拉上了船。

苏晓月在岸上等着秦汉明。他搂住她的肩膀，笑着说："真过瘾！就是水温太低！"

苏晓月差点流泪："吓死人！你还过瘾！"

晚上，秦汉明拉着苏晓月去参加篝火晚会，看了几个少数民族歌舞。熊熊的篝火燃起来，激烈的摇滚乐响起来。苏晓月跃跃欲试。秦汉明说他不会跳舞。苏晓月不依不饶，硬是将秦汉明拉进扭来扭去的人群之中。

秦汉明手足无措。人们在他周围疯狂起舞。他像一个被吓傻的孩子。苏晓月拉着他的手。蹦蹦跳跳的，转一个圈，又转一个圈。他渐渐放松，跟着她扭动。

苏晓月舞着双手，苏晓月扭动腰臀。秦汉明说她像一条白蛇，柔若无骨。几名哈萨克族小伙子围过来，要与苏晓月对舞。苏晓月跳得太投入，没看到秦汉明被他们挤到了一旁。苏晓月秀发一甩，打个响指，身子一旋，大裙摆扬起如风中之荷。他们摇头晃脑，耸肩扭臀，吹着口哨为她叫好。

秦汉明忍无可忍。他后来对苏晓月说，那些人是草原上的狼，他们两眼放着光，而苏晓月浑然未觉。苏晓月真的太过投入。音乐和舞蹈，和秦汉明一样，令她着迷。

苏晓月跳得满头大汗,突然发现秦汉明不在身边。她从人群中钻出来，寻找他的身影。正着急，一只手狠狠攥住了她的胳膊。原来是秦汉明。

"吓死我了！"苏晓月拢拢散落到额前的头发，"我以为你扔下我不管了！"

"你还倒打一耙！"秦汉明苦笑，"明明是你扔下我不管！"

"好啦！"苏晓月撒着娇，"人家难得尽兴舞一回嘛！"

"那些小伙子不仅人长得帅，舞也跳得不错，是够吸引人的。"秦汉明边走边说。

"谁家的陈醋被打翻了！"苏晓月吊在秦汉明的脖子上。

"笑话！他们能和我比？"秦汉明打着哈哈。

"我的脚刚刚扭了一下，哎哟，疼死啦！你如果没吃醋，你就背我回去。"苏晓月耍起了赖皮，一左一右，摇着秦汉明的胳膊。

"我哪辈子欠你！"秦汉明弯下腰，苏晓月赶紧趴上去。

凌晨时，秦汉明被惊醒。苏晓月在哭着喊"妈妈，妈妈，你也不要我了吗"？秦汉明去吻苏晓月的眼睛，几颗泪珠长在她的睫毛上。苏晓月醒过来，一把搂住秦汉明的脖子："不许你离开我！"

秦汉明捧住苏晓月的脸："宝贝别怕！做噩梦了吧？"

苏晓月说："我又梦见我爸了！他躺在棺材里一动不动，我妈跪在地上，她往棺材盖上磕头，直磕得满脸是血！"

"我会一直陪着你，别怕，闭上眼，好好睡一觉！"秦汉明将苏晓月搂在怀里，轻轻拍着她的背。

吐鲁番的葡萄沟。秦汉明和苏晓月比赛吃葡萄。苏晓月一着急，差点噎着。秦汉明便主动认输，他说好男儿能屈能伸。苏晓月刚喘过气，又被他逗乐。他们故意落在团队的后面。苏晓月指指那一树马奶子葡萄。秦汉明纵身一跳，摘下一串。一颗颗，喂到苏晓月嘴里。

那一刻，苏晓月心里的甜蜜，其实与葡萄无关。

开往敦煌的火车卧铺上，秦汉明和苏晓月相拥而卧。苏晓月还在回味马奶子葡萄。她说：

"我舍不得离开新疆了。"

"见异思迁的家伙！"秦汉明刮她的鼻子，"难道你就舍得离开我！"

"当然不是。"苏晓月说，"你也可以留在新疆，咱们可以开一家小店。回去有什么好，永远都只能偷偷摸摸的。"

"是啊，开一家马奶子葡萄干专店，我专门卖，你专门尝。"秦汉明避重就轻，嘲笑苏晓月的馋。

"市长就不能卖葡萄干？"她对着他斜起眼睛。

"我知道，我现在不是什么市长，我只是某某名记的男朋友。"秦汉明凑着苏晓月的耳朵，并且故意在"男朋友"三个字上加重语气。

"本来嘛！"苏晓月说，"卖葡萄干有什么不好？最起码自己能吃到最好的葡萄干。"

"早点休息，明天去鸣沙山和月牙泉，到时候有你累的。"

"那你还不爬到你的床上去！"

"等你睡着了我就回我的上铺。"

床很窄，他们面对面紧贴一起，彼此的呼吸弄得他们心如猫抓。他吻住她，一双手开始不老实。她在他背上抓了一把，在他耳旁咬着牙说：

"天哪，这是在火车上！"

鸣沙山下。月牙泉如一枚碧绿的柳叶儿，静静地展开在沙漠之中。

秦汉明拉着苏晓月走到月牙泉旁边。秦汉明一屁股坐在沙地上，长舒一口气：

"好累！先坐一会儿。"

"才走多远就累了，待会怎么爬鸣沙山？"苏晓月觉得奇怪。

"都是你害的！"秦汉明一脸痛苦状。

"我害你！天哪！"苏晓月作晕倒状。

"我被你掏空了！你以为我是铁打的！"秦汉明一脸坏笑。

"你——"苏晓月羞得往前一扑。秦汉明没提防，仰头倒在沙地上。

又高又陡的山坡上，游客们一个接一个地在滑沙。不时传来兴奋的尖叫声。秦汉明爬起来，拉着苏晓月去滑沙。

要想滑沙，先得爬一道又高又陡的坡。他们脱掉鞋子，寄存后，光着脚丫去爬鸣沙山。沙子细细的，在脚掌下发出轻微的沙沙声。鸣沙山的沙子真的会唱歌吗？

一块又一块木板嵌在鸣沙山上，组成一条长长的梯。他拉着她离开木梯。沙子在他们脚下直往下溜。他们在沙海中徒劳挣扎半天，几乎原地不动。他将她拽回木梯上。

气喘吁吁。他们爬到坡的最高处。苏晓月仰头就睡。秦汉明挨着她刚躺下去，苏晓月突然坐起。

好美的景致！

四处黄沙。游客们浮在其上，如粒粒彩沙，五颜六色。一轮斜阳缀在沙漠的尽头，好比一盘巨大的黄色刨冰，边缘却卧了一颗熟透了的金钱橘。

"只是近黄昏，夕阳无限好！"苏晓月随口说出一句。

"虽然我没你有学问。"秦汉明坐起来，脸上带着调皮的笑说，"好像你把顺序给弄反了！"

189

"顺序换一下，意境就大大不同。"苏晓月说："美景良辰，不能太消极。你说呢，大市长？"

"咬文嚼字我怎么比得上你这个大记者！"秦汉明总是避重就轻。

苏晓月不说话，笑了笑，跪在沙地上，双手往秦汉明腿上扒沙子。秦汉明说：

"想活埋我啊笨蛋！"

"你才笨！什么叫沙疗你懂不懂？"苏晓月加快了扒沙的频率。

秦汉明猛地一下站起，抖落身上的沙子。他们去滑沙。她排在他前面。轮到她时，他却将她拉到身后。他说：

"我先试试，如果我安全到达，你再滑。"

秦汉明坐在长长的滑板上，身体使劲后倾，飞快地从沙坡上冲了下去。苏晓月心里痒痒的，恨不得立即追上他。工作人员取回她拿在手中的滑板。他们等秦汉明滑到了目的地，拿着滑板走得远远的了，他们才允许苏晓月坐上滑板。

风，呼呼地从耳边掠过；滑板，沙沙地飞一般往下冲去。苏晓月兴奋地啊啊大叫。秦汉明在下面大声喊：

"慢一点！"

苏晓月像一只矫健的苍鹰，滑沙的终点像那只吓呆了的小鸡。苍鹰一个俯冲，一眨眼的工夫，小鸡就到了苍鹰的脚下。

秦汉明迎上来，接过苏晓月手中的滑板，苏晓月说：

"我还要去滑！再滑一次！只一次！好不好？"

"太晚了，你就不想尝尝在沙漠上飙车的滋味？"秦汉明抛出另一个诱饵。

缀在沙漠边缘的金钱橘，已被夜色完全吞没。秦汉明租了一辆摩托车，载着苏晓月驶向沙漠深处。一位摩托司机在前面带路，他开得极慢。

苏晓月搂着秦汉明的腰说：

"使劲按喇叭，要他开快点！"

两辆摩托开始加速。突突的马达声撕开寂静的沙漠。新月如钩，将沙漠抹上一层淡淡的苍灰。摩托如一枚随时可以改变方向的子弹，射向一望无垠的荒漠。没有星星点灯，没有霓虹闪烁。地上除了沙还是沙，天上除了月还是月。苏晓月紧紧搂住秦汉明的腰。夜色茫茫的大漠，他是她唯一的依靠。

秦汉明把车开得飞快。带路的摩托车被甩到身后。他很快追上，大声喊道：

"不能乱跑！跟着我来！"

车子开上了一条竹排搭成的路，要爬坡了。两辆车先就加了速，一前一后，顺顺利利地冲上了一座小山坡。

三人下了车，带路司机坐在一旁抽烟。秦汉明和苏晓月手挽手往坡顶上爬。才走了几步，苏晓月就打起了退堂鼓：

"别走了，我怕。"

"有我在，你怕什么？"

"我——这里太安静了，除了我们，没有任何其他生命的迹象。"

"没有强盗没有猛兽，还有什么可怕的？"

"一个人走在沙漠里，就成了一颗小得不能再小的沙子，这种被淹没的感觉好可怕。"

"下午你还在感叹沙漠的美丽，晚上你就觉得它变成吃人的怪物了？"

"小时候我就不敢走夜路，我总是担心后面跟着什么坏人。"

"怪不得你在鸭嘴塘会被吓成那样！"

"想起来都后怕！"

191

"现在正好相反，你后面没有什么坏人，前面倒是走着一个大大的坏人！"

秦汉明说完，转身抱起苏晓月。一个圈，两个圈，三个圈，苏晓月的头都被转大。秦汉明也转晕了，他们一起倒在沙漠里。

两只嘴唇，慢慢，慢慢地，粘在了一起。

"嘟嘟——"摩托的喇叭声突然响起，秦汉明和苏晓月吓了一跳，一坐而起。原来是带路的司机。他已抽完了身上的烟，等得不耐烦，催他们下山。

上山容易下山难，沙漠也不例外。带路的司机再三交代秦汉明，要看清楚竹板路，要慢点开。秦汉明睁大双眼，双手紧握车头，小心翼翼往前开。

在一个拐弯处，车子有点打滑，秦汉明心里一紧张，来了一脚急刹。车子顿时歪向一旁，眼看着连人带车都得摔下。

秦汉明拼命扶住直往一边倒的车身，大声喊："你快下来！"

苏晓月跳下车子，来帮秦汉明扶摩托车。秦汉明着急地说："快走开！"

话音刚落，秦汉明连人带车倒在了沙地上。

司机将车停在下面，喘着粗气跑了过来。他将摩托车扶起，问坐在地上的秦汉明要不要紧。苏晓月鼻子一酸，眼泪啪啪地掉在秦汉明身上：

"只怕伤到了骨头！"

苏晓月跪下去，挽起秦汉明的一只裤腿。车灯照耀下，他的腿上血迹斑斑。

"没什么大事，破点皮而已。"秦汉明还在笑。

"你还说！都流血了！怎么办？这里又没有医生。"苏晓月擦一把泪，跺一下脚。

秦汉明放下裤子，拍掉沙子，扯扯裤边，好像什么事都不曾发生。

秦汉明说："这点小事还要麻烦医生，等下回宾馆弄点药擦擦就行。走吧。"

"要不我先送这位小姐下去，等会儿就来接你，行不行？"司机一片好心。

"不用了，我没事，还是我带她下去。你还敢坐我的车吗？"秦汉明对着苏晓月挤眉弄眼。

苏晓月破涕为笑："只要你敢开，我就敢坐。"

依然是单人房，双人床。苏晓月跪在床上，为秦汉明搽药。秦汉明仰天躺着，接着电话。好像与什么考察有关。他很兴奋。看得出是个好消息。

苏晓月起身，走进卫生间。她想起今天还没给家里打电话。每次出门，她每天都要向母亲报一次平安。以前是何美静要求她，她总以为苏晓月还是小孩子。现在是苏晓月不放心何美静，何美静正一天天老去。

何美静要苏晓月为陈志飞找份工作。苏晓月问陈志飞是谁。何美静笑着嗔道：

"瞧你这记性！就是宁阿姨的小儿子啊，你陈叔死了，他从广东辞了职回家奔丧，宁阿姨就这么一个儿子了，想留他在身边，昨儿个求我对你说。哎，陈志飞还是我的学生。"

"我知道了，等我回来再说吧。妈你真是的，成天操心这个学生那个学生，什么时候操心过你自己啊！"

"我这把老骨头有什么好操心的！你一个人在外面千万要注意安全！"

何美静真以为苏晓月是一个人出门旅游。

秦汉明站在卫生间门口，听苏晓月打电话。秦汉明问她给谁打电话。苏晓月说是给她妈。秦汉明没再问。秦汉明说，可能要提前结束旅程。

苏晓月点点头。秦汉明问她想知道理由吗？

"如果你高兴的话。"苏晓月搂住秦汉明的腰。

陈志飞比苏晓月小五岁，苏晓月从小不怎么和他玩，陈志飞整日挂着两线鼻涕，脸啊手啊成天都是黑一道黄一道的。陈志飞却喜欢跟在苏晓月和刘莲屁股后面，大着舌头说：

"月姐姐，莲姐姐，带我去捉知了吧！"

陈志飞长到六七岁，说话还不怎么利索，就像口里含了个茄子。刘莲没好脸色对他："走开！小屁股！谁陪你玩啊，我们要去扯猪草！"

刘莲母亲没有工作，在一块空地里砌了一座猪栏，喂了两头猪，刘莲每天放学都得扯一篮猪草回家。陈志飞用黑手捏住一线鼻涕，使劲甩往身后，巴巴地说：

"莲姐姐，我帮你扯猪草啊！"

只怕刘莲都不记得那个要帮她扯猪草的"小屁股"了。苏晓月从新疆回来的第一件事，就是亲自跑到新月娱乐城，要刘莲"再帮一次忙"。的确，刘莲的娱乐城里有不少员工是从同江煤矿出来的，其中就有好几个是何美静的学生。刘莲竟然还记得陈志飞，听说是他要找事做，刘莲忍不住笑：

"就是那个小邋遢鬼啊，都好几年没看到他了。晓月你真是了不得！你真会挑日子！"

"今儿个是什么好日子？"苏晓月不解。

"我正要招聘一个专职司机，对了，忘了告诉你，我买了辆沙漠王子。以后咱们可以自己开着车去旅游。"

"呵呵，你这是享受处级干部待遇。"在同江市，人人都知道秦市长的坐骑就是沙漠王子。他们不知道，那个坐"沙漠王子"的秦市长，差点成了"沙漠瘸子"。

"我自己挣的钱，爱怎么花就怎么花。陈志飞有没有驾照？"

"我妈说他十八岁就考了驾照，在广东还开过一年货车。不过，我想不通的是，你自己会开车，干吗还要招个专职司机，是不是钱烧得慌？"

"姐姐我高兴呗。说真的，我的车技实在不怎么样，那年搞桩考我硬是通不过，后来还是花钱买了个本本。"

苏晓月和刘莲见到陈志飞时，大吃一惊。都说女大十八变，这男孩子更是了不得，小脏鬼长成大帅哥了。那眉眼竟像极了古天乐，酷酷的，带着一点点坏，还有，一点点忧郁。

苏晓月临走时交代陈志飞：

"志飞工作要努力啊！莲姐是我的姐姐，也是你的姐姐，你可要绝对保证她的安全！"

陈志飞只是笑。这家伙，原来也会玩深沉。

刘莲搂过苏晓月的肩：

"行了！好像你是我们的姐姐似的！"

过了几天，于伟军打苏晓月电话，他有点公事要请马青云吃饭，想约苏晓月和刘莲一起去。他说：

"我们四个人还是朋友嘛！"

苏晓月不想去，她想刘莲也不会去。苏晓月说："你先约刘莲，如果她去，我也去。"

没过几分钟，于伟军又打电话过来："刘莲答应了。晚上七点水云间海鲜楼，到时我来接你。"

苏晓月不知刘莲葫芦里卖的什么药。以她的性子，她不会赴这样的饭局。

六点钟，苏晓月打刘莲手机，刘莲说她正从长源往回赶，估计会迟

195

到十来分钟，她要苏晓月先去。

于伟军开着学校的中华车来接苏晓月。

水云间海鲜楼门口，一长溜小车一字儿排着。保安领着于伟军找了车位。车泊好，苏晓月一下车就发现在旁边车位泊车的，竟是马青云。

刘莲还不来。苏晓月守着电视机不停换频道，不想参与那两人的话题。他们在聊秦汉明，上面马上要来考察了，现任同江市委书记将调去长源市任组织部部长，秦汉明要当市委书记了。他真的厉害，市长才当了多久，又要当市委书记了……

他们幸福的二人世界，就因为这件事，才提前结束行程。

只要一踏进同江市的土地，秦汉明就不可能是苏晓月的男朋友。苏晓月心如明镜。她从不奢望她和秦汉明会有什么结果。如果有了一个结果，那注定也只能是一枚苦果。秦汉明越是高升，她和他就得越加小心。爱情是脆弱的，而世俗的力量足以摧毁一切。她和他，永远都不想连累对方，永远都不想让对方成为众矢之的。

包厢门开了。服务小姐满脸职业笑容，侧身一让，刘莲款款走进。她的手挽着一个帅小伙的胳膊。那个帅小伙，苏晓月定睛一看，原来是陈志飞。白色的皮尔卡丹西装，紫红的金利来领带，脚上那双鳄鱼鞋黑得耀眼。好一个专职司机。果然是士别三日，当刮目相看。

气氛有点尴尬。这个刘莲，用新的伤口去掩饰旧的痛，总有女人这样傻。

马青云看起来无所谓。女人在乎的，男人往往不在乎。男人制造的暗器，将女人击伤。女人耗尽九成功力，从自己体内逼出那枚暗器，欲报仇雪恨。可男人怎会轻易被伤？暗器就算伤了主人，主人也会有解药自救。

唯有女人，才能懂得女人。而女人的解药，偏偏不是女人。

于伟军觉得陈志飞有点眼熟，一时又想不起是谁。刘莲大大方方介绍：

"我男朋友，阿飞。"

陈志飞过去握住于伟军的手，笑着摇了摇："于哥，我是陈志飞，也是何老师的学生，比你低几届。"

于伟军"哦"了一声："原来是你，瞧我这记性！你小时候是晓月和刘莲的跟屁虫。"

马青云起身走到窗台前，那个人又打电话来了。刘莲来之前，马青云就接过两次。马青云好像要刻意隐瞒什么，那人不依不饶，非得问个一清二楚。马青云最后生了气，对着手机吼了声：

"你要来就来，我怕什么怕！"

期间，刘莲与苏晓月谈笑风生，偶尔含情脉脉地瞅一眼陈志飞。

几巡白酒过后，气氛渐渐活跃。苏晓月与刘莲，每人一瓶酸奶，与他们的酒杯，温柔地碰。于伟军从副校长提为校长后，经常"酒精考验"，果然酒量大增。

但陈志飞很明显地无法融入那两个男人的谈话圈。他便和刘莲、苏晓月低低地说话。

马青云还是不显山，不露水。

包厢门又开了。这回不是服务小姐。

那个叫康雪莉的女人，脸凝寒霜，立在门口，一言不发。

马青云有点慌乱，他的修行原来亦不过如此。他强装镇定，反守为攻：

"你还真的来了，来了就进来坐，站在那里干什么？"

康雪莉眼里的刀锋芒毕露。如果没有这些锋芒，她的眼睛的确像极了苏晓月。

马青云以退为进，端起酒杯对着于伟军说：

"来，我俩再干一杯！"

康雪莉终于迸出一句：

"马青云！你这个骗子！"

康雪莉摔门而去。

马青云一饮而尽。

刘莲端着牛奶的手一抖，满满的一杯牛奶，不可能一丝不漏。割伤自己的利刃惊现眼前，那刀痕纵然结痂，亦会隐隐作痛。刘莲不知道，还有一把更加锋利的匕首，藏在真相的背后。那把匕首，就扎在苏晓月的记忆最深处。就算它已经生锈，她的记忆，却因此被割裂，永无愈合的机会。

苏晓月对刘莲说：

"我有点事，要先走一步，你们呢？"

刘莲的眼神里透着感激，苏晓月用心良苦，她不会不懂。

刘莲挽着陈志飞的手，从马青云的视线里骄傲地穿过。

"都走了。好，好。来，咱哥俩接着喝。"

"你的酒量，不错。来，再干一杯。"

"小姐，再上一瓶茅台。"

"喝！"

"今晚上高兴，要喝就喝个痛快！来，干了！"

"你们学校，那笔，下、下拨款，我，我保证到、到位。来，喝。"

"咱俩，是、是什么关，关系！不、不用客，客气。来，喝。"

"你说，你没、没醉，我，我也，没、没醉。接着，喝，喝。"

"其实，我、我对，对不，起你。"

"我说，说我，对、对不，起你。"

"我，马、马青云，不、不是个，东，东西。"

"我真的，不、不是个东，东西。"

"那次，我，真的，喝、喝醉了。"

"晓月，她，她不肯。我、我，我都干、干了，什么啊！"

"我喜，喜欢她。"

"你骂，骂得好。我，是、是个，畜、畜生。"

"你，打，打得好！"

"我怎么，怎么睡、睡地，地上来了？"

一个月后，于伟军约苏晓月去茶馆坐坐。苏晓月问有事吗。于伟军说，当然，很重要的事，必须要面谈。

苏晓月想不清于伟军会有什么重要的事，一定要当面和她谈。听于伟军的口气，好像心情有点糟糕。

又是月满西楼。苏晓月点了杯巴西咖啡。于伟军却要喝啤酒。

怎么啦？你好像有心事。

晓月，你告诉我，我还有机会吗？

你不觉得我们做朋友比做夫妻要开心？

你回答我。

我们都会找到更适合我们的人。

你找到了，是吗？

……

你决定了？

……

199

我曾经很对不起你，我太自私了。

一切都过去了。

我一直在等你，等你回心转意。晓月，我知道我很傻，我总爱往死胡同里钻。有些事情……我知道现在说什么都迟了。

我会记住你的好。

你还会像小时候那样，把我当成哥哥一样吗？

从小到大，我都当你是我哥。

你还会像小时候那样，喊我哥哥吗？

哥……

我衷心祝福你，晓月，希望你过得比我好。

谢谢哥。有合适的，你也别再拖了。

苏晓月要走了，于伟军帮她拦了辆的士，苏晓月上了车，车子很快绝尘而去。于伟军发了一阵呆，拿出手机拨了一串号码。

于伟军掏出钥匙开了门，从门后的鞋柜里拿出一双卡通绒拖鞋，那是苏晓月用过的，于伟军洗净晒干后，一直收在鞋柜最里头。康雪莉接过鞋子说，她的鞋你还没舍得扔啊。于伟军就笑，你穿正合适嘛。

两人似乎很有默契。于伟军说，你不洗个澡吗？

康雪莉虚掩着浴室的门。她刚洗到一半，于伟军一丝不挂地走了进来。

莲蓬花洒兀自喷云吐雾。两个赤裸的身体，如藤蔓紧紧缠绕。水珠害羞般四处飞溅，连它们，都不敢看那些缠绵，听那些呻吟。

一次澡，几乎将两人洗得筋疲力尽。

躺到床上时，那株连根连叶的藤蔓又恢复了原形。

你累了吗？

没有。

你和她离婚，就为了那桩事？

别老是提她，行不？

我为自己悲哀。我始终都是她的影子。

我连做影子的机会都没有了。

你忘不了她，又何必来招惹我？

你也忘不了他，为什么还要给我机会？

我恨他。

我更恨他。

你前妻是无辜的。其实最自私的人是你。

我知道。

你为什么要告诉我所谓的真相？你好残忍。我想自欺欺人都不可能了。

你错了，最残忍的，应该是马青云。

你以为和我在一起就能报复他？

你为什么不告诉那个叫刘莲的女人？

这件事，已经与她无关。

当于伟军和康雪莉用身体相互安慰的时候，苏晓月已回到家中，打开了手提。她好久没有上过网了，也不知那个男人现在过得好不好。

亲爱的苏老师：

这段时间我出了趟远差，很久没给你写信了，你过得还好吧？

其实也不是出差，我和那个女孩出去旅游了。我和她过了一段形影不离的美好时光。在那些日子里，我无时无刻不在祈祷老天，你就让时间停止吧！最起码，也要慢些，慢些，再慢些！

我曾经极力压抑自己对她的爱恋，因为不想打扰她平静的生活，也不想让自己的生活和工作受到更多的影响。我是一个很理智的人，我从没想到自己会为一个女孩子陷得如此之深。可现在，我已经无力自拔了。

前几天，我给妻子打电话，也不敢说得太直接，意思当然很明显，妻子是个非常敏感的人，她在电话里冷笑着说，你以为我是什么！你可以招之即来，挥之即去？要你离你不离，那只鸟早就不在那座山里唱歌了，你趁早死了心吧！想将我踢开，过你的好日子，哼，做梦吧你！

我还来不及说别的，她已经将电话挂掉。我再打，已关机。打家里电话，一直没人接，她肯定是把线给拔了。

我该怎么办呢？我真的一天都离不开那个女孩了。现在，我已经能够理解为什么有那么多人爱美人不爱江山。如果要我选择，我宁肯不要什么前途，只要能够和我心爱的人长相厮守就行了。我想为她买一枚戒指，却不知道什么时候可以送给她。如果我离不成婚，又怎么好意思送戒指给她呢？

你不会嫌我啰唆吧？

你看，我光顾着自己说得高兴，也该说说你的事了。你说你第一次婚姻失败，没有信心走进第二次婚姻。我看你太多虑了。你说你很爱那个男人，那个男人也很爱你。两个相互深爱着的人生活在一起，怎么会不幸福呢？你为什么不给他也给自己一次机会呢？

苏晓月将这封信看了好几遍，又将这个男人以前写的那些信全都点开看了一遍。她觉得这个男人与自己太过凑巧了。她刚离婚，他就给她写信。她和秦汉明约会了，那个男人也和那个女孩约会了；她和秦汉明出去旅游了，那个男人也和那个女孩出去旅游了……苏晓月越想越兴奋。她不敢肯定自己的猜测，为了证实这种猜测，她决定使出一招。

这天正好是周五，秦汉明已经打过电话来，说周六周日要在长源市开两天会，他下午就要赶去报到。他说他好想她，又要过两天才能看到她，真的难受啊！不过，他一有空就会给她打电话。苏晓月何尝不想见他，何尝不想接到他的电话？但她还是关了手机，给那个男人回信：

亲爱的朋友：

我真为你感到高兴！好羡慕你们的爱情，你遇到那个女孩，是你的幸运；那个女孩得到你的爱，更是她的幸运。衷心祝愿你们有情人能够终成眷属！

我的头突然有点疼，哎，一个人在家，又逢双休日，只怕我疼死在家里都没人知道呢。你说我可不可怜？不行，我支撑不住了，下次再和你聊！

对不起！

苏晓月将手机关了，躺在床上，脑海里全是过去的点点滴滴。酸的、甜的、苦的、辣的、眼泪、笑容、噩梦、热吻……她忍不住，又一次轻轻揭开手机盖。手机一直攥在她手心，即使关了机，她还是一直将它紧紧攥在手心。屏幕上，除了灰色，还是灰色，沉默的灰色。苏晓月的拇指按着那个开机键，只要她再用力一点点，灰色就不会再沉默。苏晓月在心里给自己鼓着劲，不能开，不能开，如果那个男人是他的话，她用不着等多久就能见到他了。她一边默念着不能开，拇指却不由自主在使着劲。她听到了开机的音乐声，心里一跳，赶紧重新按住开机键。她听到了关机的音乐声，还是舍不得将手机盖合上。就这样，一遍遍开机，再一遍遍关机。开机音乐，关机音乐，反反复复，让苏晓月觉得那一分一秒总算有了打发之处。

周六晚上十点多，苏晓月终于等到了敲门声。她赤着脚，飞奔过去。门一开，果然是秦汉明！秦汉明将门砰的一声关上，一把将苏晓月抱在怀里：

老天，你没事吧？

我好好的，会有什么事！

你怎么关了手机！电话一直打不通！我都快急死了！

你急什么啊？

你不是说你病了吗？

我什么时候说我病了？

你——谁让你在信里吓我的！你真是做得出来，还把手机给关了！

你才做得出来！我若不吓你一回，你还会故弄玄虚到什么时候！

宝贝，别生气了！我还不是看你那段日子太不开心，怕你糟蹋了自己的身体，这才想出写匿名信来帮帮你！顺便也让自己发泄一下。我信中那些话，除了和你说，还能和谁说去！你这个小坏蛋，从昨天晚上起就一直打不通你的电话，我又没带手提，不好跑出去上网，今晚一散会，就从朋友那里临时借了个手提，我想你有什么事会在信里说的，结果看到的是你一个人在家里病了。我手提都没关，就心急火燎往你这里赶，路上差点撞到护栏上！我明天上午八点钟还有很重要的会议，不能缺席呢，你这个坏蛋！

对不起，我以后再也不会这样了！你怎么自己开车回来？你的司机呢？千万不要开快车！我保证以后不会再吓你，也求你不要吓我……

秦汉明没让苏晓月继续说下去，他用他的唇堵住了苏晓月的话。又用他的身体与苏晓月的身体，交颈缠绵，互诉相思之苦。

第 五 章

　　县级报的撤办已成定局。同江市某些会议或活动，偶尔会"忘了"通知同江日报社的记者。前程未卜，同江日报社的编辑记者工作热情一日不如一日。尤其是记者们，没有人再主动出去抓新闻。反正没多少奔头了，不过是少领些稿费而已。若出去采访，别人问一句"你们报社不是不准办了吗"，记者们开始还解释几句，说要办到年底。问得多了，就一笑了之，不置可否。

　　秦汉明依然忙得脚不着地。隔三岔五地，他会自己开车，带着苏晓月去长源宾馆疯一个晚上。苏晓月无聊的时候明显多了，大多数时间，她就泡在新月娱乐城。刘莲和陈志飞公不离婆秤不离砣的，也不嫌苏晓月这个电灯泡。

　　同江日报社好久没有召开员工会议了。不知是谁心血来潮，要开一次"重要会议"，可能是冯社长，也可能是辜总编。杨主任打电话给苏晓月，要她务必在下午两点赶到报社会议室开会。

　　会议室的桌凳已经被人抹了一遍，绛红色的桌面上，残留着隐约的灰渍。冯社长先做了一番安抚工作，报社没了，大家都会有新的工作单位，而且很可能比报社还要好，大家安心工作，不要有什么顾虑。辜总编接着说，因为记者们的稿子越来越少，编辑部的压力越来越大。再怎

205

么样也不能空版啊。不能老拿自由来稿滥竽充数啊。《同江日报》的办报质量几十年如一日，我们不能自毁晚节啊。

他们的声音如一群渐渐飞远的蜜蜂。苏晓月全部的注意力，都到了会议室的玻璃窗上。

很老的窗子。木框似乎是黄色的，又似乎是黑色的，漆层早就剥落得差不多了。剩下的，也已经貌合神离，只要半点外力，它们就会落叶般飘零。玻璃好像只剩下一格。这剩下的一格，将外面的灰暗，分成两个不规则的梯形。上面的梯形更加灰暗，原来那里隔着半块玻璃，上面布满了灰尘。一只黑色的蜘蛛，吊在另一个空格中央，跳着孤单芭蕾。

冯社长突然点了苏晓月的名字。坐在苏晓月一旁的彭大鸣用手肘碰了碰苏晓月。冯社长说：

"苏晓月，你是记者部的得力干将，你要多跑几个单位，为报社排忧解难你也有一份责任。当然，你也不是白干，完成任务数以外的赞助款，你有百分之三十的提成。在座的各位都可以八仙过海，各显神通。我在这里表个态，给大家的提成，绝对说话算数，有什么责任，由我来负。"

苏晓月不解。彭大鸣对她使个眼色，说：

"散会后再告诉你。"

会议总算结束。门口来往了好几拨人，都要找冯社长。农业银行的、工商银行的、某某大酒店的、某某宾馆的，还有法院送传票的。他们都在对面办公室坐着。同江日报社即将解体，债主们无不忧心忡忡。他们的消息够灵通，若不是开会，他们很难将社长堵在报社办公室。这段时间，冯社长疲于应付，常常关了手机四处躲债躲传票。这些债，大多是陈年老债，落雨背稻草，将报社拆了卖，也还不起。冯社长除了躲，别无他法。

"记者节就要到了，你忘了吗？"彭大鸣对苏晓月说，"报社欠那么多债，冯社长想让我们去拉点赞助，欠大家的稿费、编辑费，还有，散伙时多少也得打发点散碎银子吧？这一切，全看咱们能拉多少赞助款了。报社就要撤办，这是我们最后一次过记者节，以这个名义拉赞助，哈哈，是个好点子呢。"

"报纸要保什么'晚节'，这些老记老编就可以不要'晚节'了？"不知是谁，突然从苏晓月背后冒出一句。

嗬嗬。苏晓月回头一笑，心里却在犯愁，她实在不想去求人，这和街上那些扯住路人衣服伸手要钱有什么区别呢？还提什么成，能完成五千块钱的任务就不错了。

苏晓月第一次出兵就大获全胜。那位法人代表很爽快，像苏记者这样的笔杆子，他最欣赏了，如果苏记者不嫌弃的话，以后可以分流到他们局里来，他们正好缺一个办公室主任。赞助款好说，苏记者想要多少？

苏晓月脸一热，她不好意思多说，说少了又觉得可惜。

两千够了吗？局长主动说了个数。苏晓月忙不迭点头。如果照这样推算，再找两三家单位，她的任务不就完成了？

没想到第二次会大败而归。

那位局长伸出三根手指，触了触苏晓月伸过去的手。

"你们报社早就该撤了。"局长一语惊人。

苏晓月僵着一脸笑。

"你们这些记者，经常不分青红皂白，好多事情，不去核实一下就登在报纸上。你们那些编辑，哼，我们花钱登的稿子，竟然和殡葬改革的通告放在同一个版，死人的东西还放在我们的上面。什么水平嘛，说起来我就来气。要不是你们乱搞，我们单位就不会出事了。"

苏晓月真想转身就走。她也写过关于这个局的批评稿，当时要找这位大局长核实情况，他却避而不见。没想到他还记着那笔账。说来也巧，他们局里买了半个广告版，刊登他们"骄人"的工作成就。没办法，只要出钱，广告部就会给他们版面，帮他们往脸上"镀金"。恰好当时市民政局有一个关于殡葬改革的通告，也是半个版，这半个半个的，正好凑一个整版。没过多久，这个局组织职工出去搞什么活动，结果途中出了车祸，一死三伤，死了的那个，据说还是局长的亲戚，进的就是同江市新建的殡仪馆。

局长又说："你们要过什么记者节，我们也不计前嫌，就给你们三百块钱。你明天再来找财务人员，明天没有钱，后天再来。有钱自然要给你们。三百块钱，也不少了，街上那些擦皮鞋的，要擦三百双鞋才赚得到。你只多跑几趟路，就能赚三百块钱。这是在捡钱呢你知不知道？你们这些人，只要有钱给你们，多跑几趟路算什么……"

苏晓月咬着嘴唇掉头离去。

晚上，秦汉明接苏晓月去长源。苏晓月坐在副驾驶座上，一言不发。秦汉明问她怎么不高兴，苏晓月嘟着嘴说：

"待会儿再告诉你。"

秦汉明哈哈地笑："谁有眼无珠，竟敢得罪苏大记者？"

"你还说。"苏晓月撒着娇。

长源宾馆某单人间。洗了两次澡后，秦汉明将怀里的苏晓月搂紧了点，问："宝贝，什么事惹你生气了？"

苏晓月一口气说出了第二次出兵的遭遇。讲完了她又后悔，她说：

"其实那个局长只是说得过分了点。"

秦汉明拍了拍苏晓月的头："嘿，你怕我给他小鞋穿啊。要是那样，我连你的肚量都比不上了。你们冯社长也真是的，出的什么馊主意，要让我的宝贝去受这些委屈。"

苏晓月伸手去挠秦汉明的胳肢窝："看你还敢笑话我！"

两人在床上滚来滚去的，好一阵嬉戏。

第二天上午，苏晓月接到那个局长的电话，他一个劲在电话里道歉。他说昨天心情不好，请苏记者大人大量。吴秘书刚给他打过电话，他才知道报社真的要撤了，这记者节嘛，又是最后一个，应该支持，应该支持。他们会计已经开好了一张三千元的现金支票，辛苦苏记者亲自去拿一下。

苏晓月胃里一阵翻腾。

一个市长秘书将他吓成这样，那个局长，原来不过是银样镴枪头。

十一月八日下午，同江市的新闻工作者济济一堂，参加一年一度的十佳记者颁奖大会。轮到苏晓月上台领奖时，秦汉明依然程式化地递过荣誉证书，握手、祝贺，没有丝毫破绽。苏晓月也微笑着道谢。

聚餐时，《同江日报》这几桌气氛接近壮烈的程度。最后的晚餐啊，同志们，干杯。又有人反对这种说法：最后的晚餐，多不吉利，好日子长着呢。接着有人接过话茬：是啊，是啊，明天会更好，来，为了明天更美好，我们干杯！

苏晓月喝了点啤酒，脸若桃花时，那双凤眼更加顾盼流转。彭大鸣斜起眼睛问她："晓月，你怎么哭了？"

苏晓月嗬嗬地笑："喝多了吧你？"

彭大鸣梁山好汉般仰天大笑："此时不醉，更待何时？"

同江电视台那几桌也挺热闹。其中有一个女孩子，一副很自豪的样子，酒杯碰得叮当响，笑起来前俯后仰的，很是惹人注目。她身穿一件紧身橙色毛衫，袖子却撸到了肘关节处，露出两截莲藕般的手臂，左手手腕上还环着一串细细的铂金手镯。她叫郝思琳，她在酒桌上的行为举止，除了没坐到桌上去，其他均与曹雪芹笔下的尤三姐相差无几。苏晓月曾与郝思琳一起采访过，但相互之间只是客气地笑笑，并没多少言语交流。

吃完饭要去靓歌坊唱歌。苏晓月想途中开溜，被眼尖的冯社长一把逮住：

"爆米花，哪里逃！"

酒后的冯社长与平时的不苟言笑判若两人。他接着说："秦市长的舞跳得那么好，只有你才是他的对手。"

苏晓月无语而笑。

靓歌坊大厅。投影已经打开，正放着那曲《爱我的人和我爱的人》。苏晓月环顾左右，没看见秦汉明。她正纳闷，冯社长径直向她走来，牵着她走进了舞池。冯社长说：

"你是我们报社的形象代言人，在这样的场合，你更要拿出你的看家本领来，不能让电视台那帮人占了上风。"

苏晓月尽管心不在焉，却还保持着应有的风度，没有东张西望地去找秦汉明。没想到刚进舞池不久，就听到耳边滑过一串夸张的笑声。那个熟悉的影子就在前面，他的怀里，搂着蛇一般的郝思琳。

冯社长一直说个不停。他到底说了些什么，苏晓月一句都没听清，苏晓月的脸上始终带着浅浅的笑。她的心，却不知飞到哪里去了。

一首老掉牙的情歌响起来。郝思琳一手拿一只话筒，娇滴滴地说："我想请秦市长合唱这首歌，不知有没有这个荣幸？"

秦汉明含笑接过郝思琳手中的话筒。明明白白我的心，渴望一份真感情。郝思琳唱得声情并茂，没想到她也能歌善舞。她还能将酒喝得风情万种。苏晓月极力克制心中的酸意。这时，姜寒林向她走来。

"我们俩也来对唱一首怎么样？"姜寒林搂在苏晓月腰上的手略略加了把劲。

"行啊，你点就是。"苏晓月正有此意。

"你会唱什么情歌？"

"你会唱的我都会。"

"真的？我会鸟语，你会吗？"

"鸟你的头。"苏晓月忍不住笑了。

秦汉明其实早就看到了苏晓月，苦于脱不得身，一直没机会和她说上话。这个郝思琳，竟敢将市长的军。漂亮女孩子就是这样，她们天生就会将男人的军。瞧姜寒林眼也不眨瞧着苏晓月的样子，秦汉明唱歌的兴致都减了许多，然事关市长形象，他也只好唱得声情并茂。掌声一阵盖过一阵，没有跳舞的人，就坐在那里寻找合适的时机，鼓掌或者叫好。

这个姜寒林，他果然点了一首粤语对唱。相思风雨中。人海里漂浮辗转却是梦，情深永相传飘于万世空。姜寒林不仅唱得很煽情，还一本正经地对着苏晓月作深情款款状，苏晓月对此视而不见，自顾自地沉浸在歌曲的忧伤之中。两人一冷一热，惹得四周的观众又是鼓掌又是吹口哨。

秦汉明还没找到合适的机会与苏晓月同歌共舞，他不好太主动。偏偏那个郝思琳好像吃定了他似的，又是请他共舞又是请他同唱。这不，她又笑眯眯地拉他去唱《知心爱人》。秦汉明不忍拂她的美意，再次接过她手中的话筒。

苏晓月点了一首《恰似你的温柔》，她半眯着双眼，唱得很投入。秦汉明听得入了迷，不小心踩了女伴一脚，女伴是电视台的一名女主持，看起来很温柔。秦汉明刚要开口道歉，她先就柔柔地说：

"对不起，我乱了步法。"

温柔没被掐死，反被激活了。苏晓月走向座位时，秦汉明半路截住了她：

"苏记者，能否赏脸跳支舞？"

苏晓月的表情在镭射灯下变幻莫测。秦汉明没等她吭声，乐曲一响，就将她拉进了舞池。

"当市长很过瘾嘛。"

"瞧，小肚鸡肠了不是？你不也一样？"

"你喜欢逢场作戏吗？"

"你说到哪里去了？我也是不得已。你不是也玩得挺开心？"

"我想大度点，可我做不到。"

"我也一样在乎你。别胡思乱想了，今晚去长源，我好好慰劳慰劳你。"

"太晚了吧？何必这么辛苦？"

"不晚不晚。一个小时的车程而已。为你辛苦点，值。"

秦汉明将车开到了一百四十迈。他手握方向盘，口里还哼着歌。苏晓月说，什么事把你乐成这样！秦汉明说，和你在一起，我觉得自己起码年轻了二十岁！

那你不就成了未成年少男？苏晓月故意抬杠。

是啊，先让你过过嘴瘾，等会儿你就知道我的厉害了！秦汉明一踩油门，车子更快了。

房门一关上，秦汉明抱起苏晓月，一把将她扔到了床上。秦汉明扑上去，苏晓月左躲右闪："你跳舞跳得一身的汗，先去洗个澡吧！"

秦汉明要拉着苏晓月一起洗鸳鸯浴。苏晓月推开他："别闹了，我给手机充一下电，你先去洗。"

洗手间里传来哗哗的水声。苏晓月从背包里掏出手机和充电器，她好像听到了蜜蜂嗡嗡的叫声。声音源自床头柜，原来是秦汉明的手机。

苏晓月拿起一看，来电显示为"郝思琳"。苏晓月拿起手机欲往洗手间去。刚走两步，她又折身返回，将手机扔在床上。

苏晓月坐在手机旁，看着手机在被子上发着抖。抖了一会儿，手机静下来。苏晓月正欲起身，手机又开始发抖了。这次只抖了一下。原来是一条新短信：

"明明白白我的心，渴望一份真感情。"

发件人：郝思琳

苏晓月咬紧银牙，手机在她手心里又抖了一下。

"你知道我在等你吗？"

发件人：郝思琳

秦汉明围着白浴巾走过来。苏晓月递过手机，装作若无其事：

"有人在等你，未必你不知道？"

秦汉明莫名其妙接了手机，看着看着就笑起来：

"这些女孩子，胆子真够大，开玩笑也不看看是和什么人。"

苏晓月小脸一沉："你倒是推得干干净净。"

"不过是几句歌词。"秦汉明轻描淡写，"人家开玩笑的，你当什么真啊傻瓜！"

苏晓月正要再说，秦汉明的手机又震动起来。

"是小郝啊。"秦汉明说，"找我有事？"

苏晓月嘟着嘴坐在一旁。

"对不起，我没收到什么信息。对，对，我正在商量个事儿。好，就这样吧。再见。"

秦汉明挂了电话，将手机重新放到床头柜上，回头见苏晓月满脸不高兴，便在她鼻子上刮了一下："哎呀，打翻宝贝的醋坛子了……"

手机很不识时务，又在那里抖了起来。真是要命，秦汉明赶紧起身去看，果然是郝思琳的手机号，还没来得及看内容，苏晓月从背后搞偷袭，一把就将手机抢了过去。秦汉明不知郝思琳又发来什么话，如果再让苏晓月看到，就真是跳到黄河都洗不清了。秦汉明左手将苏晓月搂在怀里，右手想去夺回手机。这不是做贼心虚吗？苏晓月一边恨恨地想，一边拼了命地攥住手机。争抢之中，手机从苏晓月手中跌落在地。只听"啪"的一声，两人都吓了一跳。

秦汉明松开搂住苏晓月的手，他没去捡地上的手机。苏晓月直着眼坐在那里，两人都不说话。过一会儿，秦汉明起身，坐到茶几旁，闷着头，一根接一根地抽起烟来。

夜已深，秦汉明仍然坐在茶几旁，烟灰缸里挤满了烟头。苏晓月已经缩进了被窝，一头栗色长发，散落在洁白的枕头上。

抽完最后一支烟，秦汉明将烟屁股戳在烟灰缸里，用力拧了几拧。他站起来，捡起手机，仍放在床头柜上。苏晓月一直侧身对着墙睡。秦汉明坐在床边看了她许久。她一动不动。秦汉明将双腿慢慢移到床上，也侧过身，背对着她，躺下去。

这是从未有过的事情。只要和苏晓月在一起过夜，秦汉明必定要搂着苏晓月才能睡得着。而这时，秦汉明背上的肌肤仿佛长满了触角，每一根触角都在捕捉来自苏晓月身上的信息。

苏晓月的背在微微耸动。

秦汉明感觉到了，他连忙侧过身来，想将一只手臂从苏晓月的脖子下面伸过去。苏晓月将半张脸压在肩膀上，不让秦汉明的手臂有空可钻。秦汉明伸出另一只手，想将苏晓月的身子扳过来，苏晓月使劲拧着。秦汉明叹口气说：

"你这又何苦！"

苏晓月的背耸动得更加厉害。秦汉明两手并用，一使劲，苏晓月被他扳过身来，搂进了怀里。苏晓月松弛下来，拱在秦汉明怀里嘤嘤地哭。秦汉明用吻止住了苏晓月的哭泣。两人用舌头代替语言，缠绕着，追逐着。秦汉明一把扯掉身上的浴巾，然后，像剥春笋般去脱苏晓月的衣服。一层壳，又一层壳，直到那根白玉般的身子完完全全呈现在他眼前。

秦汉明跪在苏晓月身体旁边，伸出双手，从额头开始，轻轻抚摸苏晓月，他的眼睛里闪烁着奇异的光芒，仿佛，他正在抚摸的不是苏晓月，而是一个令人难以置信的梦幻，美轮美奂得令他舍不得眨一下眼。仿佛，他一眨眼，这个美梦就会逃得无影无踪，永远不再出现。

亲爱的，苏晓月喃喃着。在别人面前，她喊他秦市长。在他与她的世界里，她只能喊他亲爱的。亲爱的，苏晓月说，抱紧我！

你冷吗？你要是冷，我将空调再开大点。秦汉明话是这么说，手却依然随着眼睛往下抚摸着苏晓月。

我不冷，我怕你冷。

傻瓜！我现在是一团火。我只想好好看看你！

你才是傻瓜！又不是没看过！只要你喜欢，我让你看一辈子！

秦汉明抚摸着苏晓月，从头发，一直到脚趾头，然后，伏下去，用舌头代替手。苏晓月发出一声轻微的呻吟。秦汉明越往上吻，苏晓月的呻吟声越大。秦汉明喃喃着，宝贝，我的宝贝。苏晓月喃喃着，亲爱的，亲爱的，亲爱的。秦汉明吻到苏晓月的嘴唇时，苏晓月捉住了他的头，不许他的唇再游离。

秦汉明吻到了一股咸与涩。他说，宝贝，你怎么哭了？我弄疼你了吗？

不是的不是的。苏晓月哽咽着说，不许你爱别的女人！不许你离开我！

傻瓜！除了你，我哪里还有心思去爱别人！我又怎么舍得离开你！乖，今后不许和我生气。

我要你永远爱我！

我永远爱你，至死不渝！

苏晓月急忙用嘴去堵秦汉明的唇。

颠鸾倒凤之后，两人都已精疲力竭，沉沉睡去。

"妈妈！妈妈！"秦汉明被苏晓月的哭叫声惊醒。他抱紧苏晓月，轻轻抚着她的背，喊着她的名字："晓月！晓月！"苏晓月睁开眼，泪汪汪地说："我又看到爸爸躺在棺材里，妈妈跪在地上，磕出一头的血……"秦汉明吻干她脸上的泪水，动情地说："你好久没做这个噩梦了，是我不好，惹你生气才这样的，对不起！"在秦汉明的安抚下，苏晓月终于睡着了。

苏晓月睡着了，秦汉明却难以入眠。他不敢太翻身，怕吵醒苏晓月。他很少失眠，这一次不知怎么了。直到窗帘开始变亮，他才迷迷糊糊的，正要睡着，手机却响了起来。他的心咯噔一下，以为又是那个郝思琳，想想又觉得不可能是她，他赶紧坐起来接电话。

青岗煤矿发生瓦斯爆炸，二十名矿工被困井底，估计凶多吉少。秦汉明额头上冷汗直冒。二十名矿工、青岗煤矿，有几个秦汉明，能担当起这个责任？当初，青岗煤矿证照未办齐时，长源市龙书记打电话给自己，要求先生产再说。秦汉明顶住不少压力，默许青岗煤矿在开始生产的同时，抓紧办好办齐有关手续。秦汉明千叮嘱万叮嘱那里的矿主们，千万不能在安全生产上出任何娄子。他们都是胸脯拍得震天响。如今，他们逃的逃，躲的躲，扔下那个烂摊子，让秦汉明如何收场？秦汉明又如何收得了场？他不能将龙书记拖下水,龙书记也不可能给他这个机会。

苏晓月已经醒来，她看了看自己的手机，还不到七点。秦汉明催她赶紧穿衣服，他自己一边胡乱往身上套衣服，一边打电话。最后习惯性拿起领带时，他想都没想，一把扔进了废纸篓。

秦汉明说，你把安全带系好。因是早晨，路上没什么车，秦汉明一路将车开到了一百六十迈。苏晓月感觉自己像一支利箭，嗖嗖地直往前蹿。苏晓月想让他慢点开，但一看他恨不得飞起来的决绝模样，又将话咽回肚里。

沉默中，秦汉明突然说，如果我有什么事，你要照顾好自己。

你能有什么事？苏晓月差点哭了，瓦斯爆炸不是你的错。

我难辞其咎，我有心理准备，你要照顾好自己。

你别胡思乱想了，好好开车，不管发生什么事，我永远在你身边！

手机又在震动。秦汉明一只手握着方向盘，一只手接听电话。安监局局长说，青岗煤矿残留瓦斯浓度很高，救援工作暂时无法开展。秦汉明吼着：你是安监局局长，你给我想办法，救出几个算几个！

前面有车！苏晓月一声惊呼。这是一个拐弯处，秦汉明并没减速。当他看到那辆大货车时，两车已经如两块磁铁，马上就要紧紧吸在一起了！秦汉明扔了手机，双手握住方向盘，下意识往左一打，紧接着，又立刻往右猛打一把……

苏晓月抱着头惨叫一声！

世界，在刹那间杳无声息。

苏晓月醒来时，她以为自己坐在奈何桥上。她不相信自己还能活着。她的眼睛被鲜血糊住了，她一摸额头，黏糊糊的。疼痛从四面八方袭来，那种疼痛，不像是在梦中。苏晓月努力睁开双眼，她听到有人在耳旁喂喂地叫喊。

不是秦汉明，不是她的亲爱的。那是一张陌生的脸孔，在破碎的玻璃那面，如一条缺氧的鱼，奇怪地张合着嘴。苏晓月慢慢扭过头来，她看见了秦汉明，就在她伸手可及之处。他蜷缩在座位上，他的头变得五颜六色。黑的头发，白的碎玻璃，红的鲜血。苏晓月抱着他的头，她大声地哭，大声地喊，秦汉明一直耷拉着头，任凭他的血和着苏晓月的泪，滴滴答答，流啊流。

救护车终于来了，苏晓月已经昏倒在副驾驶位上。

警车紧随其后。那辆沙漠王子，那块特殊牌照，一时惊动了不少人。

有人说，真是奇怪，哪有这样开车的。

有人说，那女的命不该绝，换了其他人开车，她必死无疑。

有人说，这人也真傻，方向盘往左一打，顶多受点轻伤。

有人说，他开始是往左打了一把，接着又往右猛打了一把，你看这刹车印。左边那车门，都挤成那样了……

有人说，那男的是同江市的市长呢，这是他的专用车。

有人说，听说这女的是同江日报社的记者？

有人说，是的，没想到他们俩会有一腿……

这一切，秦汉明听不到，苏晓月也听不到。他们已被火速送到了同江市人民医院。

青岗煤矿瓦斯爆炸，消息很快报到了省里有关部门。陆清风在上班路上便接到报社通知，跟着省里有关部门的领导立刻赶往同江市。刚到青岗煤矿，又听说秦汉明市长和一名女记者一起出了车祸，现正在人民医院抢救。陆清风一个哆嗦，他叫了辆车，直奔同江市人民医院。

市长、女记者、车祸，这三个关键词连在一起，其轰动性效应，可想而知。伤心的、看热闹的、抢新闻的，同江市人民医院和青岗煤矿一样，挤满了各色人等。陆清风气喘吁吁，总算来到了二楼抢救室门外。他没有看到那个让他又爱又恨的女人，却看到了那个女人的母亲。想必是她母亲，眉眼那么像，神情那么悲戚。

陆清风当然没有看错，那个人的确是苏晓月的母亲。她已经不能站立，甚至连坐稳都不能。刘莲和于伟军一边一个扶着她，坐在那排浅绿色的凳子上。三个人的眼睛都是又红又肿。

刘莲哭着对何美静说：何老师，您放心吧，晓月一定会没事的！医生说了，她只是暂时昏迷而已！您要是心里难受，您就大声地哭出来！大声哭出来了，您就会好过些。

何美静还是神情呆滞，她那张脸，如果没有眼泪一直在那里流，和木雕或石雕已没什么区别。她只是偶尔擤擤鼻子，如果不擤一下她就不能再呼吸了。除了擤鼻子，她就一直那么安静地坐着。她的头，歪在刘莲肩膀上，她的泪，早将刘莲的肩膀湿透。

于伟军的表情和何美静的差不多。不同的是，他已经控制住了自己，他的眼泪，只在他的心里面流啊流。这个该死的女人！她真的是该死！可她不能死啊，千万不能死啊。他恨她，他恨死了她！他要当着她的面说出这句话。她不能死，如果她死了，他对谁去说这句话？她坚持要和自己离婚，原来是为了另一个男人！他白白爱了她这么多年！他以为自己还有机会，他还以为她总有一天会回到自己身边！他要她像小时候一样喊他哥哥，其实是想多有些借口找她，他哪会只想做她哥哥，他只想要做她的爱人！

陆清风站在那里，心里默默为苏晓月祈祷。许久。他转身到三楼抢救室门外，人更多。陆清风看到了许多熟悉的面孔，有市里一些领导，有几个原来的同事。大家都是一脸肃穆，碰到认识的人，只是点点头。

秦汉明伤得比苏晓月严重许多，同江市委书记还没有离任，他正在青岗煤矿指挥救援工作，不能赶来医院，他早已在电话里给医院下了命令：不惜一切代价抢救这两个人，无论如何要保住他们的性命。

第二天，苏晓月没醒，秦汉明没醒。

第三天，苏晓月没醒，秦汉明没醒。

第四天，医生对何美静说，你女儿已经没有生命危险，她只是头部受了点外伤，没什么大碍，但她还在昏迷之中。她的各项生命指征都很正常，之所以还会昏迷，与她本人的意志力有关系。有可能是她自己根本就没有求生的欲望，你在这里和她多说说话，多抚摸她，看能不能刺激她早点醒过来。

就这三四天工夫，何美静的头发全白了。从听说女儿出车祸的那一刻起，她还没有大声哭过。她不相信女儿会丢下她一个人不管，女儿这么孝顺，怎么会舍得丢下自己不管？所以，尽管她无法控制自己的眼泪，却一直不曾哭出声来。她怕苏卫国在九泉之下听到了伤心，她怕女儿在病床上听到了伤心。可现在，她再也忍不住了！女儿怎么会不肯醒来！她的女儿怎么会不肯醒来！她那孝顺的女儿怎么会不肯醒来！

何美静扑到苏晓月身上，号啕大哭。刘莲两只手都扶着她，任由眼泪在脸上恣意流淌。于伟军心里的泪终于涌了出来。他在祈祷，他在默念：只要苏晓月肯醒过来，他决不会再恨她半点；只要苏晓月肯醒过来，要他做什么都行。

苏晓月头上缠着绷带，何美静不敢碰她的头部。何美静用力摇着苏晓月的肩膀，她的声音几乎是号叫了：你为什么不肯醒？你为什么不肯醒！你这没良心的东西！我好容易把你养这么大，你就这么狠心！你和你爸爸一样狠心！呜呜呜！你要是不肯醒，我也死了算了！

刘莲的哭声更大了。她的何老师从未如此失态，她的晓月从未如此绝情。刘莲怎会相信苏晓月是自己不肯醒来。就算是她自己不肯醒来，她若听到了这么多人为她伤心欲绝，她也要醒过来啊。苏晓月是那么善良，苏晓月是那么善解人意，她怎么舍得让亲者生不如死？

于伟军紧紧盯着苏晓月的脸。她好像是睡着了，她怎么会睡得着？

他不相信她真的睡着了，他更加不相信她会不肯醒来。何美静在用力摇着她的肩膀，边哭边摇边骂。刘莲在一旁一个劲地哭。于伟军不能和她们一样放纵自己，他必须盯紧苏晓月，他不能让苏晓月在他眼皮子底下逃走。他不相信他就这么眼都不眨地盯着她，她会逃得掉？

于伟军紧紧盯着苏晓月的脸。何美静还在边哭边摇边骂。于伟军感觉苏晓月的脸有了变化。原本是睡熟了的样子，很平静的样子，可现在，他发现她的眉头皱了起来，好像很不舒服，就像以前她头疼时一样。于伟军凑近苏晓月的脸，他简直不敢相信自己的眼睛，有两行泪，正从苏晓月的眼睛里缓缓流出！

冥冥之中，仿佛有人在操纵着于伟军。于伟军对着苏晓月的耳朵大声喊道：你还不醒来！他没有死，他等着你去照顾他！

于伟军哪里会白白爱苏晓月这么多年！他心如明镜，知道此时的苏晓月，最需要的刺激是什么。

何美静和刘莲都被于伟军吓了一跳。两人停止哭泣，于伟军却哭出声来了，他指着苏晓月的脸，嘶哑着嗓子说：她醒了！你们看，她醒了！她在流眼泪！

何美静重新扑到苏晓月身上，她将自己的半张脸紧紧贴在女儿脸上，又伸出一只手去擦女儿的眼泪。而她自己的泪，却一行接一行地流在女儿脸上。何美静激动得一句话都说不出来。苏晓月彻底醒了，白，白，如此晃眼的白。她重新闭上双眼，轻轻地说：妈！对不起！

何美静抬起头，伸出双手为女儿擦去眼泪，哭着说：妈妈不能没有你！你要知道，妈妈不能没有你！

他在哪里？我要去看他。苏晓月睁开眼，她看到了刘莲，看到了于伟军，她记起刚才那句话是于伟军说的。她的眼睛盯着于伟军，又说了一遍：哥，他在哪里？我要去看他。

苏晓月喊于伟军哥，何美静和刘莲有点奇怪，想想又不觉得奇怪。在他俩结婚以前，苏晓月一直喊于伟军哥。何美静和刘莲都盯着于伟军，她们真的不知该怎么做，是答应苏晓月？还是不答应？秦汉明已经做了开颅手术，仍在昏迷之中，被送进了重症监护室，家属都不许进去。苏晓月怎么可以进去看他？

　　于伟军说：我背你去吧，他在重症监护室，你只能从门外看看。

　　于伟军将苏晓月扶起来，抱到床边。他蹲下去，像曾经无数次那样，蹲下去。何美静和刘莲扶着苏晓月，于伟军反手搂紧苏晓月的双腿。慢慢站起，慢慢走出去。

　　重症监护室门外，吴秘书坐在一个中年女人身旁，一言不发。那女人像一个发了酵的面团，惨白，浮肿。于伟军背着苏晓月朝他们走去，何美静和刘莲跟在后面。于伟军对吴秘书说：对不起，晓月想看看秦市长，就站在门外看一眼。

　　那个女人看到苏晓月头上的绷带，突然起身冲过来，雨点般的拳头砸向苏晓月。于伟军背着苏晓月左躲右闪，用自己的身体挡住女人的拳头。女人歇斯底里地尖叫着：你还我老公！你这个婊子！你还我老公！

　　何美静冲过去，她几天没吃什么东西了，天知道她怎么会有那样的力气，那样的速度。她抱住那个女人，女人狂怒之下，对着何美静又抓又咬又踢，何美静随那女人怎么折磨她，她只是紧紧抱住那个女人。刘莲想要掰开何美静的手，却怎么都掰不开。吴秘书站在一旁干着急，他怎么敢去阻挡市长夫人的发泄？

　　何美静拼命抱住那个女人，她说：对不起！你要打就打我吧！你要骂就骂我吧！只求你放过我女儿，她已经够可怜了！我只有她这么一个女儿！我只有她这么一个亲人了！

　　苏晓月在于伟军背上哭着喊：妈！妈！

几名护士从监护室里出来，喊道：请你们保持安静！这里是医院！

　　女人的身体一下瘫软了。何美静想扶住她，没能扶住，结果两人都倒在了地上。刘莲和吴秘书连忙蹲过去，将地上两个精疲力竭的人扶到凳子上。

　　于伟军走到重症监护室门前，门关着，透过门上那块玻璃，苏晓月看到，她看到了她的爱人。身上插着一根又一根管子，头上还戴着一个大帽子。这是她的爱人吗？这就是几天前还和她在一起疯狂缠绵的爱人？

　　为什么，她醒来了，他却还不醒来？

　　她要赶快好起来，她要等着他醒来。他不能没有她。母亲不能没有她。她还有好多事情要做，她必须赶快好起来。

　　苏晓月没有再哭。从这一刻起，她要更加坚强。

　　我们回病房吧。苏晓月说。

　　于伟军知道，那个倔强的苏晓月活过来了。

　　又过了一个星期，于伟军开着车来接苏晓月出院。

　　何美静和刘莲在收拾东西，书、毛毯、衣服、毛巾，没吃完的水果，各种营养品，还有一只大保温瓶。这几天，那只大肚黑砂锅重新发挥了作用。于伟军每天早晨四五点起来熬汤，再用保温瓶装好，上班前送到苏晓月病房。何美静抹着泪对他说，伟军，难为你了！于伟军笑着说，您老人家别这样，晓月是我妹妹，哥哥对妹妹好是理所当然的。

　　何美静和刘莲还在收拾东西。于伟军对苏晓月说：我陪你去看看他吧。

　　苏晓月坐在床上，垂头瞧着自己的脚尖。她的声音有些异样：哥，对不起……

　　别说了，走吧。于伟军去拉苏晓月。她抬头，眼里泪光闪烁：哥，谢谢你！

于伟军没再说什么，他牵住苏晓月的手就往门外走。苏晓月醒过来后，每天都要去看秦汉明。开始两三次，都是于伟军背着她去的，苏晓月说她可以自己走着去。于伟军坚持要背她，说她身子太虚，不能走路。

后来，还是苏晓月坚决要自己走过去，于伟军只好扶着她一只胳膊，陪她慢慢走。于伟军和何美静都不许苏晓月一个人去看秦汉明，怕那个女人再伤害她。

那个女人叫蒋雯。吴秘书喊她蒋姐。秦汉明出事后，吴秘书一直守在医院，他还要照顾蒋雯的生活起居。蒋雯住在为秦汉明安排的 VIP 病房里，离重症监护室很近。

蒋雯常常坐在重症监护室门外，像个没有知觉的塑像。她很少通过门上的玻璃往里看。苏晓月再来，她也不再吵闹，好像什么都没看到似的，依然塑像般呆坐着。苏晓月每次来，在门外一站就是十几分钟。她在心里一遍遍喊着秦汉明的名字，她相信他听得见。

于伟军拉拉苏晓月的手：走吧，你以后还可以来医院看他。

经过蒋雯身边时，苏晓月停下了脚步。之前来的每一次，苏晓月经过她身边时，脚步总要加快些。这一次，苏晓月想和她说几句话，却又不知说什么好。她们为了同一个男人而憔悴，怎么不是缘分？

你要出院了吗？蒋雯先开口了，眼睛依然盯着对面的墙壁。

是的。苏晓月打量着她。瘪瘪的前胸，松弛的脸部，空洞的眼神。

我也要回去了。再不走，我会疯掉。蒋雯闭上眼，两行泪跌跌撞撞，从她脸上坠落。

对不起。除了说对不起，苏晓月不知如何安慰这个可怜的女人。

他就拜托你了！他从小就是个孤儿。蒋雯开始抽泣。

对不起。苏晓月感觉胸口一阵抽搐，忍不住用手去捂。

他如果不把方向盘往右边打，也不至于弄成现在这样。为了你能够活命，他宁愿自己去死。我恨他！我永远都不会原谅他……蒋雯的双肩一抖一抖，终于泣不成声。

天在旋，地在转，刹那间，苏晓月什么都不知道了。

于伟军紧紧搂住苏晓月，不让她的身体继续往下滑。事发当天，他就知道是秦汉明救了苏晓月。他不敢告诉苏晓月，他宁愿苏晓月一直蒙在鼓里。

于伟军抱起苏晓月，一步一步往外走。

哥——苏晓月悠悠醒来，她将头埋在于伟军怀里，断继续续地说：哥，我，我心里，好、好痛！我，好想、好想哭……

于伟军继续往前走，他将苏晓月抱紧些，说：哭吧，你就哭吧，哭出来会好过些。

于伟军将苏晓月抱进车里，等她哭够了，才去病房将何美静和刘莲喊下来。

苏晓月不肯回娘家，她坚持要回出租屋。何美静拗不过她，又不放心她一个人回去，只好跟着苏晓月一起去出租屋。

第二天早晨，苏晓月对何美静说，妈，你回去好不好？我今天要上班了，你住在我这里也不方便。

你就不能多休息一天？何美静说，我不回去，做娘的和做女儿的住一起，有什么方便不方便！

妈！苏晓月喊道：求你了！我想一个人住，我习惯了一个人住！

何美静眼一红：妈妈不能给你安慰是吗？

不是的，不是的！苏晓月连忙解释：对不起，妈！我不是这个意思。我晚上睡眠不好，怕吵着你！

我知道你昨晚上老是睡不着，我也没睡好。你这样子，我怎么回去？我不放心。

妈！你放心吧，我会照顾好自己，还有好多事情等着我去做。你自己也要多保重，你不能没有我，我也不能没有你！

好吧，你这孩子，我帮你熬好汤再走。

省里派来的青岗煤矿事故调查组刚刚抵达同江，长源市市委龙副书记突发心肌梗塞，在送往医院的途中不治身亡。调查组离开同江之后，没过多久，同江市召开全市干部大会，宣布给予秦汉明党内严重警告处分，免去同江市市委副书记、常委、委员职务，提名免去同江市市长职务。

得知这些消息，苏晓月的心仿佛已经失去了痛感。当她走在去报社的路上，看到不远处有人对她指指点点，她竟然无动于衷。快到报社办公室门口时，她听到了自己的名字：

苏晓月真的厉害。

怪不得那么高傲，原来是傍上市长了。

要不她怎么会离婚？她原来的老公要才有才，要貌有貌。

还有陆清风，又年轻又帅气，她也看不上。

秦市长还真是有情有义，舍己救人呢。可惜啊，毁在女人手里。

总之还是苏晓月厉害。

厉害什么啊，秦市长已经不是市长了……

苏晓月匆匆走过，匆匆上楼，刚进记者部，记者们都围了上来。

晓月，你怎么不多休息两天？

报纸反正快要停了，我们都没怎么出去跑。

晓月，你昏迷的时候，陆清风和我们一起来看过你。他是下来采访矿难的，不过只待了两三天就回省城了。

晓月，你大难不死，必有后福！

226

晓月，你还是回家去休息吧，你脸色很不好。

……

谢谢你们。苏晓月笑得有些苦涩：你们有谁愿意陪我去青岗煤矿吗？

我可以陪你去，彭大鸣第一个响应：不过，你到那里去干什么？善后处理都结束了，煤矿已经关闭，矿主们逃的逃，抓的抓，整个矿区只怕没人了。你想了解什么？这次矿难，市电视台一直是姜寒林在那里采访，他那里的资料应该比我们手里的齐全得多。

谢谢你，彭大哥。苏晓月说，那我和姜寒林联系一下。

姜寒林的电话一拨就通，听得出来，他很高兴：晓月，你出院了吗？

是的，谢谢你去医院看我。

别客气。你现在在哪里？

我在单位，我想看看关于这次矿难的采访资料。

行，我帮你都找齐。要我帮你送过来吗？

谢谢你，不必了，我自己过来看。

苏晓月来到姜寒林办公室。

苏晓月紧紧盯着摄像机的屏幕。姜寒林看看屏幕，又看看苏晓月的脸。

镜头里，开始出现呼天抢地的人群。苏晓月紧紧捂住胸口。姜寒林连忙关了摄像机，他拍拍苏晓月的肩：你没事吧？

苏晓月的双眼开始模糊。她缓缓摇头，泪珠从她脸上纷纷坠落。

你别看了，想知道什么，我告诉你。姜寒林往苏晓月手里塞了一张纸巾。

苏晓月用纸巾蒙住脸。

过了好一会儿，她才平静下来。她说：对不起！

姜寒林说：我能帮你什么？

我想了解这二十名遇难矿工的具体情况，姓名、年龄、详细的家庭住址、家庭成员，苏晓月歇了口气，接着说：还有他们家里的经济状况。

行，我电脑里有这些资料，我帮你打一份出来。唉，那些人，都是苦命人。如果家里经济条件好一点，谁会去吃那碗沙子饭？他们大多是农民，也有下岗职工，一般都是上有老，下有小，家里全靠他们那点工资支撑。还有一个是国营煤矿里的退休工人，四个小孩读书的读书，待业的待业，他要拿两份工资，才能养活全家人。有十四名矿工是为了送小孩读书，其中有八个人的小孩正在读大学。

我想和你商量一件事。

什么事，你说。

我们可以去募捐，成立一个助学基金会，继续送这些遇难矿工的小孩读书，直到他们大学毕业。

主意是不错，不过，凭我俩的关系，募到的钱只怕是杯水车薪。

我们会成功的，我有这个信心。

晓月，我真是服了你！好吧，我会尽力而为。

临近黄昏，苏晓月回到家中，母亲已走，桌上留着一张条：月月，汤在电饭煲里温着，你一定要喝完，早点休息，多保重身体。我回家了。

苏晓月喝着汤，大口大口地喝。

苏晓月打开 MP3 上的录音开关：

亲爱的，我是晓月，你的晓月。你在梦里还好吗？你一定很痛吧？你身上插着那么多的管子，你一定很痛很痛。可惜我帮不了你什么。我想我唯一能做的，就是好好活着。我只有好好活着，才能等你醒来。我只有好好活着，你醒来后才可以见到我。

我知道，我现在不是为我一个人而活。你不能没有我，因此你把生的机会让给了我。亲爱的，尽管是你救了我，我还是不想感谢你，我甚至还要责怪你，我宁肯现在躺在床上的是我，而不是你。你好自私，你明明知道我不能失去你，你明明知道我不能没有你，你却要一直昏睡，不肯醒来，留我一个人在这漫漫长夜里孤独地哭泣！

亲爱的，你要是真的爱我，你就要好好活下去！你不能把我丢下不管，是你自己说的，你决不会丢下我不管，你会爱我一辈子。我要你爱我一辈子！我不许你离开我！

亲爱的，你要知道，你也不是为你一个人而活。所以，你一定要坚强，你一定要挺过这道难关，你一定要。我会等着你醒来，我在等着你醒来。

亲爱的，我知道你心里还在挂念什么。青岗煤矿已被关闭，善后工作已经结束。你不必太自责。我知道你也是不得已。我会为你赎罪，如果你有罪的话。我会为你祈祷，每时每刻。

亲爱的，我就在病房门外等你，我会一直在病房门外等着你！我等着你醒来！我等着你给我拥抱！我等着你给我温暖！我等着你，等着你！

亲爱的，你知道吗？我好冷！我真的好冷……

苏晓月哽咽着，再也说不出话。她关掉MP3，一头扑在沙发上，痛痛快快哭了一场。然后洗了把脸，将MP3放进包里，走出家门。

苏晓月将MP3交给护士。她站在门外，看到护士将耳机塞进秦汉明耳朵里，看到护士在打开开关，在调大音量。护士一直站在床前，她能听到耳机里的声音吗？苏晓月已经管不了那么多了。她站在门外，一动不动。她的视线穿过玻璃，停留在那张病床上。她发现护士在偷偷擦眼泪。连护士都要哭，为什么她的爱人却无动于衷？苏晓月在心里不停安慰自己，没关系，慢慢来，他一定会醒来的，一定会。

第 六 章

一个月后，秦汉明依然躺在重症监护室里昏迷不醒。由苏晓月和姜寒林发起的募捐活动却已如火如荼。

这一个月来，同江日报社和同江电视台同时推出了一系列矿难募捐专题报道。苏晓月和姜寒林一起深入采访遇难者家属，二十户家庭的痛苦与艰辛，孩子们悲切的面容，迷茫的眼神，"我要读书"的哭声，通过苏晓月手中的笔，通过姜寒林手中的摄像机镜头，一次又一次，牵动着同江人们的心。

苏晓月在下乡采访时两次晕倒现场，被姜寒林不经意拍到，带子回台送审时也没有被剪掉，节目播出来后，更多的人被感动了。苏晓月的虚弱与憔悴，执着与敬业，使得人们几乎忘记了他们曾经对于苏晓月的非议和责难，即使已被免职的秦汉明现在还住在医院里生死未卜。

银行里的专用募捐账号每天都有捐款入账。还有不少人亲自跑到电视台和报社来捐款。苏晓月和姜寒林几乎每天都会收到人们捐赠的钱和物。

募捐报道顺利结束，最后一期《同江日报》出来后，苏晓月准备将办公桌里的东西整理一下，在等待安置的日子里，编辑记者们都可以在家休息。趁着不要上班，苏晓月准备到一些单位和部门去上门募捐。

苏晓月正要回去，收发员拦住她，递给她一个特快专递，说是刚收到的。她以为又是谁捐赠的学生读物。打开一看，是一份离婚协议书，一张便笺，一个天鹅绒面料的小包包。

这份离婚协议书是他两个月前寄给我的，他早就签好了字。我昨天才在上面签名，但日期和他签署的一样。他的人不在我这里，他的心也不在我这里，我留着这几张纸有什么用。现在寄给你，希望能让他早点醒过来。

小包里是一枚戒指。想必是送给你的。他出事后，护士将他身上的一些钱物都交给了我。这枚戒指，是在他的衬衫里发现的，上面还有他的血迹。我几乎没有碰过这枚戒指，除了把它装进这个小首饰盒。它不属于我，我就不会动它。这也许是我比你唯一高尚的地方。

苏晓月很快看完了这封无头无尾的信。那份离婚协议书，她只看了后面的两个签名。然后，她小心翼翼取出那个小包包。她拉开上面那根短短的拉链。一枚铂金戒指躺在里面。她轻轻地，轻轻地拿出那枚戒指。

那是一朵小小的马兰花，花蕊中间卧着一颗闪亮的钻石。马兰花雪一般白，上面却浸着黑红色的血。那是爱人的血啊，苏晓月将戒指握在掌心，贴在脸上。仿佛那不是一枚戒指，仿佛那就是爱人的手，或者，爱人的脸。

苏晓月回到家中，半躺在床上，打开 MP3 的录音开关。

亲爱的，我今天收到了一份礼物，它是你送给我的第一份礼物，也是我收到的最珍贵的礼物。你给我买了这么漂亮的戒指，为什么不早点告诉我呢？你知道我对马兰花情有独钟，所以才挑了这样一枚戒指吗？亲爱的，这枚戒指我每天都随身带着。我把它放在贴身口袋里。你是不是问我为什么不戴上？不，我现在决不会戴上它。我要等到你醒来的那一天。我要你亲自给我戴上。对，一定要你亲自给我戴上。我还要你跪下一条腿，向我求婚。我一定要你跪下一条腿。亲爱的，你再也不要担心自己没有资格向我求婚了。今天，我还收到了一份属于我们俩的礼物。那是一份离婚协议书，有两个人签了名的离婚协议书。亲爱的，你要快点醒来，我等着你向我求婚，等着你给我戴上你早已为我买好的马兰花戒指。

亲爱的，今天早晨梳头时，我发现自己头上有了好几根白头发。你要是还不醒来，我就会等成白发老太太了！亲爱的，你快点醒来，我要你快点醒来！我已经急不可耐了！我想做你的新娘！我想做世上最美丽的新娘！我想做世上最幸福的新娘！

前一段因为忙着搞专题报道，经常要下乡采访，没能抽出更多的时间来陪你，你不许生气哦。现在，报道搞完了，我可以暂时歇口气了。对了，我还有个好消息要告诉你，我为这次遇难的矿工子弟已经募到了十六万元捐助款。助学基金会马上可以成立了，亲爱的，你一定很高兴吧？

时间不早了，我也只想快一点见到你。今天就聊到这里，明天再和你聊。

苏晓月来到重症监护室，刚到门口，有护士推门出来，她对苏晓月说，秦市长刚刚被推走。

苏晓月眼前一黑，差点倒下。护士连忙扶住她，你先别急，秦市长是转到VIP病房去了，他的各项生命指征都已正常，不用再待在这里面了。

他醒了吗？苏晓月欣喜若狂。

没有。护士说完这句话，走了。

苏晓月跑到VIP病房门前，做了个深呼吸，推开门。吴秘书正坐在病床前看书，见苏晓月进来，连忙起身。

苏晓月站在床前，傻傻的。仿佛有好多个世纪，她没有这样近距离地端详过秦汉明了。这是秦汉明吗？这是她的秦汉明吗？他怎么完全变了样？他双眼紧闭，脸色枯黄，颧骨刀削般耸立着。他的身体，静卧在白色的被子下，没有一点起伏，好像里面只睡了一张床单。被子边沿，垂下来几根管子。他的一只手摊在被子上，手背上爬满了青筋，还有，黑色红色的针痕。药液通过点滴管，一滴滴流入他的体内。苏晓月宁愿自己就是那瓶药液，如果可以和他融为一体，如果可以为他减轻病痛，苏晓月真的宁愿化成一瓶药液。

秦市长已经度过了危险期。吴秘书说，会不会醒过来医生还不敢肯定。能保住命已经是万幸了。对不起，组织上给我换了新的工作岗位，以后不能天天来看秦市长了。我先走一步，你好好陪秦市长说说话吧。医生说，多和他聊天可以帮助他早点醒过来。

苏晓月拿出MP3，将耳机塞进秦汉明耳朵里，打开开关。然后，坐在病床前，双手握住秦汉明的一只手，痴痴地，痴痴地凝视着他的脸庞。他被免了职，医生、护士、来看他的人仍然叫他"秦市长"。在她心里，不管他是不是"秦市长"，都永远是她的爱人。

自从秦汉明搬到VIP病房，苏晓月就一直守在他身边，她反正不用上班，到各单位上门募捐的事一直由姜寒林在操办。她可以一心一意照顾秦汉明。

她每天都要为他按摩，为他擦身。就这样连续守了整整两个月。期间，何美静和于伟军隔三岔五轮流给她送汤过来。

这天，于伟军又来送汤，正碰上苏晓月在为秦汉明擦身。苏晓月一边擦一边说话，她说，亲爱的，给你洗澡了啊。要是水太热，你就说一声。要是水太凉，你也要说一声。来，帮你擦一下腋窝，你要是觉得痒，你就会笑出来，是不是？你抬抬手啊，我擦不到……

我来帮你。于伟军走过去。

也好，你帮我把他的手抬起来。

你说这么多，他却一句都听不到。

谁说他听不到？他都听到了，他现在只是没有力气说出来。

晓月，像这些事你可以让护士去做，不要把自己的身体累垮了，你的身体本来就不好。

没关系，我撑得住。他一定不愿意让护士做这些。有我在，他肯定只要我。

晓月——

好啦，哥，我知道自己该怎么做，你就别担心了，赶紧忙你的去吧。

苏晓月帮秦汉明擦完身，又为他做了一遍全身按摩。两个月前，护士手把手地教她给秦汉明按摩了两次。她又找来资料，学着找穴位。现在，她的按摩已经很到位了。

按摩完，苏晓月有点累。她坐在床前，双手握住秦汉明一只手，将头靠在自己的手臂上，想小憩一会儿。

好宽的河啊！好汹涌的波涛！苏晓月和秦汉明坐在同一条漂流船上，他们一会儿被抛上浪尖，一会儿又被摔向浪底。苏晓月兴奋地尖叫着。一个大浪打来，船翻了，苏晓月被冲进了激流之中。她拼命喊着秦汉明的名字。没有人理她。她大声哭起来，边哭边喊秦汉明的名字。突然，她发现秦汉明像一个氢气球，正往天上徐徐飘去。苏晓月绝望地向上挥舞着双手，她大声地哭，大声地喊，秦汉明却离她越来越远。又一个大浪打来，苏晓月被彻底淹没了……

苏晓月啊的一声大叫，惊醒过来。她满脸都是泪，手臂上、手上、秦汉明的手上，都是黏糊糊的。他的手背上，还有很醒目的几缕抓痕。一定是自己刚才在噩梦中抓的。苏晓月连忙捧起那只手，放在唇边不停地亲吻着，对不起，对不起，我不是故意的！她的心一阵阵绞痛，她闭上双眼，她的泪，一串串落在秦汉明的手背上。

苏晓月的双唇如蚂蚁在爬。她睁开眼，看到自己唇边的那只手在微微地动。她以为是错觉，便屏住呼吸。真的，是几根手指在微微颤动。那几根手指，不是她的。那几根手指，是秦汉明的！

苏晓月赶紧去看那张脸，却没有任何变化。她重新盯住那只手。那只手，也如凝固般一动不动了。苏晓月大哭起来。她用自己的手，狠狠拍打着那只手，就像一个恨铁不成钢的老师，在硬着心肠责罚一个顽皮的学生。苏晓月边哭边打，边打边哭。

你好自私！你好自私！你要是还不醒来，我再也不要理你！你害得我什么事都做不成，你害得我什么事都不想做！你说要爱我一辈子，你说要照顾我一辈子，你现在算什么！我每天要为你洗澡，每天要为你按摩，我快累死了！我快要崩溃了！呜呜！你是个骗子！呜呜！你这个骗子！我恨死你了！恨死你了！呜呜……

哎哟……声音像是从门外传来。

苏晓月还在哭，还在打。

哎哟……声音好像不是来自门外。苏晓月一惊，忘记了哭，忘记了打。她手心里的那只手在微微发着抖。她凑近他的脸，睁大眼，他眉心那颗黑痣竟然变成了椭圆形。天哪，是他在喊哎哟！

苏晓月冲出门外，高声大叫着：医生！医生！快来人啊！

一群白大褂急急忙忙跑过来。

秦汉明，他睁开了双眼！

医生和护士忙着给他做检查。苏晓月蹲在他们身后，捂着脸，使劲地哭。

一名护士来扶她：苏记者，别哭了！秦市长醒来了，你应该高兴才对！

另一名护士却说：你别管她，让她哭吧，她这是太高兴了！

医生对那名想扶苏晓月的护士说，你要苏记者过来一下。

苏晓月的泪，还在兀自地流。她起身，走向秦汉明。

医生说，你喊他的名字。

苏晓月喊了一声"秦汉明"。秦汉明的眼睛盯着天花板，好像没听到似的。

苏晓月声音再大些，秦汉明。

他的眼睛依然盯着天花板。

苏晓月急了，她抓住秦汉明的双肩，摇晃着：你怎么不理我？你为什么不理我？我是晓月啊，我是苏晓月啊！

秦汉明的视线，从天花板上移到了苏晓月脸上。他的眼神有点慌乱，有点紧张，好像他根本就不认识苏晓月，好像是苏晓月把他吓坏了。

苏晓月从上衣口袋里掏出那只小包，她飞快地取出那枚戒指，飞快地伸到秦汉明眼前：你看，这是你为我买的戒指！上面还有一朵马兰花！你记起来了吗？记起来了吗？

秦汉明好像更加紧张了，他把头扭向了另一边。

医生将苏晓月拉到一旁劝道，苏记者，你冷静点，秦市长看来是暂时失去了记忆。像他这种情况，失去记忆是很正常的事。你应该清楚，他能够醒过来已经是奇迹了。你要多给他时间，或许他还能恢复记忆。

或许？苏晓月哽咽着，我不信他会连我都忘了！

医生走了，护士也走了。秦汉明太虚弱，他又睡着了。

苏晓月站在床前，手里还攥着那枚马兰花戒指。苏晓月举起那枚戒指，她盯着那朵马兰花，久久地。她在心里头暗暗发誓，她一定要让他恢复所有的记忆，就算恢复不了，她也要让他重新爱上自己！她相信自己一定能够做到！她相信他是她的马兰花，她也是他的马兰花，他们就是一朵并蒂马兰花，不管将来会发生什么事，他们都要永不分离，生生世世，直到永远！

　　是的，不管将来发生什么事，他们都将永不分离……